還珠樓主——著
還珠樓主
近代武俠經典復刻版
青城十九俠
三◆慧劍斷情

目錄

# 第一章　竹簡洩機

話說紀異想了想，決計先將蜂蜜帶走，便揮刀朝著蜂房底部砍去。那蜂房甚是堅硬，適才砍第一刀時，刀已缺了口。憑著力猛刀沉，被他一陣亂砍，居然砍到中心。眼看七八尺方圓，尺許厚薄的一塊紫蜜就要到手，忽然一刀砍上去，耳聽「瑲」的一聲，光華火星一齊飛濺。接著又聽遠處金刀觸石之聲，叮的響了一下，立覺手上一鬆。

低頭看時，手中那柄腰刀已然斷去半截，脫手飛去。斷處齊整，如快刀削物一般。那蜂房三面俱被砍斷，只剩著地的小半截。中心露出一點光華射眼，只看不出中有何物。紀異性素倔強，握緊那大半截腰刀，運足神力，朝那放光之處又是一刀砍去。又聽瑲的一聲，聲如龍吟，餘音猶自不絕。手中腰刀又斷去了數寸，飛震出老遠，落在前面岩石之上。那光華便長大了些。

這回勢子既猛，刀也略偏，將那放光之處的紫蜜砍裂了一塊，才看出那放光的是紫蜜包著的一段形如寶劍的兵刃。那麼鋒利的腰刀，遇上就斷，其利可知。紀異便不再亂砍，只將那柄斷腰刀朝著那劍周圍一陣砍削，紫蜜紛紛碎落。不一會，從蜂房前面現出半截兵刃來。一看，果是一柄寒芒射目，晶光照人的寶劍，不由喜出望外。

這時紀異也不再顧惜那蜜，先將蜂房底部用斷刀割斷，使其全部裂而為二。急匆匆推過一旁，露出劍柄，手握住一拔，竟拔不動。先用手一陣亂搖，覺得有些活動。這才將雙足踹在那堅硬如玉的蜜上，兩手握定劍柄，運足平生之力，大喝一聲，「瑲琅」一片微聲，一道寒光已隨手而出。

紀異一時心喜，用力太過，一個收不住勁，倒退出去老遠，幾乎仰跌地上。甫一站穩，又縱回原處。縱時，身後衣服似被什麼東西扯了一下，一則紀異動作迅速，二則劍已到手，心花怒放，通沒理會。人一到，試舉劍朝那上半個蜂房砍了一下。因為愛惜過甚，先還不捨用力，誰知就這輕輕一劍，便一揮到底，通沒絲毫阻滯。益發愛如珍寶，歡喜得不知如何才好。

紀異剛想用劍將那蜜後面當中附著的一塊岩石，連那外皮砍斷，再分成四塊，以便捆在一起，頂在頭上帶回家去。忽然一陣陰風從身後吹來，吹得周身毛髮直豎，機伶伶打了一個冷戰，不由吃了一驚。連忙回身一看，從身後適才大群山雞伏身之處，站起一個披頭散髮，怪眉怪眼，精赤條條，周身浴血的怪人，手中拿著一個斷尾毛的蠅拂，瞪著一雙血也似紅的雙眼，正緩緩朝自己身前走來。

這時紀異年已漸長，常聽紀光說起江湖上許多異聞奇蹟，知道這人決非善類。剛要開口，那怪人已經惡狠狠發話道：「你家真人為了此劍和這墨蜂，受了千辛萬苦，卻被你這頑童來享現成。念你年幼無知，真人不與你計較，快些將它放下，饒你狗命，否則教你死無葬身之地！」

紀異先見怪人，本就有些疑他是妖人一流。一聽他口出不遜，如何能夠容忍，更回罵道：「你到底是人是怪？所說的話，全沒一絲一毫準頭。這劍藏在蜜中，我也是才得發現。你既說是費了千辛萬苦，如何不取？分明見我無心中得到此劍，想半途打劫，卻又說我享現成。再絮絮叨叨，休怪我翻臉，將你殺死，這深山荒谷裡頭，你連冤都沒處訴去。」說時，劍指著怪人，大有躍躍欲試之狀。

那怪人原先帶著滿臉獰惡之容，大有上前伸手神氣。及至聽出紀異說話的聲音與尋常小孩不同，再定睛一看形神骨骼，不禁深為驚異。心中念頭一轉，立時收住腳步，改了和緩的口吻答道：「我乃赤城散仙七真人便是。此谷乃昔年天玄子戚甯修道之所。只因成道之時諸魔齊來，紛擾了三天兩夜，他俱不為所動。直到末一晚上，忽然來了一個千年妖狐，戚甯不知怎的一來，竟然中了她的道兒，走火入魔，將內丹失去。等到清醒時節，妖狐元陽已得，正要走去。戚甯知道中了暗算，當時急怒交加，將一煉魔的寶劍對準妖狐擲去，這一劍只斷落了妖狐一隻後腳。同時戚甯本身三昧真火也已發動，就此化去。那劍無了主馭，便穿在谷頂上面石壁之中。」

「後來戚甯的師父滌煩子趕來，見愛徒已死，算出前因後果，留了一塊竹簡，連同天玄子所遺許多法書、寶物理藏在谷底。竹簡上面載明這段因果，說戚甯十三劫後，仍要回到此地劍斬妖狐，收回故物。只是事前要受萬蜂刺體之苦，以償前生殺孽，才能得劍成道。因恐此劍為人得去，特用仙法招來一大群墨蜂，築巢谷頂。日久年深，那蜂蜜越積越厚，竟和玉石一般堅實，休說半截劍柄，連劍的光華俱被遮住。這裡地勢既極幽僻，又是窮山暗谷，群蜂之中有一王蜂，更是厲害無比，故此四五百年以來，從無一人知道。

「到我出家學成道法，默參先天易數，才知那天玄子戚甯乃是我的前身，應該到此重得此劍。我知蜂群厲害，有人壞牠老巢，勢必全數出鬥，不死不止，我恐一人勢薄，還特地約了一人相助。三日以前來到此地，先尋著了谷中藏珍和那面竹簡，去除滅蜂群，取那故劍。誰知我那同伴起了貪心，竟乘我方在行法緊要關頭，懷寶逃去。我獨自和萬千毒蜂鬥了三日三夜，直至昨晚，方將蜂王用法術制死。可是我因打坐，運用元神與蜂王交戰，不能顧及肉體，身子被那成千累萬不怕死的毒蜂螫了個體無完膚。

「後來雖憑我仙法將蜂王和萬千同類一齊處死，已是遍體鱗傷。我知那蜂蠆極毒，傷口不可見風，須要先將本身的毒消除淨盡，方可用仙丹調治。便將本山許多山雞拘來，用法術禁住，使牠們展開雙翼，用前胸覆在我身上，按著順序，挨次輪流，代我將蜂毒吸去。只惜當時疏於防範，以為地處深山窮谷之中，上下形勢如此險峻，決無人敢前來，誰知才收了一半功效，你便趕來。那些山雞俱受我大力仙法禁制，沒有千斤神力，休想拿得牠起。」

「我見生人到來，甚是焦急，看出你志在得雞，不是存心和我為難，特地鬆了幾隻，心中巴不得你得了幾個便走。不曾想你又飛刀砍蜜，無心中將我一塊令牌砍斷，破了我的禁法，群雞解禁。我已恨你入骨，還念你事出無心，勉強忍住。後來蜂巢墜落，益發貪得無厭，想連蜂巢與我那口仙劍一齊盜走，我這才起身。

「憑我仙法，取你性命，易如反掌。因為我見你雖然年幼妄為，質地卻還不差；再者，你原是事出無心，特此網開一面。現有兩條活路，由你自己挑選：一條是急速跪倒，將劍獻還，拜我為師，另有分派，那蜜也給你一半，從此便隨我修道，有成仙之望，此條於你最是有益；還有一條，便是將劍獻出，我仍臥在原處，你只照我吩咐，拿著我的禁符法牌，前往崖上廣坪，朝著那群山雞棲息之所連揚三次，便即回身去到谷口，將禁符法牌分別埋藏在谷口外面，然後取蜜自去。只在三日之內不准向人提起。我不但不咎既往，日後我自會來尋你，還有別的好處。」

妖人這一席話，如換旁人，自然上當。無奈紀異生來至孝，起初連遇無名釣叟、蒼鬚客二位仙人，俱因乃母之故，不曾動念相隨。此時更是要守乃母藏蛻之所，靜候復活期至，便是叫他即刻成仙，也不肯捨此而去。何況妖人神情詭異，素昧生平，口口聲聲又要他那柄無意中得來的心愛寶劍呢。

紀異沒等妖人把話說完，便搶答道：「你不用再往下說了。我也無論你是怪是仙，你不惹我，我也不會傷你。這劍和蜜俱是我親手得來，蜜還可以分你一些，這劍是我心愛之物，如何肯送你？我這幾年不能離開此山，既不想成仙，也不想什麼好處。只不過我家專好助人行善，你如真是受傷為難，需人相助，我辦得到的，還可以幫你一個小忙，別的再休提起。」

妖人原看出紀異力大身輕，稟賦奇異，自己身受重傷，利器又到了人家手內，所以才軟了口風，滿想把紀異收歸門下，豈不人寶兩得。卻不料他如此老辣，恫嚇軟哄皆不為動。不由勃然大怒，正要發作，二次又一動念，勉強抑制，仍裝笑臉哄說道：「你這孩子遇見這等曠世仙緣，竟然無福消受。那劍雖是我前生之物，既經你手，難道我能白取你的麼？你既非要不可，好在我的劍到時自會飛回，且讓你玩上幾年也不妨事。那些蜂蜜，索性也一齊歸你。只是你拿我的寶劍，須得替我辦點事兒，可能應允？」

紀異便問：「何事？」

妖人答道：「我身受毒蜂所螫，餘毒未盡，被你無心中破了禁法。且喜未見日光，只多受一日一夜苦處。我那法牌，還有一面在此。我這裡行法，你可拿了此牌去至谷外高崖之上，照先前所說，將那群山雞為我拘來如何？」

紀異人本直率，這時忽然福至心靈，看出他說話時雖然裝著笑臉，二目隱露凶光；而且先前的話說得那般凶惡，這時卻又如此遷就，斷定其中有詐。只是適才已然應允相助，不便反悔。想了想，且不接他令牌，說道：「幫你忙倒可以，只是得讓我將這些蜂蜜運將出去，然後方能照你所說行事。」

妖人見他聰明，也恐有詐，怒聲答道：「你如取走不回來呢？」

紀異笑道：「你休小看我，我也是仙人蒼鬚客的徒弟，豈能說了不算？這裡有陽光，你也過不來。再說我要不幫忙，明說出來，誰還怕你不成？我不過因適才那群山雞飛出時非常紛亂，想將這些蜂蜜先運到崖上，替你辦完了事，立時就走，豈不爽利？」

妖人一聽他是崑崙名宿弟子，暗自吃驚。知他倔強，軟硬不吃，心中靈慧，適才言中微有漏洞，便被他聽出。自己目前畏懼陽光，木想當時行使妖法，又覺事尚有望。萬一決裂了，事再不濟，更是畫虎成犬。好在元氣身體復原之後，不患收拾不了他。只得再三強忍怒氣，分解道：「你這孩子小小年紀心眼特多，還不放心。我將這面法牌放在地上，我仍回臥原處相候，如何？」

紀異聽他一分辯，越發起疑。因想弄走那蜂蜜，也不說破，笑答道：「這樣也好，我不但愛這塊蜜，連這蜂巢也要帶回家去。反正你不要它，我一運完，就來幫忙。」說時，見妖人已回適才雞群覆翼之處一個石穴之中臥倒。果然那石穴外面死墨蜂堆成一圈。

紀異也不再說話，先將中心兩塊好蜜用劍穿起，挑舉起來，跑出谷外，運往崖上。

見那雙燕也跟了回來，撮口長嘯，將手一招，便已飛下。紀異道：「你們兩個能將牠們喚回，將這蜜運回家去麼？」

雙燕聞言，鳴聲似允。紀異大喜，一連幾劍，將蜜都砍成碗大小塊，囑咐了雙燕幾句，匆匆回轉谷中。見妖人並無動靜，又挑了一些好而厚的蜂蜜，連那五隻山雞一齊提出，到了崖上一看，大群銀燕已經飛回，將第一次的蜂蜜抓運回去。

紀異原意，是裝著連蜂蜜和巢俱要運走，乘妖人不防，第三次回去，好相機行事。及至二次將蜜交與群燕，正待回身，那為首雙燕原本通靈，忽然飛近身來，啣住衣角不放。另一個便去將那五隻山雞抓飛過來。情知有異，定睛一看，那五隻山雞已有四隻流著黑血，毒發身死。又見雙燕啣衣不放，似有阻他入谷之狀。紀異便對雙燕說道：「我知道他是壞人，不過我將話已說出，不能失信於他，總得有幾句話交代。這廝畏懼陽光，手中又沒有兵器，我決不會上他的當。你們只管帶了蜂蜜飛回家去，等我就是。」說罷，一抖衣，掙脫雙燕，三次往谷中走去。

剛達谷口，便聽谷中妖人怒罵之聲。進谷一看，妖人仍臥原處未動，好似嫌等得時候久了，在那裡怒罵，紀異也不理他。這次不再取蜜，猛一縱步上前，將那面法牌拾在手內。身剛站起，便見妖人似要坐起，又連忙縱回原地。心中一動，又改了主意，便用手中劍指著妖人說道：「適才我還忘了問你，那些山雞替你消毒，你倒好了，牠們不知也有害麼？」

妖人本已忿怒到了極處，聞言不加思索，厲聲答道：「這些野鳥原是供人吃的，牠們雖然吸了毒，難免一死，但是受了我的仙法超度，轉劫便可成人，豈不便宜？只有你這呆孩子，遇見這等曠世難逢的仙緣，卻將它當面錯過。如今我一切都不與你計較，還不快些照所言行事，只管絮叨，惹得你真人發怒，你就悔之無及了。」

紀異早看出他色厲內在，便端詳好了退路，等把話聽完，成心嘔他道：「你怎地又發狂言？

這寶劍和蜂蜜，是我親手得來，一不偷，二不欠，幫忙是人情，不幫忙是本分。再者，我素來不喜多殺生靈。就說這裡的山雞，我有時也喜歡捉兩個回去，與我外祖卜酒，一則所傷不多，二則我們又無求於牠。哪像你這等狠毒，成千累萬地全數拘來為你吸毒，救完了你，便全數毒發慘死。這等事，豈是修道人所為？適才我如非看見幾隻中毒而死的山雞，幾乎上你的大當。如今既已曉得，怎肯助紂為虐？不過我答應了你，不能白說，剩的這些蜂蜜，送你吃就是。你屢次出口傷人，依我脾氣，就難饒你。念你身受重傷，我不與病人一般見識。如有本領，只管使來，我要失陪了。」

說時，谷頂蜂巢舊址已在那裡隱隱作響，彷彿風雷之聲，只因音聲微細，紀異只顧說得高興，沒有留神。那妖人卻又是正在氣恨頭上，再一聽出紀異言中有了反悔，益發急怒攻心，暗挫鋼牙，一心準備忍著當時苦痛，置紀異於死地，也沒注意到別的。等到禍變發動，已經無及，所以兩人通沒絲毫覺察。

還是紀異顧慮既少，耳目又靈，說到末兩句時，已聽出谷頂上風雷之聲越來越大。心中詫異，只疑是妖人弄鬼，手中按劍，足底下早加了勁，準備著退逃之勢。論起紀異，平時原是膽大包身，任什麼厲害的毒蛇猛獸都不害怕。這次忽然福至心靈，處處都加了防備。一則覺得妖人身帶重傷，勝之不武；二則平日常聽外祖、母親談起江湖上許多怪異之事，到底怪物妖邪是什麼樣，並未親眼目睹。

這人不過形象生得醜陋，說話凶些，不值與他計較，心中時刻都存退念，毫無鬥志。一聽谷頂作響，將手中法牌照準妖人一扔，說聲：「你這廝不識抬舉，我不理你了。」說時，雙足一按勁，便往谷口縱去。腳方著地，猛聽山崩地裂一聲大震，因未見過這等陣仗，不由大吃一驚，哪敢回頭細看。

仗著身輕腿快，更不停留，接連幾個縱步，便到了崖上。那轟隆爆炸之聲，震得四山都起回音，兀自響個不絕。

紀異估量相隔已遠，一面飛縱逃走，一面驚慌忙亂中偷眼回頭一看，妖人並未追來，那座暗谷卻已整個震塌。一片紅光剛剛閃過，百丈塵中，隱隱約約見有一道黑氣從谷底飛起，比箭還疾，直往西方射去，別無動靜。

紀異不知就裡，腳底仍在飛奔。跑到崖上坪地，正待跳將下去，往回路逃走，忽聞銀燕鳴聲。抬頭一看，那為首雙燕已領了那成千成百的同類，銀羽蔽天，摩空而來。到了紀異面前，為首雙燕先自落下，飛集紀異兩肩之上，啣著紀異衣領便扯。紀異一面跑，一面口裡問道：「後面有妖怪追我，你還扯我回去麼？」雙燕長鳴示意。紀異素來信任這兩隻為首的大銀燕，每次出遊，只要聽牠們飛鳴引導，無不如意而得，因此立時便停了腳步。雙燕果然飛起，仍在前率領後面燕群，往那震塌的暗谷之中飛去。

紀異暗忖：「起初入谷時，雙燕曾經表示不願前去，雖經自己逼了同往，卻越飛越高，不敢下落，分明害怕已極，後來果然遇見妖人。及至自己三次入谷，索性啣了衣角攔阻。結果遇見怪人發怒，山谷崩墜之事。這時如何反要自己回身，再入險地？莫非適才大聲炸裂，不是妖法，乃是天生地震？那妖人身受重傷，行動遲緩，被這一震，震死了不成？」一路尋思，燕群飛行迅速，已達谷頂上空。為首雙燕先長鳴了兩聲，銀燕同聲回應，紛紛翩然飛下，直往灰塵影裡投去。那暗谷自適才一震之後，紀異來回一跑的工夫，餘響漸歇，只激起數十丈煙塵在那裡緩緩下落。紀異目力本來極佳，到了一看，塵影中銀羽翻飛，剝啄之聲匯成一片繁響。那為首雙燕卻是盤空下視，鳴聲不絕，意似在那裡監督。紀異見那灰塵甚厚，不能入內，知道這些銀燕個個精靈，必有所為，便由牠們自去。自己奔跑了一陣，也覺有些力乏，便坐在坪前崖石之上，看牠們有何發現。

約有個把時辰過去，塵沙雖小了些，因為燕群飛逐，仍未完全靜止，僅能分別出一些塵影中的景物罷了。紀異見千百銀燕，空自在沙石塵影中飛鳴了好一會，毫無所獲，正有些兒不耐，忽聽空中雙燕一聲長鳴，各把兩翼一收，銀丸飛墜一般，直往塵沙影裡撲去。那千百銀燕好似大功告成，紛紛飛鳴而起，一個迴旋，排成了一個燕陣，一列雙行，兩翼招展，留空待發。再往谷底一看，為首雙燕各自用爪抓住一件東西，直往紀異身前飛來。轉眼之間，為首一個爪上抓著的東西，已然扔落下來，墜在山石上面，噹的一聲，濺起幾尺高的火星。

紀異見是一個劍鞘，先自心喜。拾起一看，非金非玉，色黑如漆，烏油油晶瑩光潔，式樣古拙可愛，拿在手上，輕飄飄的，也不知是什麼東西製成。試把適才得的那柄寶劍往裡一插，竟然隨手而入，真如嚴絲合縫，大小如一，寶劍的光華也隱隱外露。紀異正愁有劍無匣，那鋒利的寶劍，又不能隨便插在腰間；常握手內，也是不妥。見這劍柄和劍匣同是一般色澤，連花紋都極相似，知是原匣無疑，心中大喜，只顧高興把玩，愛不忍釋。另一隻燕早連著那雙爪所抓之物，同時飛落身旁。紀異愛有所專，也未顧得去看。

直到雙燕連聲長鳴催行，才想起還有一隻銀燕，也抓有東西飛回，低頭一看，乃是一個有鱗的兜囊。伸手進去一摸，物件甚多，還有兩個小瓶，一個書本，並非什麼兵刃暗器，一時不知何用。

紀異見夕陽已薄崦嵫，暝煙欲收，天色向暮，算計天色已晚，雖說腿快，也還有老遠的路程。時當下弦，又無月色，歸去晚了，恐外祖父尋來，而老年人黑夜攀越荒山險路，終是不便。當時忙於趕回，一手持劍，一手提著革囊，急匆匆逕往崖下縱跑回去。因無心得了這麼一口好寶劍，好不興高采烈，不但沒有查看妖人是否葬身暗谷之下，連革囊之內所盛何物俱未取出細看。以致一件緊要東西連同妖人屍體，全遺落在暗谷之中，日後被妖人尋了同黨中的能手，二次趕回原地，用左道中禁法將真靈復體，除去身上所受傷毒，跟蹤尋往紀氏祖孫所居的湖心沙洲之上，拚命為仇，讓紀異幾乎送了性命，日後還鬧出許多事來，皆是紀異年輕疏忽之故。此是後話不提。

紀異回到湖邊，天已昏黑，仍然泅水過去。一看竹屋中燈光點起，一陣陣雞肉香味撲鼻，知道外祖父回轉。進門請安之後，便縱向紀光身旁，拉著手，喜孜孜地把墨蜂坪涉險、得劍、得蜜以及遇見妖人、山谷震塌之事說了一遍。

紀光聞言，好生驚訝。先要過寶劍，未曾拔出，一看劍的形式和劍匣隱隱透出來的光華，已經連誇好劍。及至手按劍柄，輕輕往外一拔，耳聽聲如龍吟，瑲的一聲，屋中立時似打了一道電閃。燈影搖紅處，寶劍出匣，寒光耀眼，冷氣森森，端的是一件干、莫利器，仙家至寶。不由又驚又喜道：「這種至寶，我生平從未見過。無名真人也有兩口取人首級於數十里外的飛劍，乃世間稀見之物。在未用之時，我看上去雖說似一泓秋水，寒光耀目，可鑒毫髮，但劍的原質和形式也沒這般好法。分明是仙家的防身至寶，煉魔利器，怎能落在你的手內？莫不成你說那妖人真是劍的原主麼、如果此劍果係那人所有，我雖不會劍術，照著這多年的經歷看來，劍猶如此，其人可知決非什麼邪魔外道。你要是乘人於危，強取了來，這亂子可就惹得大了。」

紀異聞言，急道：「公公，你怎麼這樣說？這劍明明插在石壁之上，外面有蜂王巢穴包住，少說也有千百年。那人連一點都不知道，明明是他想取那墨蜂和蜂王對敵，被萬千墨蜂將他螫傷。又用邪法拘了無數的山雞，去替他吸毒。做那害去千萬生命，來救他自己一人的事，及至見禁法被孫兒無心中破去，又得了一口好劍，立時見財起意，惡狠狠當孫兒是小娃娃，連嚇帶哄。如照無名老祖所說，他這等行為，決不是什麼好人。慢說山谷倒塌之時，他身帶重傷，又不敢見陽光，一定跑不快，壓死在內；就是他僥倖逃出來，孫兒也不怕他，這有什麼打緊？」

紀光聞言，撫著紀異的頭說道：「你的話也不為沒有道理，那人看形跡倒也頗似妖邪一流。只是他既能行使禁法，拘遣山雞，那麼厲害的蜂王和萬千同類俱都被他弄死，你一個毫無道行的幼童，豈是他的對手？不過他正在受傷之際，你的行動機警，又值山谷崩塌，幾方面都占了便宜，才保得無恙，反禍成福。至於那人是否被山石壓死，卻說不定，你可曾看見那人屍骨麼？」

紀異因那革囊中摸去無什麼出奇物事，上面又附著好些泥土，回時因見外祖回來，心裡一喜歡，順手擱在外屋，並未攜進房來。聞言猛地想起，忙答道：「孫兒見山谷一塌，害怕逃走，全是兩個老燕兒飛來，引著回身轉去，谷中灰塵有好幾十丈高，人下不去，二燕便叫牠們的子孫同類飛進灰塵之中，找了一會，也未找著什麼。灰塵始終未止，不過漸見小些，有沒有妖人屍骨，哪裡看得見？後來還是牠兩個飛下去，才得了這個劍鞘和一個皮口袋。孫兒伸手一摸，裡面好似有兩個瓶子、一本書和一些零星的東西。見天色已晚，恐祖父擔心，也沒顧得一樣樣取出細看，便往回跑。想口袋中雖沒什麼兵刃暗器，多少總有點用處，帶回來擱在外屋，還沒拿進來與外公看呢。」

紀光知道那革囊既為靈禽掘出，內中必藏異寶，聞言大吃一驚，忙命取來。紀異遵命將革囊取進屋內。紀光見那革囊形式奇古，柔如絲帛，細鱗密佈，烏光閃閃，分明深壑藏蛟之皮所製。即使內中不曾藏有珍物，單這千年蛟皮，已是價值連城的稀世奇珍，連誇好寶貝不置。

紀光正在把玩讚賞，紀異心急，已將小手伸入囊內一掏，首先把兩個瓶取出。還要伸手，紀光說道：「孫兒莫忙。」取過那兩瓶一看，俱是一塊整的黃玉製成，玉質溫潤，裡外晶明，一大一小。雖有瓶塞，形式通體渾成，並沒絲毫縫隙。背著燈光往裡一照，那小的瓶，彷彿藏著半瓶像奶一般白的液水；那大瓶之中，卻是梧桐子大小的銀珠。

端詳了一會兒，看不出有什麼用處，只好放在桌上。紀異又伸手進去，掏出幾件東西，除了一個大才七寸五的方形丹爐和一些極香的烏黑木塊外，還有一條細如紙捻、長約丈許的金鍊。紀光俱都莫名其妙。聽說有本書在內，想取出來看看，也伸手進去一掏，果然有一本五六寸長的道書，餘者盡是些零碎木塊，便都取了出來。

紀光仔細一看那書，乃是抄本，繭紈細密，翠墨如新，每一頁俱繪有符籙陣圖。字體非篆非籀，一個也不認得，甚難索解。知是以前隱居那暗谷中的主人修煉之物，必定大有來歷。翻來翻去，翻向後頁，忽發現書中夾著一片蕉葉，上面有竹籤劃成的數行極細小字。目光剛辨認到第一行，心便怦地一動。正要往下看去，忽聽紀異道：「祖父，這些東西，我好像有兩樣見過，怎一時想不起來？」

紀光聞言，越覺與那幾行字相合，恐蕉葉年久腐碎，不敢用手去觸。便把紀異拉近身來道：「你眼力甚好，可看看這蕉葉上面寫些什麼，快念給我聽！」

紀異就著乃祖手上一看，那蕉葉只如掌大，字卻有千數左右。在葉上刺字的人，便是那谷中妖人所說的滌煩子。所載事蹟，也與妖人對紀異所說的那一番話有一半相同。

大意說：

「本人門下有一得意弟子，名叫戚甯。因誤犯教規，妄開殺戒，禁閉谷中，苦修多年，已將成道，忽然走火入魔，毀了元體。念在師徒情分，將他火化埋葬以後，除那柄煉魔的寶劍被滌煩子行法拘蜂築巢掩護外，又將他生前所用法寶、丹爐、異香、靈藥之類裝人法寶囊內，埋藏谷底，以待他轉劫七次之後，再來取用。

「谷中神蜂厲害非常，取時須先將谷口大石下面藏著的一面護身竹簡取出防衛，方保無恙。但是戚甯重返故物以前，必有湖南黑煞教下兩個妖人聞風乘隙前來盜寶，盜時必起內鬨，一個先將竹簡盜走，準備等另一個為蜂王螫死，或受了重傷死，再行二次入谷，以便獨享其成。

「這時轉世的戚甯是個神童，也當趕到。妖人雖勉強將群蜂害死，本身已受了重傷，決非對手。同時那轉世的戚甯，也將谷底寶劍得到手中。寶劍一去，不消半個時辰，滌煩子預先在谷頂上埋伏的神雷必然發動。妖人見勢不佳，必在驚亂中藏起軀殼，遁走元神，回山請了同類中的能手，重來谷中復體尋仇。那妖人並非劍仙一流，不過略諳旁門禁制之法，不能借體回生。這時戚甯如見書中蕉葉上所留仙示，務須細心，尋到妖人屍體，用新得仙劍將首級斬下，用火焚化，方可免除後患。否則妖人求來的同類精通祝由科，凡人死後，只要元首未失，肢體無缺，不過三日，均能使他復生；所學黑煞妖術，也比妖人勝強十倍。妖人活轉痊癒之後，必約了同類，跟蹤尋來報仇。時機一失，定為異日之害。」

餘者俱是指明革囊中諸物的名稱和用途，果有幾件異寶在內：一件是那寶瓶中所盛的萬年寒玉之精，一件是另一瓶所盛的靈丹，還有一件是那本道書，雖非天府秘芨，卻也是學道人入門的基礎。

紀光看到蕉葉第一行字跡，已露出有紀異應得此劍之意。及至聽紀異將全頁念完，不禁憂喜交集。紀光老謀深算，總覺要除妖人，下手愈速愈妙，最好當時前去。偏巧紀異忙了這一整天，腹中早已飢餓；又是年少氣粗，一知就裡，越發沒把妖人放在心上。先說明早前往，紀光不許，才改了晚餐後去。

祖孫二人將現煮好的山雞野蔬，連菜帶飯一齊盛好，大大吃喝了一頓。紀異因天黑路險，帶了寶劍，便要獨自起身。如照平日，紀光並不攔阻。這次因有妖人關係，誠信一個疏忽，定要貽誤將來。哪肯讓他孤身前去。當下祖孫二人各帶兵刃火種，匆匆起身，駕舟過湖，在沉沉夜色之下，一路翻山越澗，縱矮躥高，同往墨蜂坪跑去。

那群銀燕，只要紀異一出門，照舊飛起跟著，紀光祖孫還未到達，為首雙燕已從暗谷飛回。紀異便問：「你們先去，可曾見有妖人屍首？」雙燕搖首連鳴，意似不曾。紀異定要查出個究竟。猛又想起那暗谷既是自己前生修行之所，說不定還藏有別的寶物。便將手一揮，命雙燕仍往前飛去，以便率領群燕幫同尋找。

# 第二章　兩探妖窟

話說這段山路本來不近，極為險峻難行。紀光腳程雖快，到底不如紀異天生夜眼，縱躍如飛，由亥初走起，直到丑止，才抵墨蜂坪。耳聽崖下群燕飛騰鳴叫之聲鬧成一片。跑到崖前一看，暗谷之中甚是昏黑，只見千百銀燕的雪羽閃動。紀異還能略辨景物，紀光簡直什麼都看不見。忙將帶去的火種取出，拾了許多枯枝老藤，紮成兩個大如人臂的火把，一人持著一個，下崖過坪，同往谷中走去。

燕群見主人攜了火光入谷，俱都紛紛飛起。只剩為首雙燕，各站在一塊斷石筍上，剔羽梳翎，顧盼頗是神駿。紀光見所有震塌的碎石塊，大小都差不了多少，俱堆在一處，知是銀燕所為。平日雖知此鳥靈慧，尚不料爪喙這等銳利多力，好生驚訝。便問妖人伏臥之處。紀異領去一看，地下盡是死墨蜂，汙血狼藉。那妖人存身的石穴，業被群燕掘有丈許深淺，穴中爪痕猶新，還有銀燕脫落下的毛羽。妖人屍首卻不知何往？

紀光情知晚來一步，出了差錯。紀異卻不在意，心中還惦記著搜尋別的寶物和那剩下的蜂蜜。拿著火把一陣亂找，不但蜂蜜一些無存，連那死蜂王和蜂巢，俱都不見蹤跡。找來找去，找到暗谷深處未塌倒的地方。用火一照，灰塵中似有人臥過的痕跡，妖人屍首終未尋到。偶抬頭往壁上一看，一片平整的石壁上面，也隱隱現出一個人影，滿身血污，形象與日間所見妖人一般無二。不由脫口喊了一聲：「在這裡了！」

紀光聞聲，追將過去一看，不由大驚，便問：「妖人可是這等模樣？」

紀異答稱：「正是。」

紀光頓足悔恨道：「都是孫兒年幼識淺，當時得了革囊，不曾細看，隨後又要吃了晚飯才來。這壁上人影，明明是祝由科中能手，來此用挪移禁制之法，將妖人救走。我祖孫二人此後不能安枕了。」

紀異道：「那妖人也無什麼出奇之處，他如尋仇，自己找死，怕他何來？」

紀光笑道：「江湖上異人甚多，孫兒你哪裡知道？我雖不會什麼法術，這近一二十年來，常與高人會晤，也頗知一點生克，這斯如此狠毒，必須防你再來窺探，說不定留下什麼害人東西。這壁上人影，切莫用手去動，且待我仔細尋找一回，便知就裡。」

說罷，祖孫二人重又由裡到外再行搜查，並無什麼可疑之處。快近妖人臥處，紀光方以為所料不中，紀異目光靈敏，猛一眼看到穴旁一塊八九尺高的斷石上面，有幾根細松枝削成的木釘，釘著一個泥捏的蜜蜂，形象畢肖，神態如生，蜂身猶濕，彷彿捏成不久。木釘竟能釘入石內，覺著稀奇，無心中用手一碰，木釘就墜落地上。正要拾起細看，紀光在前聞聲回視，看出蹊蹺，剛喊得一聲：「孫兒不可妄動！」忽然一陣邪風從谷頂吹來，手中火把頓成碧綠，光焰搖搖欲滅，轉眼被邪風吹滅。

紀光闖蕩江湖多年，見多識廣，情知不妙。就這驚惶卻步之間，猛聽嗡的一聲悲鳴，接著便聽雙燕齊聲長鳴，展翼飛起，往谷頂衝去。紀異也聽出銀燕報警，循著怪聲，往谷頂一看，只見一團綠茸茸的怪物，大若盆盎的兩隻怪眼發出白光，口中嗡嗡怪叫，正往下面撲來，同時雙燕也迎上前去，與那東西鬥在一處。那谷本來幽暗，僅適才被霹靂震塌之處可見星光。偏偏山崖之上又起了雲霧，更加昏黑。再加上陰風四起，怪物鳴聲淒厲，山石搖搖，似要二次崩裂，越顯得形勢危急，陰森可怖，紀光連催快走，紀異深恐雙燕為怪物所傷，哪裡肯退。

紀異在黑暗中望見雙燕和怪物，兩團白影與一團綠影互相騰撲不休，就在離地十餘丈高下，糾結一起。欲待縱身上去，給那怪物一劍，一則谷太黑暗，地下亂石密積，犀利如刀，二則兩下裡飛鬥迅速，惟恐一個不留神，誤傷雙燕，反而不美。幾番作勢欲上，俱都中止。耳聽雙燕鳴聲漸急，知道不是怪物對手。

紀異正在焦急，猛一眼看見怪物那雙眼睛雖有茶杯大小，光華並不流轉，也不能射到遠處，死呆呆的，如嵌在頭上一般，只管隨著飛撲迎拒之勢上下起落。不由暗罵自己：「真個蠢才，放著這麼好的一個目標竟不會用，枉自著急。」想到這裡，更不怠慢，腳一點處，早長嘯一聲，拔地十餘丈，朝空縱起，一劍對準放白光的怪物頭上揮去。

那怪物受了妖法禁制，甚是靈活，本難一擊便中。偏巧紀光知道妖人既有埋伏，說不定還有別的花樣；雙燕飛翔迅速，鐵爪鋼喙，正好借牠抵禦怪物，抽空逃去，只一走遠，雙燕自會跟蹤飛回，豈不可以免害？一見連催紀異不走，谷黑路險，自己沒有那樣好的目力，休說不放心紀異一人獨留，自己想走也是勢所不能。正在驚憂膽寒，也是看出怪物頭上放光，猜是牠的二目，便將毒藥連珠弩取出，覷準白光，一連就是幾箭。

這時雙燕連中毒刺，已是不支，知道主人警覺發動，便飛退下來。怪物正追之際，一見箭到，剛一避過，恰值紀異縱起，當頭就是一劍，寒光過處，怪物立時身首兩斷。

紀異腳剛落地，猛覺腦後風生，似有東西撲來。仗著目光敏銳，身手矯捷，縮頸藏頭，回身舉劍一揮。這一下，又砍了個正著，將那東西分成兩半。定睛一看，彷彿仍是那團綠影，只是沒有頭。就在這微一遲疑的當兒，又似有東西打來。紀異喊聲：「不好！」忙使劍護住側面，往外一擋。剛剛擋過右面，左面又有東西打來，耳中又聽雙燕飛鳴之聲甚急，黑暗中也不知怪物有多少。

紀異正在驚慌，紀光早從紀異的劍光映照處，看出一些破綻，忙喊道：「孫兒留神，這定是妖人邪法，且莫亂砍。你只將我傳你的劍法拖展出來，護住全身，往谷外逃出便了。」紀異聞言，便將一口寶劍上下揮動，立時寒光凜凜，遍體生輝，連點水都潑不進。

只是那些怪物被劍光掃過，雖然裂體分屍，並不落地，漸漸越變越小，也分出頭尾身體，俱變成百團的綠影，只管圍著紀異飛撲追逐，不休不捨。

紀光只見劍光閃動，雙燕連鳴，看出怪物專攻紀異，情勢危急，反正自己不能先退出去，為救愛孫，一時情急，見陰風已止，便摸黑尋了一個壁縫，將火把插了進去，取出火種點燃，同時，手持腰刀準備。一則看看是些什麼東西；二則想將妖物引開，以免紀異受傷。及至紀光將火把點起一看，那怪物有的是些血肉塊子，有的是些墨綠色的毛團，仍是飛撲紀異一人，倉猝中看不出是什麼東西變化。卻料定怪物已為紀異所斬，因受了妖法禁制，就是將他斬成灰星，仍是追逐不捨，自己上前也是無用。

紀光正在著急無計，猛聽紀異長嘯了兩聲，復又說道：「公公且莫管我。雙燕還在那邊叫，不知為何喊牠不來，恐怕有鬼，快去幫牠們。只須將牠們的子孫喚來，不就將這些小的怪物啄完了麼？」

一句話把紀光提醒，順著聲一找，那雙燕正用全力抓緊適才被紀異用劍斬落下來的怪頭，在斷石下面死掙。紀光連忙趕了過去，從雙燕爪縫中，對準怪頭一苗刀砍了下去。雙燕原本累得力竭，見主人刀下，爪剛一鬆，怪頭立時迎刃迸起。

紀光業已看出那怪頭形象，明白了大半，如若放起，紀異又遇勁敵，忙就勢將刀背一偏，緊緊按住。同時雙燕略緩了口氣，二次又飛撲下來，各伸雙爪，將怪頭抓住，按在地下不放。怪頭堅硬，不比怪物身軀，紀光先那一刀雖然砍中，並未裂成兩半。防它還會分化，不敢再砍。知道這種左道禁法，不將它發動根本所在毀去，即使將它斬成灰屑，一樣糾纏不捨。適才紀異碰落的泥蜂，必然與此有關。

紀光便趁雙燕抓住怪頭不放之際，舞起一片刀花，護住頭面，闖近紀異身側不遠，將他遺落的那根火把搶拾過來，匆匆取火點燃。回向斷石下面仔細一尋，那泥蜂還在地上，只是釘蜂的三根松木釘俱被紀異碰落。坐在一旁拾起一看，不但釘尖帶血，泥蜂身上三個釘孔也很透明，血痕如新，料是妖人禁法本源。急迫無奈，不問能破與否，逕將木釘拾起，對準蜂身釘孔釘去。

說也奇怪，頭一釘還不怎樣靈效，第二釘下去，那些圍繞紀異的綠團已威勢大減，飛舞緩慢。及至三釘剛一釘完，沙沙連聲，火光影裡那成千成萬的大小綠團忽然全數失了生機，自空墜下，亂落如雨。同時雙燕也飛鳴而起，翔集斷石之上。地下怪頭動也不動。

紀光祖孫拿火往地下一照，原來那怪物正是日間被妖人害死的那個蜂王。一雙怪眼已被人挖去，換了兩塊白的石卵嵌在裡面。禁法一破，光華全失，滾了出來，露出一對鮮血淋淋的眶子，地下盡是蜂身上的殘肢斷皮，血肉狼藉。蜂身已被紀異寶劍斬成粉碎，還是這等飛撲，活躍如生，祖孫俱暗驚妖法厲害不置。

依了紀異，妖法已破，不足為害，還想搜尋一回，看看有無別的寶物。紀光終覺這裡不是善地，妖人分明重生，為人救走，留此無益有害，祖孫二人還在爭執去留，那石上雙燕忽然連聲長嗚，先自沖霄而起。紀異又聽出鳴聲示警，才歇了妄想，與紀光各持一根火把照路，匆匆退出。行經谷口，已覺腳底發軟，地皮似有搖動下沉之勢。好在二人一個練過多年武功，一個天生身輕力健，見勢不佳，將氣一提，慌不迭地接連幾縱，逃出谷來。剛剛縱到坪上，猛聽身後轟的一聲巨響，回望暗谷，黑沉沉地起了一團煙霧，也不知二次震塌與否。不敢停留，便往回路趕走。

這一帶山徑崎嶇曲折，本極難行。來時天色原就陰晦有風，二人回走沒有多遠，那風更是越來越大，兩支火把全都被風吹滅。頃刻之間，雷聲殷殷，電光閃閃，傾盆大雨跟著降下。山徑奇險，夜黑天陰，又有狂風大雨，紀光縱然練就一身本領。到底上了年紀，不比壯年，哪裡行走得了。先時憑著紀異一雙神眼，攙扶照應，躥高縱矮，紀光還可走一節是一節。後來那雨越下越大，使得山洪暴發，與雷鳴風吼之聲匯成一片。

宛如石破天驚，洪濤怒吼；千軍萬馬，金鼓交鳴。真是聲勢駭人，震耳欲聾。再加上沿路岩石不時崩墜，一個不小心，便被壓成肉泥。幾次遇著奇危絕險，方僥倖避過，倏地雷雨聲中，又是震天價一聲巨響，前面不遠的路上，一座極高危岩忽然傾倒，把路隔斷。雖然人走得慢了幾步，未被壓在下面，可是要想越過，卻是萬難，僅能順著斷崖繞將過去。

這一帶偏都是些絕澗深壑，微一失足，便落無底深壑。低處是大水瀰漫，高處是危崖窄徑，鳥道羊腸，想要覓地避雨，又恐立處山石崩墜，被它壓傷，只得勉強行走。休說紀光，便是紀異，又要留神自己，又要照顧紀光，也有行不得也之歎。起初是受盡艱危，高一腳低一腳地冒險前行，也不知費了多少冤枉氣力。後來紀異因聞雨中獸吼，恐暗中穿出來傷人，拔劍出匣，以作預防，不料劍光居然能照見數尺以內。這一來，無異地獄明燈。雖然略微覺得好一些，無奈走過的熟路已被崩崖堵斷，繞行之處，都未曾經過，中間還隔著許多廣闊溪澗。如在平時白天，紀異本不難越過。這時兩岸都為水淹，黑暗中望去，到處都是千百道銀蛇一般的水影，亂閃亂竄，怎知哪裡是下腳之處？又還要照護著上年紀的外祖父，哪敢絲毫疏忽。及至看出越走越遠，猛想起空中燕群可以領路時，抬頭一看，這般大的狂風雷雨，那些銀燕雖是靈慧，也一樣禁受不住，早不知飛避何處，不見一點影子。急得紀異朝天長嘯，喊不幾聲，已吞了兩口雨水，忙吐不迭。

紀光知道這般風雨雷鳴，聲勢浩大，燕群不說，即使為首雙燕仍在空中，也聽不見，便將紀異止住。

又走了兩三里路，二人俱是鞋破足穿。紀光漸覺周身寒冷，力已用盡，實難再走。恰巧無心中發現路旁有一石洞，便拉住紀異，一同鑽了進去。紀異借著劍光一照，地勢甚好，除洞壁上面的雨水像瀑布一般倒掛下來，將洞口遮住外，洞中倒還乾燥潔淨。二人在大雨中行了多時，冷氣侵骨，一旦有了棲身之所，便覺溫暖如春，喜出望外。那雨兀自下個不止，風雷中不時聞得岩石崩塌之聲，甚是驚人。

二人相依，倚壁而坐，哪敢合眼。身上火種全都濕透，只憑那口寶劍的光芒照著防備。

好容易耗到天明，雨勢才覺漸止。出洞一看，湖山到處盡是飛瀑流泉。被迅雷風雨擊倒的斷木殘枝，被水沖著，夾著泥沙碎石，紛紛由高就下之勢，直往低處飛舞而下。

頭上是滿天紅霞，一輪曉日剛從東方升起，新霽之後，越顯光芒萬丈，晴輝照眼，真是生平第一次見到的奇觀。二人也不知存身所在離家多遠，急於擇路回去，哪有心腸仔細賞玩。略一辨別方向，便往回走。走不數十步，紀光便見昨晚攀越藤蔓經行的那條窄徑，有一節竟深藏在危崖之下。上面怪石低覆，不可仰立，下面斷崖十尺，深不可測。也不知昨晚雷雨狂風中，是怎生過來的。

紀光不禁對紀異吐了吐舌頭，連稱：「好險！」

紀異道：「這有什麼？昨晚天黑雨大，老怕外祖跌在山溝裡。若像今早這般晴天，無論這山路多難走，孫兒也不怕。」說時，已將那窄路走完，來到一個斜坡之下。

二人見滿山流水，千百股銀泉同時往下飛注。且行且玩，甚覺有趣。忽聽山頭上有人高聲疾喊道：「老頭兒，快躲開，看石頭打著你。」

言還未了，紀異眼快，已然看見離上面數十丈高處，一團畝許大的黑影疾如奔馬，激起數丈高的水花，直朝二人面前飛滾下來。喊聲：「不好！」一時急不暇擇，一把抱住紀光的腰，用足平生之力，腳一點，平地縱起十餘丈高下，直往左側一塊突出的崖石飛躍上去，說時遲，那時快，就在紀異抱起紀光飛縱之間，那從上面崩落下來小山也似的一塊大石，恰巧從二人腳底丈許之處滾過，直落溪澗之中。約有半盞茶時，才聽見石落深壑，轟的響了一聲，餘音隆隆，半晌方絕。墜石從腳底滾過時，激濺起千百道水和泥漿，鬧得二人滿身滿臉皆是。

祖孫二人驚魂乍定，往山頭之上一看，見一所矮屋，萬竿修篁，業被風雨打得七零八落。竹林處立著兩個頭梳丫角的紅裳少女，正指著二人拍手歡笑。紀光心中一動，暗忖：「這種深山窮谷，怎有女子在此？又不是苗人打扮。目前正在饑渴迷路，何不向她們討教一聲？」便命紀異隨了一同上去問路，就便討些飲食。紀異素來不喜女人，因為有些饑餓，聞言無奈，只得隨了紀光同上。還未走到山頭，看出那兩個穿紅的少女正指著自己竊竊笑語，心中老大不快。如非恐紀光腹饑難忍，自己拚著挨餓，也決不上去。

仗著腳程迅速，不消片刻，已到山頂。

二人見那所矮屋只有兩間，位置在山頭上一塊突出的大石之下，外面是人工搭成的屋宇，裡面是一個很深的洞穴。屋外萬竿修篁，雖被昨夜風雨刮得七歪八倒，東斷西折，兩間矮屋依然穩穩的，看不出一絲殘破之象。

紀光在前剛要開言，二女已揖客入內。紀光、紀異隨定二女到了屋內，年長的一個指著一條長的青石說道：「家師昨晚出外，還未回來，不便請二尊客進洞，就在外屋坐談吧。」

紀光見二女中大的約十七、八歲，小的才十二三歲，俱都生得十分秀美，眉目之間英氣勃勃，音聲清脆，談吐從容，知非尋常女子。便躬身答道：「在下紀光，這是我孫兒紀異。昨晚入山，為大雷風雨所阻，迷了路徑，今日天晴，方得覓路回家。適才如非姑娘大聲提醒，險被墜石壓傷。此來一為道謝，二為竟夜跋涉，饑渴交加，意欲求賜一些飲食。並請見示姓名，以圖後報。」

那年小的一個聞言搶答道：「我看你這老頭倒是個好人。飲食現成，只是我姊妹的名字向不告訴人，也不要哪個圖報。」言還未了，長女微嗔道：「雪妹怎的見人一些禮貌都沒有？還不快取吃的去。」

少女走後，長女便對紀氏祖孫說道：「我名吳玖，她乃我的師妹楊映雪，家師大顛上人。昨晚愚姊妹隨定家師在此觀賞雷雨，忽見一道妖氣由西北飛來，直往東南萬花坪那一帶飛落。接著又有千百成群的銀燕跟著飛去。家師素來心慈，因為這些銀燕乃是雪山神禽，性最靈慧，這般大的迅雷風雨，數目又那般多法，恐是妖人從雪山頂上攝來，準備祭煉什麼邪法，一時動了惻隱之心，連忙追去，至今尚未回來。這裡名梅坳，乃本山最險僻之處，四外大壑圍繞，無路可通。適才我見老先生同令孫行經此間，先以為是家師朋友，來此見訪。剛看出不是時，恰巧這半山崖上有一塊斷石奔墜，恐傷人命，一時不及救援，著了急，出聲驚叫。不想令孫小小年紀，竟有如此輕身神力，居然避過。愚姊妹見人危難，未得效勞，反承道謝，怎敢當呢。」

說時楊映雪已端了一盤蒸的熟鵝脯、一盤野山芹和許多煨芋、大壺山茶出來，放在石桌上面，請紀光祖孫食用。二人饑渴交加，略一稱謝，坐下便吃。

紀異見映雪不住拿眼看他，剛要張口，映雪笑問道：「你學了幾年功夫了，居然跳得那般高法？」

紀光知紀異不喜女子，恐他說話莽撞，便搶答道：「舍孫不過生有幾斤蠻力，雖有名師，因為在下孤身一人，獨處荒山，無人作陪，並未得過師傳，哪有什麼真實本領。」

映雪答道：「適才我見他身輕力大，頗似內功已有根底。只是他腳底卻是飄的，縱得快，落得也快，並不能看準地方下落，又不似得過玄門真傳。這一說，就難怪了。」

吳玖道：「雪妹你有多大本領，也敢批評人？這位小朋友，休看他未得真傳，似他這等骨格清奇，神光飽滿，資稟之佳，實少比倫。如果遇名師高人指點，不消多年，正不知要高出我們多少倍呢。」

紀光聞言，遜謝不置。

紀異見映雪言語中有藐視之意，心中好生不服。只是礙著紀光，不便發話，暗自存在心裡。

二人吃飽喝足，便向二女道謝問路，又說了自己的住處。吳玖道：「原來萬花坪湖心沙洲，便是老先生隱居之所。前兩年曾隨家師路過幾次，久欲奉訪，不想卻在此無心相遇。真乃幸會，此地離貴居約有百十里遠近。這梅坳孤峙深壑之中，常人本難到此。昨晚山側塌了一座孤峰，定是那峰倒下來，將壑填滿，將二位從昏黑中引渡過來，如今還得退向前路，仍由倒峰脊上渡過，再行繞路回去，才可到達尊居呢。」

正說之間，忽聽空中銀燕鳴聲。紀異連忙跑出去，抬頭一看，正是為首雙燕。心中大喜，忙拍手歡笑道：「外祖，燕兒們尋來，不必再打聽路了。」說罷，嘬口一聲長嘯，將臂往腰間一叉，雙燕翩然而下，飛集在紀異雙臂之上，不住拿頭在紀異臉上挨擦，口中低鳴不已，神態甚是親密。吳玖、映雪也相繼出來，見了雙燕，讚不絕口。

映雪更是歡喜異常，便問紀異道：「這兩個燕兒，是你餵熟的麼？怎的這般馴善？」

紀異沒好氣答道：「這有什麼稀罕，我家裡多著呢。」

映雪喜道：「這燕兒真是可愛，你既有很多，如肯送我兩隻，包管有你的好處，你可願麼？」

紀光知那些銀燕善知人意，最聽紀異的話，見紀異詞色不願，忙插話說：「姑娘如喜此鳥，我回家之後，命小孫挑取兩隻神駿一點的，送上就是。」

吳玖攔道：「君子不奪人所好。此鳥心靈，善於擇主，你使牠離群索居，豈所甘願？老先生雖然盛意，還以璧謝為是。」

映雪忿道：「我正因此鳥靈慧，能知擇主，我才心愛索討，你當我是要強逼牠來此麼？臥前峨嵋門人弟子，有好幾位俱養有仙禽靈獸，聽師父說，異日青城姜師伯門下十九弟子當中，也有兩位養有這類仙禽神虎的。我們養兩隻，打什麼緊？」

紀光勸道：「二位姑娘不必爭論。此鳥寒舍養有甚多，得蒙留養仙山，正是牠的緣分，決無不願之理。只惜這兩隻略大一點，小孫豢養時久，又是燕群之首，和愚祖孫出力不少，不便相贈。往日小孫出門，燕群千百相隨，飛滿空中。偏巧昨日風雨中失散，今日又不曾尋來，否則當時便可相奉。愚祖孫暫且告別回去，明早先著小孫將兩隻燕兒送來。等到今師回山，再同小孫齋戒沐浴，前來拜望吧。」

紀異素來孝順，見紀光如此說，不便再說違抗的話。暗忖：「這些燕兒，我與牠們情同骨肉，愛如性命，便是我叫牠們在此，也未必能夠，何況我還恨你。現在祖父之命不能違抗，到了明日，我送燕兒來時，卻暗中囑咐，叫牠們一落此女之手，便即飛回，看你有什法想。那時我再拿話激她，看她本領如何。如是不行，我念在今日吃了她一頓，她又是個女流之輩，好男不和女鬥，也不傷她，只羞辱這丫頭幾句，出出今天小看我的悶氣。」

紀異只管胡思亂想，紀光已向二女辭謝起程。當下祖孫二人便照著二女所指說的途徑走去。繞了老遠，走了不少險道，好容易才尋著歸路。經這一整夜的驚恐勞頓，風雨饑寒，總算還未生病。及至到了湖邊，紀異連聲長嘯，只是雙燕在空中飛鳴應和，不見燕群來迎，以為是昨晚被雷雨所傷，狂風吹散。雙燕鳴聲又不甚哀楚，好生不解。紀光想起二女之言，卻料是昨晚受了妖人之害。心中雖是痛惜，因為是乃孫最愛之物，恐他憂急，也沒說破。匆匆過湖，到了沙洲之上，船一攏岸，紀異先往燕棲的樹林之中奔去。

抬頭一看，那千百銀燕俱是好好地棲息在樹上，瞑目縮頸而眠。仔細一點數目，並不短少，只是不飛不鳴罷了，這才放了心。罵這些燕兒道：「這般嬌嫩，昨夜稍微受了點風吹雨打，便沒精打采的裝死，我給你們拿鹽去，看是吃與不吃？」如在往日，紀異每早起床出院，一說拿鹽，群燕定要紛紛飛鳴翔集，取悅主人。這時紀異罵了兩句，竟都頭也未抬，只把兩隻眼睛眨了兩下，重又閉上。紀異看出不妙，忙朝外喊道：「外祖快來，這些燕兒全都病了，快想法醫牠們吧。」

說時，紀光也已走到，先見滿樹銀羽，群燕俱在，暗喜所料不中。及聽紀異這等說法，心裡一驚。猛一眼又看到屋外一角，有好幾面黑旗上畫著白骨骷髏和符咒一般的字樣，散置地上，有的折斷，有的燒焦，不是原有之物，情知有變，不暇答言，忙往屋中跑去，進門便見一個長才七八寸，周身血跡，滿畫符篆的泥人，頭已粉碎，連同兩半截素帛散在門旁桌上。破台下面壓著一張紙條。

紀光取到手中一看，大意說：留紙人往日經過此地，見湖心沙洲竹屋幽林，知非俗士。昨晚迅雷風雨，山頭閑眺，偶見妖氣飛過，後隨千百銀燕。恐妖人多害靈禽，便即跟蹤追來，才知妖人下落之處正是此地。想是與屋主有仇，一到便用極惡毒妖法，想將主人全數置於死地，恰值燕群趕回，見有外人侵犯，由兩個為首的銀燕率領，與妖人拚命惡鬥，因為來勢猛烈，千百成群，妖人先時驟不及防，頗為吃虧。後來妖人激怒，咬破舌尖，行使妖法。除為首兩燕見機逃去外，其餘銀燕俱被打傷甚重，妖人正要拘役群燕生靈，以備回山祭煉魔法之際，留紙人正好趕到，破了妖人邪法，將他逐走。只惜緩了一步，千百隻銀燕中了妖法，業已堪堪待死。

見為首雙燕不住哀鳴求救，因此動了惻隱，取出靈藥，逐個解救醫餵，直到天明，方始畢事，將群燕一一救轉。只是元氣大傷，還得養些日，任其棲息樹杪，不得勞頓，才可復原。妖人雖然逃去，日後終必重來。屋主返家，可至後山梅坳一帶相訪，當有指示預防之法。書末寫著「大顛」二字。

紀光看完，遞與紀異看了。說道：「幸是昨晚為雷雨所阻，未遭妖人毒手。此事多虧大顛上人仗義相助，適才又蒙那兩位姑娘飲食款待。我們受她師徒三人恩禮，無以為報，難得楊姑娘要那銀燕，我看你卻不甚願意，實是不對。我也知你素不喜女子，她那幾句話說得也太直，使你不高興；那銀燕又是你心愛之物，不捨送她。你明日前去送燕，那燕素來聽你的話，你定要弄些花巧，等你轉身，便即飛回，往常我俱由你，此事萬萬不可。那楊姑娘是仙人門下，定有驚人本領。必是看出你的根基雖好，所學還差，見你年幼，所以說話不作客套，並非存心輕慢。你如再不曉事，大虧雖不致吃，定然鬧個無趣。須知千百銀燕俱是她師所救，縱然送她幾隻，也是應該。

「這些靈禽，只要你不從中作梗，去受仙人豢養，決無不願之理。起初原打算只命你一人前去，如今受了人家大恩，我不能不去叩謝。明早你可挑上兩隻大而雄健的，恭恭敬敬隨我奉往，拜山送燕，千萬不可再像今日這等神氣。再違我命，我就不喜歡你了。」

紀異不是不明理，也知燕群是大顛上人所救，送兩隻與她門徒，理所應該。偏與楊映雪原有一番因果，當時心中雖去了芥蒂，及至次日見了映雪，微一交談，不知怎的，仍是氣不打一處來，以致鬧出許多事故。直到後來，楊映雪約同呂靈姑瑤宮盜靈藥，兩番救紀異，才得化嫌釋怨，成了同門至好。不提。

到了第二日一早，紀光草草進了點飲食，帶了紀異，便往梅坳走去。那些銀燕，十九尚未復原。只有為首雙燕，帶了紀異挑出的兩隻小燕，在空中隨行。一路無話。

行近梅坳一看，前晚倒塌的斷峰已然移去。紀光知是大顛上人所為，好生駭然。這四面絕壑圍繞孤峰，最近處相隔也有二三十丈，紀異尚可奮力躍過，紀光簡直是無法飛渡。二人正順著絕壑繞行，忽聽對面有一女子高呼道：「你們送燕來了麼？家師出去了。峰背後有一處相隔更近些，我在那裡設有索橋，快到那處去，我好接引你們過來。」

紀光、紀異見是楊映雪，便照她所說，奔往峰後。果然有一個所在，一塊奇石從峰腰突出，其大可容千人。石邊挺生著幾根石筍，兩岸相隔只有十六七丈遠近。

那楊映雪已在石上相候，身前盤著一堆麻索。見二人行近，喊一聲：「接著。」手揚處，那盤麻索便平空飛出，像箭一般直往二人存身的對崖射來。二人用手一撈，覺出頗有分量，再一看繩頭上並無什麼重的東西。紀光見這般頭輕尾重的東西，竟能隨手筆直發出，如非內功練到絕頂，縱有千斤神力，也難辦到。越知不但大顛上人是仙俠一流人物，連二女也非常人。

正悄悄囑咐紀異言語舉止放恭敬些，楊映雪已在對崖說道：「你們可將此索繫在那株大黃桷樹上面，看能從索上渡過不能？如果不能，我再過來背你們。」

紀異先聽大顛上人不在家，心裡便不願過去。只因紀光來時再三囑咐，銀燕尚在空中，不曾交與。見紀光已然前走，甚是誠敬，不便說「回家」二字。這時一聽映雪又說出這等輕視人的話來，心中氣忿，想要還她幾句，當著紀光又不敢。便一聲不發，將索頭繫住。心想：「相隔才這一點遠，誰希罕你幫忙？我偏要跳過去給你看看。」

紀異一面尋思，一面暗中早將氣力運足，走向崖邊，兩足尖一挺勁，竟然飛身縱過。心中正在得意，還未張口，映雪已看出他心意，微嗔道：「你這兩跳，昨日我又不是沒有見過。你還當這飛索是為你設的麼？看你年歲也不算小啦，怎連一點規矩都沒有？還不快縱回去，將你外祖渡了過來。」

紀異聞言，猛想起只顧自己逞能，一時疏忽，忘了先背送外祖，白白被她嘲笑，自然無言可答，不禁把一張黑臉羞得通紅，只得轉身重又縱了回來，要背紀光過去。

紀光見他仍是倔強，不聽來時囑咐，未免也有些生氣。瞪了他一眼道：「你那麼矮小，不比昨日是個急勁，仗著你身輕，縱得它過。須知這飛索渡人，快有快法，慢有慢法，非內功有了極深根底不行。快走似難實易，慢走似易實難，手上得持有東西。你雖常練道家吐納功夫，一則為日尚淺，二則門徑不同，既未習練，僅仗力大身輕，如何能背得我過，這麼大山風，難道我這麼大年歲，陪你跳崖麼？你如不信，也無須背我，你試空身一人走一回試試看。」

紀異自信從小就能穿枝踏葉，縱躍如飛，哪裡肯服，便單身往索上走去。起初提著滿身勇氣，走得飛快，還不怎覺難。及至離崖三四丈，忽然一陣大風吹來，一個不留神，身子往旁一偏，竟往側面蹬底翻落下去，再想穩住腳步，已然不能。還算他身子矯健，落時兩腳交叉，鉤著長索，身子往上一挺，雙手將索握住，身子被風吹得晃了好幾晃，才行停止。紀光知他平日輕靈敏捷，雖難穩渡，卻不至於出錯，到此也代他暗捏冷汗。便高叫道：「孫兒，你已輸了，就是過去，也不算了。不必站起來，仍照你平時穿躍樹枝之法回來吧。」

紀異仍不甘服，還想立起試試。好容易才得穩住身形，站在索上，起初不大留心，還可憑著那股子勇氣，走得遠些。這一格外留神，惟恐二次失足，反倒更難走遠，不是偏東，便是偏西。再加山風時來，無法使左右輕重勻稱，依舊手忙足亂，翻落下去。不過事前多加一分防備，沒有第一次驚惶而已。紀異見實不能立起飛渡，才知天分是天分，學問是學問，沒有練過，僅憑天資，終是不行。又聽映雪笑聲不絕，真是悔恨氣惱。沒奈何，只得遵照紀光所說，攀索回到原處。

紀光已折了一枝長竹竿，持在手內。低聲說道：「孫兒，下次萬萬不可如此自恃。其實這飛索渡人，如有憑藉，毫無難處。我雖不如你的天資稟賦遠甚，到底練過數十年武功，且待我走給你看。少時你仍縱過去便了。」說罷，將長竹竿往兩臂一斜，端平捧起，逕往索上縱去。走十幾步，緩一緩，將氣勻住，又走。有時遇見大風，人便停住，與風相戰，身子竟歪斜在向風來的那一邊，卻不翻倒，像黏在索上似的。這樣時停時進，時緩時速，點水蜻蜓一般，轉眼到了對崖。

紀異也跟著縱身越過。

紀光先向映雪行禮，述了來意，便命紀異將空中銀燕招下。映雪接在手中，見這銀燕動也不動，好似餵養熟了的，好生高興。說道：「家師昨早回來，言說前晚追趕妖人，在萬花坪舊址湖心沙洲一所竹屋之內破了邪法，救了許多銀燕，代屋主將妖人逐走。吳師姊又談起你二人遇險路過之事，才知你們便是那沙洲主人。這裡原是家師修道之所，自從移居莽蒼山大熊嶺後，每年只有春秋兩季來往兩個月。去年冬天，收進一個女弟子，名叫呂靈姑，是個孝女。家師對她十分憐愛，老恐她一人在山中孤單，這兩次來了，均未住多日，總是略微指點便走。昨晚你們如來，還可相遇，今日已回大熊嶺去了。

「行時留話，說你們這幾天必來看望，命我轉告，你那沙洲上產有一種蛇菌，大是有用。只是如今還未生出，須等明春大雷雨後才有。到時請你務必留下幾個，用鹽水泡起。明春家師回山，親自去取。你送我這兩隻燕兒，倒真靈巧。再經我一訓練，明年今日你們再來看時，便兩個樣兒了。只不知牠們離了群，養在我這裡，心中願不？」說時，那兩個小燕竟似懂得人意，不住曼聲長鳴，拿頭在映雪掌上挨擦。映雪見狀，越發愛極。紀光應了留菌之事，又把銀燕的好惡和喜鹽如命一一說了。

紀異見小燕依戀映雪，心中好生不快。正想朝乃祖示意別去，忽聽山角後面有兩個女子說笑之聲。映雪一聽，丟下二人，口中喚一聲：「是玉姊來了麼？」便往山角後跑去。一會工夫，從山角轉出兩個女子，一個便是那日所見的吳玖，另一個白衣如雪，背插雙劍，生得身長玉立，英姿颯爽，卻是初見。吳玖一見紀光帶了紀異在前恭候，便搶步上前，答禮道：「承蒙在顧，又贈愚姊妹靈禽，足見盛意。家師離山他去，雪妹想已告知。這位乃武當派名宿半邊大師門下弟子女崑崙石玉珠姊姊。那日老先生駕臨，因時太倉猝，又未奉有家師之命，不敢多留。今日並無外人，同往洞中小坐敘談如何？」紀光自是願意。紀異也動了好奇之想，便將回意打消。

祖孫二人向石玉珠見禮通訊之後，便由映雪在前領路，往前山洞府之中走去。那日紀光祖孫驚恐饑疲之餘，來去匆匆，雖覺山勢奇秀，並未識得廬山真面目。這時事過心閑，又是由後山轉到前山，一路留意觀賞領略，方看出山的妙處，真個是雄深險峻，秀麗清奇，兼而有之。

走了一半路程，快到前山，按理，那日所見矮屋和洞府位置在山頂之上，原應折向高處才對，而且已然望見左側山頂便是洞府。不料映雪忽然領了眾人向右側一條通往下面的窄徑走去。那窄徑藏在茂林嘉木之中，不到近前，簡直看不出有路。人行其中，映得眉髮皆青。再加上細草蒙茸，秋葩競豔，草氣花香，沁人心脾。越顯幽絕。

繞行有里許之遙，越走地勢越低。紀異看出與洞府有點背道而馳，忍不住道：「適才若往上走便是山洞，卻引我們到此則甚？」

紀光方以目示意，前面映雪已然聽見，回身笑嗔道：「你這孩子，懂得什麼？前日你們所見，乃是後洞，平時我們練氣觀星之所。這裡才是正門戶呢。你嫌遠，我們抄點近路吧。」說時，又引了眾人從一個危崖夾壁之中穿行過去。那夾壁曲曲彎彎，長有百丈，兩邊危壁如削，僅露一線天光。最窄之處，人不能並肩而行，甚是幽暗。

夾壁走完，豁然開朗，面前現出一片極大的山坳，三面清水圍著一片平地。到處都是千百年以上的老梅花樹，有的雄根虎踞，繁枝怒發；有的老幹龍伸，鐵柯虬舞；有的輪囷盤鬱，磅礴屈伸，自成異態；有的疏影橫斜，清麗絕倫。俱都疏疏密密，散置其間，千形百狀，圖畫難描。如在花時，這一片香雪，更不知還有多少妙處。紀光到此，方知梅坳得名之由。

另一面卻是一座危崖，大小奇石恍如飛來，高低錯落，附崖挺出。上面建了好些亭台樓閣，式樣奇古。又就著崖形，鑿了許多蹬道飛橋，盤繞其上，以相通連。正當中是一座高大洞府，上有碧苔拼成的「香雪洞天」四個古篆。崖底下，一邊一個丈許高的大洞，裡面碧水漣漪，其深無際。左洞乃是溪流發源之所，水從洞口奪門而出，繞溪而流，直投右洞。水聲湯湯，清泉潺潺，泉韻山光，相映成趣，令人耳目皆清，如入山陰道上，應接不暇。

紀光祖孫正在四面賞玩，映雪已走向當中大洞下面石級之上，揖客入洞。紀光不說，便是紀異從小生長荒山，也曾見過不少洞穴，以為裡面未必還勝外面。誰知到了洞中一看，竟是珠纓金珞，晶屏玉障，不但合洞通明，亮如白晝，而且玉床碧几，不染纖塵。尤其石室修整，門戶井然，到處光華燦爛，目迷五色。紀異越看越愛，暗忖：「修道人竟有這些好處。他年母親復生，自己去師父蒼鬚客的洞府之中，不知能否和這裡一樣？可惜洞中主人是個女的，否則時常來此玩玩多好。」

紀異只顧尋思，不覺隨了眾人走向吳、楊二女修道室中，見陳設愈加精美。吳玖請眾落座，說道：「此洞乃前百十年前家師修道常居之所。家師曾說，當時道尚未成，喜事好勝，把這座洞府佈置得和仙宮相似。除洞前三千株老梅外，餘者連洞泉溪水，盡出人為。真個是匠心獨運，巧奪天工。後來道成，深覺此事無聊，實非修道人居處參修之所，便要將此洞封閉。經愚姊妹再三求說，才未廢棄。近年移居莽蒼山大熊嶺，苦修未完功果，將此洞賜與愚姊妹居住，只石師姊和二三相知女道友來過。因家師不許招納外人，今日尚是第一次呢。」紀光聞言，忙起立稱謝。

吳玖還要往下說時，映雪已將手中兩隻小燕放在玉几之上，走向隔室，捧了一大盤異果、一大盤臘脯與一瓶子酒出來敬客，二女俱都殷勤勸用。紀異見那些果子有好幾種都未曾見過，吃到口中，甘美非常。那些臘脯名色繁多，雖然一樣香味撲鼻，因為自己家中醃臘之物甚多，便不甚在意。只管取那果子吃個不休，一些也不作客套。

女崑崙石玉珠一見紀異，本就喜歡他資稟過人。見他愛吃那果子，笑道：「昨日我往凝碧崖，訪看秦家姊妹不遇，得見李英瓊、余英男二位道友。暢聚了半日，才知峨嵋自從掌教真人開闢五府以後，除各派仙人所贈的各種奇花異卉不算，長幼兩輩同門，到處搜求瑤草琪花、仙木異果移植在內。近兩年不知從哪裡又移植了二十四株瓊木朱果，行時承李道友贈了十枚。此果頗有輕身延年之功，本想給舍妹等帶去嘗新。行經此間，承玖姊相招款留，又與紀老先生賢祖孫相遇。今日之會，總算前緣，待我每位奉送一枚，略表微意如何？」說罷，從懷中取出四枚朱果，分給四人。

紀異見那朱果紅得愛人，還未到手，便已聞見一股子清香。看形式、香味以及皮色上的光澤，均頗與前數年求仙涉險，在危崖絕壁上所得那枚千年蘭實相類，知道果是仙果，暗忖：「母親還有幾年便可回生，再吃這樣好的仙果，定然大有益處。自己吃了，豈不可惜？祖父又學會收藏靈藥，無論相隔多年，俱仍新鮮。何不收藏起來，孝敬母親？」想到這裡，不忍進口，略聞了聞，趁大家說笑之際，藏入袋中。恰被映雪看在眼裡，笑對他道：「這裡果子要吃盡有，卻不許往家裡帶呢。」

紀異本來拙於口舌，又厭惡映雪，重拿出來既非所願，倉猝之間，又說不出理由來。只氣憤憤地答道：「這朱果是石姑娘給我的，我給母親帶回家去留著，與你何干？你恐我多吃你的果子，我這就不吃，明日我也去採些來還你便了。」

紀光見他說話僵硬，不禁著急。石玉珠、吳玖卻見他認了真，滿臉稚氣，又憐他的孝思，三人俱要發言。

映雪先搶著答道：「你這孩子太不曉事。你打量我請客不誠，怕你吃多了麼？這朱果乃天材地寶，千百年才一開花結果，不採不落，可在樹上延至百年之久。乃天地間的靈物，服了可以長生。二十年前，才被峨嵋門下李英瓊道友在莽蒼山發現，又為妖屍谷辰倒轉玉靈岩所毀。近年峨嵋諸位長老方從海外仙山覓到了十二株，移植在凝碧崖。想是恰值結果之期，樹上朱果沒有採盡，石道友才得了幾個。凡人得此，真乃曠世仙緣。我見你貪食果子，石道友給你仙果，卻拿來藏起，恐你不知輕重，好意提醒，你卻出言侮慢。休說我給你吃這些果子，俱是家師月前帶來，大半塵世間稀有之物；便連這幾塊臘脯和那一瓶子賽玉釀，也非尋常之物。你從何處去採來相償？」

言還未了，吳玖見紀異已羞得面紅頸粗，十分窘狀，忙喝映雪道：「雪妹便是這等稚氣，你自家說話不莊重，卻和他一個小孩子爭長論短。你雖無心取笑，他卻有意地聽。師父行時所言前生那段因果，還須你自己化解，難道竟忘懷了麼？」

映雪忿然道：「各憑道法，勝者為強。要叫我不論人兒，俱都低首下心服輸，寧遭劫報，也是不能。」說罷，拂袖而去。

紀光先見紀異出語無狀，好生惶愧，只是插不下嘴去。這時正待道歉，映雪業已忿忿走去，老大不是意思。只得向吳玖陪話道：「小孫年幼無知，開罪楊仙姑，少時回去，定加責罰。還望代為勸解才好。」

吳玖道：「雪妹幼遭孤露，家師見她身世可憐，未免寬容了些。再加年幼道淺，遇事有些任性。令孫縱有稍許失言之處，其咎也是由於雪妹自取，無須理她。令孫藏果懷母，足見孝思，我索性成全於他。這裡有兩粒仙丹，乃是家師所煉，有起死長生之功。可與令孫拿了回去，以備他母親服用。我起初令雪妹延賓，原想因家師行時一番言語，借今日之聚，捐棄前嫌。適才見他二人俱是蘊積太深，終是未能化解，想是一切註定。好在雖有波折，終於無礙。此番回去，須囑令孫，此地不可再來，以免再生嫌隙，反而不美。石姊姊見訪，尚有他事相商，請老先生帶了令孫回去吧。」

女崑崙石玉珠也接口道：「令孫我也聽人說過，孝行實是可嘉。這朱果還可分給他一枚，就此一併攜回吧。」

紀光見主人大有逐客之意，只得率了紀異，起身道謝告辭。

吳玖便領二人，由那日所見山頂矮屋的後洞口內出去。紀光在歸途暗思：「吳玖所說之言，暗含深意。紀異不過是年幼無知，一時失禮，對於映雪，並無多大嫌隙，怎便說出不能化解的話來？並且又拒絕二次前去。」越想越不得其解。再見紀異神色，二目暗露凶光，雖然無心中得了靈藥仙果，並掩不住心內忿恨，益發詫異，便不再深說。祖孫二人，各有各的心事，連一句話也未說，俱都悶悶地走回家去。

# 第三章　銀燕盤空

話說祖孫二人回家之後，一晃半年多。

紀光因吳玖的話說得鄭重，恐去了不利，再三告誡，不許紀異往梅坳去。起初紀異雖厭惡映雪，有尋釁比鬥之心，一則因外祖堅囑，二則回想吳玖、石玉珠贈送仙果靈藥，恩德深重，映雪只奚落搶白過兩次，縱然可惡，也應看在吳、石二人面上，況非深仇大恨，何必這般耿耿在懷？再加上梅坳地勢僻遠，又非常去之地，不易走到。他與映雪本是紫雲舊侶，原有一番因果，雖有時想起前隙，不無氣忿，因有這兩三則原故，總是欲行輒止，日子一多，就逐漸淡忘了。

這日也是合該有事。紀光又應苗人之聘，往遠道行醫，去了已好幾天，沒有回來。紀異一人在家，清晨起身做完了早課，忽然心情煩躁，不知如何才好。他秉著先天遺性，最喜花果。想起墨蜂坪那一帶行獵之區，業有兩三個月未去。現值春夏之交，正是花開季節，何不前去採集這些來移植在這沙洲之上？就便遇見什麼肥美的山禽野獸，也好打牲一兩隻回家下酒，豈不是好？

紀異想到這裡，便即起身。因為今日出獵，不似往日貪多；再加上半年多工夫，燕群益發聽話，著實訓練出幾對靈慧的銀燕來；用幾個隨去，盡可足用，燕群無須全數帶了同往。這時凡是大而靈慧的銀燕，都是由紀異起了名字。除為首的雙燕大白、二白照例隨身不離外，又挑了丹頂、玄兒、鐵翅子三隻最矯健的銀燕帶去，其餘燕群全都留守。

這五隻銀燕，大白、二白領袖群燕，自不必說。另三隻燕兒，也是個個猛烈靈警。尤以玄兒最為厲害刁猾，專與猛獸蟲豸之類為難，只要遇上，從不輕易放過，每出門一次，從不空回。身體也與別的銀燕不同，棲息之時，看去仍是一身雪羽，其白如銀；一飛起來，兩肋下便露出一團烏油油發光的黑毛。其勢疾如星流，迅速非常。目力更敏銳到黑夜憑空能辨針芥的地步。紀異最是喜牠，幾乎駕於雙白之上。

當下紀異帶了這五隻銀燕走向湖邊，去了衣履，交與雙白先行飛過去，自己赤身踏水而渡。其餘燕群仍然跟著飛送，直到紀異上了對岸，再三喝止，五燕也跟著連聲齊鳴，不許同往，燕群才行振羽飛回。紀異匆匆穿好衣履，忙即施展本能，如飛前進，不消多時，便行近墨蜂坪。那坪自經前番谷陷峰塌，大雷雨後，平空又添了好些景致。加以連陰新霧，瀑肥溪漲，水聲淙淙，與滿山松濤交奏，花木繁茂，山花亂開，姘紫嫣紅，爭奇鬥豔，令人到此，耳目清娛，滌煩蠲慮，心神為之一爽。

紀異穿山渡澗，且行且玩，美景當前，雖覺心中減了許多煩躁，但那些野花俱是常見之物，不堪移植回去。除去鸞鳴翠鳥等中看中聽不中吃的細禽，僅有時遇見幾隻野禽，並無可吃的野味。獨個兒玩了一陣，忽又無聊起來。紀異正打不出什麼好的主意，忽然一陣微風吹過，從坪後崖那邊傳來一片鏗鏘之音，空中迴響，逸韻悠然，甚是清泠悅耳。紀異生長苗疆，雖從乃祖讀書時節，得知琴瑟形式，並未親眼見過。暗忖：「墨蜂坪除相去還有數十里山路的梅坳外，從未見過人跡，怎的有此？」越覺好聽，便循聲走去。

那聲音因風吹送，若斷若續，彷彿在前面不遠，可是紀異下坪之後，連越過了好幾處危崖絕澗，仍未到達。計算路程，竟走出了三十餘里，正是走向梅坳那條路上。已然相隔不遠，剛以為是吳、楊二女所為，及至留神靜心一聽，那聲音又發自身後來路，才知走過了頭。忙即回身再找時，那聲音竟是忽前忽後，忽近忽遠，不可捉摸。聽去明明只在近處，只是找它不到。

紀異性拗，凡事但一起頭，不辨到決不甘休，哪裡肯捨。又找了一陣找不到，猛想起現放著善於搜尋的銀燕，如何不用？忙即嘬一聲長嘯，手揮處兩臂往外一伸，五隻銀燕立即連翩飛下，落在上面候命。

紀異喝道：「你們這幾個笨東西，只會跟著我在空中亂飛亂轉則甚，這聲音是在什麼地方發出來的，你們在天上看底下容易，倒底是人是鬼？藏在何處？還不快給我找去。」

紀異先疑五燕在空中盤旋不下，是幫著自己尋找鳥獸花草，不知自己來回奔跑，為的是那鏗鏘之聲，所以沒有往那發聲之處找。只要喊下來一囑咐，怕不立時尋到。誰知今日大出意料之外，紀異把話說完，五燕只互相低鳴了幾聲，竟是一動也不動。紀異恐五燕還沒聽懂，又喝道：「笨東西，你們聽呀，這聲音鏗鏗鏘鏘，比苗人彈那大月弦子還好聽得多呢。我們找到人家，跟他們領教，學上一學。回去仿做一個，我每日弄給你們聽多好。」說罷，大白、二白便朝著紀異長鳴了兩聲，接著便用口啣著紀異的衣袖連扯。

紀異原知鳥意，看出是要他回去。驚問道：「你們不代我找，卻還要我回去，莫非又和上次一樣，那發聲音的不是好人麼？」大白、二白搖了搖頭。

紀異不由性起道：「你們既不讓我去，又說不是妖人。我此去不過看看是什麼東西，至多學他樣仿做，教否隨意，並不勉強，又無招惹之處，難道有什麼禍事？」

正說之間，大白、二白還在緊扯衣袖不放，玄兒倏地長嘯，竟然沖霄直上。丹頂、鐵翅子、大白、二白也依次飛鳴而起。五隻銀燕在高空鳴和相應，只是迴旋不下。紀異聽那鏗鏘之聲，突然如萬珠齊落玉盤，隱似雜有金鐵之音，越發比前好聽。

見五燕儘自圍著當頭數百丈方圓地方盤空飛鳴，不見飛落，心中有些不耐。正要高聲呼叱，其中玄兒忽將雙翼一收，急如彈丸飛墜，流星下馳，直往北面山凹之中投去。大白、二白跟在後面。眼看三燕一前兩後，將要落地，大白、二白忽又同聲長嘯，振翼高鳴，凌雲直上。

紀異一心想尋那聲音來源，別的均未暇計及。一見玄兒飛落，知已尋到地方，不問三七二十一，連忙飛步跟蹤追去。那北面山凹，兩面高崖，中藏廣壑，壑底雲氣溟濛，其深無際。崖壁中間橫著幾條羊腸野徑，素無人蹤。全崖壁上滿生叢草藤蔓，野花如繡，紅紫相間，地勢異常險峻。因為僻處墨蜂坪北面山後，相隔稍遠，又無路徑，鳥獸俱不往那一帶去。只在暗谷未崩倒以前，紀異同紀光去過一次，也僅在崖頂登眺，從未下去。

今日追尋琴聲，無心中行近此地，始終沒想到琴聲發自壑底。及至紀異追到一看，玄兒已然不見，那鏗鏘之聲竟發自壑中。身臨切近，益發洋洋盈耳，聽得越真。方在側耳搜尋，忽聽琤的一聲，音聲頓止。只剩壑底回音，餘韻瞬息消歇。危崖大壑靜蕩蕩的，草花繁茂，蒼藤虯結，荒徑荊榛，亙古無有人蹤，更無餘響遺痕可以尋覓。

紀異深悔自己來遲一步，暗罵：「玄兒忒也著急，既然領我到來，怎不等我一等？如今不知飛落何方，教我亂找。」

紀異正在四處留神觀望玄兒蹤跡，猛聽有兩個說話聲音發自腳底，彷彿相隔甚深，好似在那裡爭論。

一個道：「一隻鳥兒，有什稀罕。牠自來送死，又非我等造孽，管牠呢？姊姊偏發什麼慈悲，差點闖出大亂子來。這東西如果和當年一樣野性發作，我們一個制牠不住，被牠逃走，他年師父回來，怎生交代？」

另一個道：「師妹還是這等心狠。我這多年幽壑潛修，功行大進，豈是昔比？如覺制不住牠時，還敢如此大意麼？如今牠吃我用定法制住，業已睡去。倒是這隻可愛的靈鳥，險些被牠吸入腹內，又受驚，又受了點毒。我看此鳥必非無因而至，醫好之後，放牠出去，如是有人豢養，又恐招了外人來給我生事，豈非討厭？」

先一個答道：「我們這天琴壑，多少年來從無人蹤。此鳥就算有人豢養，也是常人。我們如不願留牠，可命洞奴噴雲將洞封鎖，難道還怕牠硬闖進來不成？」

紀異還未聽出那隻幾遭怪吻的鳥便是銀燕玄兒，正覺希奇，猛聽玄兒也在地底微微哀鳴了兩聲，不由大吃一驚。忙將叢草用劍掃削，去查那聲音的來源。又聽先說話的那一個女子，低低說道：「姊姊，上面有人。」說完，便沒了聲息。

紀異明明聽出那說話聲音出自地底，只是腳下石土深厚，草深沒膝，再也找不著一絲影響。更不暇再尋那音聲所在，也不問地底是人是怪，只關心玄兒安危下落，急得手持寶劍，不住在草叢中亂撥亂砍，恨不能把那片山石攻穿，將玄兒救出，才稱心意。

似這樣胡亂砍削撥刺了一陣，耳聽空中四隻銀燕只管盤空高飛，卻哀鳴不下，大有失群喪偶之狀，越猜玄兒凶多吉少。

妖人深藏地底，寶劍雖利，其勢難以攻透。

紀異正在焦急無計，忽然一眼看見身側不遠老樹濃蔭之下的斷草根際隱隱放光。近前尋視，乃是七個碗口大小的深穴直通地底，光華便從下面透出。先原被叢草泥石遮沒，這時方得發現。

再俯身仔細一看，那穴口距離地底深約百丈。下面乃是一個極廣大的山洞，丹爐藥灶、石床几案、琴棋書卷，陳列井然，雖無梅坳仙府富麗，卻是古意悠然。

當中還懸著一個磨盤大小的青玉油盆，共有七根捻，分懸在油盆的邊沿上，每個火頭大如人臂，光焰亭亭，照得合洞通明。地底站著兩個布衣修整、略似道家裝束的女子，身材也一高一矮，矮的一個相貌生得奇醜，手中拿著一把晶光閃閃的寶劍，正對上面注視。卻不見玄兒蹤跡。

紀異驚詫之餘，剛要張口詢問，那矮女已在下面喝道：「你是何人？擅窺仙府，敢莫是欺我姊妹飛劍不利麼？」

言還未了，那年長貌美的一個忙止醜女道：「我看此人頗似山中樵牧之童，迷路經此，有類劉阮誤入天台，師妹不值與他計較。只是恐他出山饒舌，我們索性喚他入洞，與他一點甜頭，囑咐幾句，以免傳揚出去生事如何？」

醜女正要答話，紀異已忍不住答道：「我不是牧童，你們不要胡猜。適才因樂聲好聽，尋蹤不見，我命一隻家養的燕兒來找，親眼見牠飛落此地，追來卻無蹤影。忽聞地底有人說話，聽出我那燕兒在此，我才撥草尋找，不想發現洞穴。想彼此素無仇怨，我也不是存心窺探你們蹤跡。我不問你是人是怪，只求將燕兒好好還我，立即就去，決不相擾，也不向外人說出半句。還有適才音樂之聲，不知你們弄的是什麼東西？可惜你們俱是女子，不便求你們教我。如能將那樂器與我看上一眼，使我能回去仿做一個，無事時來玩玩，那就更感謝了。」

那長女聞言，對醜女道：「原來我救的那隻靈鳥，果有主人。此子頗有根器，決非庸流。今日不期而遇，也算有緣。我將燈光掩了，你從前洞去將他接引下來。我有話說。」

醜女聞言，便朝上說：「你這人看似聰明，怎連琴音俱聽不出？愚姊妹奉有師命，在此潛修已歷多年。今日你的燕兒為我守洞神物所傷幾死，多虧我姊妹將牠救下，但已中了我們洞奴的毒氣，暫時不能飛翔。上面穴口過小，相隔又高，你無法下來。我姊妹二人奉有師命，在此潛修，不能擅自離開。你走向崖邊壁中間有一塊平伸出去的大石，上有藤草掩覆，便是我們的門戶。你到了那裡，可拉著盤壁老藤，攀援下來，我去那裡等候，將你接引入洞，還你燕兒，就便將琴你看。如你膽小力弱，不敢攀援，那只好等燕兒好了相還了。」

紀異一心想著玄兒憂危，立即應允。正在答話之間，洞中央所懸的那盞長明燈忽然滅去，又聽下面醜女連聲催走。紀異走時，彷彿聽見鐵鍊曳地之聲，當時也未注意。匆匆往崖邊跑去，探頭一看，果見一塊危石大有丈許，孤懸崖壁中腰，上下相隔約有四五十丈。從上到下雖有老藤盤結，因為相隔太遠，並無一根可以直達石上。所幸崖邊突出，崖壁中凹，平跳下去，正好落到石上，中間尚無阻礙。因醜女恐他膽小力弱，下不去，成心賣弄，先向崖下喊道：「你說的地方是這裡麼？我要下去了。」

下面醜女應聲道：「你這人倒有膽子。正是這塊大石，可惜我不能上來幫忙。上面的藤接不到石上，援到梢上，還有七八丈高下。你援到那裡，緩一緩氣，再鬆手，撲向旁邊那一根，將它抓住，便援下來了。」

紀異笑答道：「這點點高矮，哪有這麼費事？你躲開，看我跳下來將你撞倒。」說罷，站起身來，提勻了氣，覷準下面那塊危石，喊一聲：「我下來了。」便朝下面危石上縱去。

醜女先從下面略看出他身相清奇，不過具有異稟，仍是一個質美未學的常人，沒料到如此身輕力健，好生歡喜。紀異見那醜女真長得和自己像姊弟一般，再也沒有那般相似，也是說不出來的喜歡。不覺脫口叫了一聲：「姊姊，我的燕兒呢？」

醜女齜牙笑道：「我雖比你高不了許多，一定比你年長。我不知是什麼緣故，怪喜歡你的，當我兄弟，倒也不錯。你姓什麼？」

紀異道了名姓，醜女便在頭前領路。

紀異隨在她的身後，見醜女回身回得異常之快，彷彿還伸手從地下撈起一件東西，微微響了一下。這時洞中漆黑，紀異初來，洞徑由高往下，紆仄奇險，只管專心辨路，也未怎樣留神。一會到了洞底，醜女道：「你先坐下，待我將燈燃起，請姊姊與你相見。」

紀異剛剛坐好，忽然眼前一亮，合洞光明。對面石案後坐著適才所見年長的一個女子，手中托著玄兒，正在撫弄。

醜女立在身邊，滿臉含笑道：「這人名叫紀異。姊姊你看事情多麼奇怪。」

長女回眸瞪了她一眼道：「你就是這般多嘴，錦囊尚未到開視日期呢！」

這時三人對面，燈光之下看得甚清。見那長女面如白玉，星眸炯炯，眉間生著一點朱砂紅痣，甚是鮮明。上半身青衣短裝，下半身被石條案擋住。見了人來，並未起立。

紀異重又說了來意。長女笑道：「我姊妹二人，以前本不在此修道。只因年輕氣盛，誤傷許多生命，犯了師門家法，受了重譴，被師父罰在這天琴壑地洞之內，負罪虔修，杜門思過，不履塵世，不見外人，已是好些年了。這琴原是洞中故物，還有兩個玉連環、一面鐵琵琶，同掛壁間，也不知是哪位前輩高人所遺。每當芳日嘉辰，月白風清之夜，琵琶必定互響，自為應和。因有幽壑回音，聲出地下，其聲若近若遠，無可根尋。天琴壑之得名，便由於此。自我姊妹幽居到此，才得發現。惟恐外人發覺，輕易不曾在日裡撥弄。今日做完功課，忽覺無聊，又經師妹三催促，才取將出來，隨意撫弄，不想將你引來。

「我這洞中還有一洞奴，乃是神物，善於噴吐雲霧，更會放出毒煙，無論人畜，當之必死。你那燕兒想是奉你之命，尋找琴音到此。據師妹在外所見，你那燕兒共是五隻，看神氣早就知道這裡。想是識得洞奴厲害，只管在空中盤旋不下，飛了好一陣。就中一隻竟欺洞奴假睡，突然比箭還快飛將下來。被洞奴張口一噴一吸，幾乎吞了下去。幸我發覺得早，才行奪過，忙餵了牠一粒丹藥，方保住性命。我本不知牠志在奪琴，正奇怪牠冒著奇險飛來則甚，你已到來說起。要我還鳥、傳琴不難，但是我姊妹有一事相煩，不知允否。」

紀異恨不得急速將玄兒要過，忙問：「何事？」

長女聞言，立時臉泛紅霞，欲言又止。

紀異還要追問時，醜女已代答道：「事並不難，只是有些費時費手。如能應允，方可告知哩。」

紀異一則急於得燕，二則和那醜女舊有淵源，一見如故，不由脫口應了。

二女知他誠實，不會反悔，好生欣喜。

長女答道：「既承相助，愚姊妹感德非淺。不過事情只是難料，是否有此巧遇，尚屬未定。這燕兒中毒雖深，服了家師靈丹，已無妨礙，一日夜後便可痊癒，定比先時還要神駿。撫琴之法雖可傳授，但你並無佳琴，傳也無用，我索性傳後將琴借你攜去。從今以後，你每隔三日便來這裡一次，不但指點你撫琴之法，我見你身佩寶劍絕佳，愚姊妹素精此道，你如願學，也可一併相傳。等愚姊妹時機到來，看了家師錦囊，是否相煩，便知道了。」

說罷，招呼紀異近前，先將玄兒隔案遞過。然後命醜女取來一張冰紋古琴，先傳了定音之法，再把適才所奏那一段曲傳與。

紀異絕頂聰明，自是一學便會。這一兩個時辰工夫，竟和二女處得如家人骨肉一般，把平日厭惡女子之心打消了個淨盡。

漸覺天色已晚，攜了琴、燕，便與二女訂了後會，起身告辭。猛想起還忘了問二女的名姓，重新請問。

二女道：「我姊妹負罪避禍，出處、姓名，暫時不願告知。總算比你年長幾歲，不妨以姊弟相稱。且等時機到來，再行詳說吧。」

紀異心直，便不再問。長女便命醜女送出。

這次是紀異在前，行有數十步，不見醜女跟來。剛待回頭去看，那盞長明燈忽又熄滅。隱隱又聞鐵鍊曳地之聲響了兩下。紀異好生奇怪，隨口問是什麼響聲。醜女拉了他一下，悄聲說道：「這裡的事甚多，你不許多問。到時用你得著，自會知道。我姊姊外表看似好說話，她脾氣比我還要暴躁十倍，輕易不發，發了便不可收拾。被罰在此幽閉多年，也因如此。我本無罪，只因當時代她苦苦求情，願以身代，才同受責罰，來此苦熬。如果今日所料不差，出困之期當差不遠。你時常來此，大有好處。要是胡亂問話，觸了我姊姊的忌諱，好便罷，一個不巧，連我也救不了你。」

紀異因燕兒得救，又學了古琴，已是心滿意足，聞言絲毫不以為忤。便答道：「你和那位姊姊這麼大本事，住在洞中又無人管，怎說幽閉多年，不能出困呢？」

醜女答道：「才叫你不要問，又問。我師父現在隱居岷山白犀潭底，人雖不在此地，卻有通天徹地之能，鬼神莫測之妙。不到他老人家所說日限，我等怎敢擅越雷池一步呢！」

說時二人業已行近洞口，忽聞身後丁零零之聲。

醜女大驚失色道：「洞奴醒了，時機未到，恐被牠追來，誤傷了你，大是不便。我去攔牠，你快些上去吧。再來時，仍和今日一樣，先在上面穴口招呼了我們，冉行相見，不可輕易下來。那二個穴口也須代我們用石頭堵好。」

正說之間，又聞洞底呼呼獸喘。醜女不及再說，一面揮手，催紀異急速攀縱上去；一面早回身去截。因為舉動匆忙，返身時節腳底下響了一下。

紀異聞聲注視，見她腳底竟拖著一條細長鏈子。

醜女已慌不迭地低身拾起，往洞後飛跑下去。

# 第四章　深宵驚獸

話說紀異估量那洞奴是個奇怪的猛獸，還想看個仔細時，隱隱聽得長女在洞底呼叱之聲，接著又丁零零響了一陣，便即不聞聲息。仰視天空，四燕飛鳴甚急，日已向暮。

因為一手抱琴，一手托燕，攀縱不便，連向天長嘯了兩聲，才見大白飛了來，先在離頭數十丈處盤飛了兩轉，大白已舒開雙爪，抱琴飛起。其餘三燕想是看出無礙，也相繼飛落。紀異將玄兒交與二白抱去，手揮處，三燕先自騰空。然後將身縱起十餘丈，抓住上面老藤，攀援而上。照醜女所說，將崖下七個孔洞用石塊掩覆，連適才用劍砍亂的草樹都一一撥弄完好，才行高高興興回家。

當晚紀異胡亂吃了一些東西，便去調弄那張古琴，仗著絕頂聰明，居然入奏。直撫到天明，才行就臥。睡不多時，醒來又撫。一連二日，長女所教的手法業已純熟。

趁著紀光未回，紀異便常往天琴壑尋找二女授琴。每次前往，俱照二女囑咐，先在上面洞穴招呼，然後由醜女在崖腰危石上接引下去。到了洞中，再由長女操琴，盡心傳授。似這樣接連去了好幾次。紀異因為醜女接時，總是拿面向著自己，退後引路；送時又叫自己先行，好像她身後有甚怕人看見的東西，不願人見似的。

紀異想起頭一次來此曾聞鐵鍊曳地之聲，後來告辭回去，彷彿又見醜女腳下帶著一段鏈子，再加長女和自己相見，不特從未起立，而且總是坐在那青石案後，看不見下半身，醜女又再三叮囑，如見可疑，不許發問，好生令人不解，漸漸起了好奇之想，打算探查一個明白。可是教琴時，二女只許他在石案前立定傳授，稍一繞越，便被止住，老是不得其便。不但二人隱秘不能窺見，竟連號稱洞奴的怪獸和那鐵鍊曳地之聲，俱似事前藏起，不再聞見。

紀異年幼喜事，哪裡忍耐得住。這一日又到二女洞中，照例傳完了琴，便告辭回去。長女見他聰明，學未多日，已傳了十之三四，一時高興，要傳紀異劍法。因紀異曾說受過名師傳授，便命他先將平日所學練習出來，以便指點門路。

紀異心想：「今日正好借著舞劍為名，給她一個冷不防，縱向二女身後，倒要看看她是什麼緣故。」

當下紀異便將無名釣叟所傳劍法施展開來，暗偷覷二女，臉上俱帶不滿之色，心中有些不服，益發賣弄精神，將新得那口仙劍舞了個風雨不透。二女剛讚他所學雖然不高，天資絕美，紀異忽然使了一個解數，兩足一點勁，便想往二女後竄去。身子剛起在空中，猛聽耳旁一聲嬌叱道：「好個不知死活的孩子，要找死麼？」

紀異知道長女發怒，心剛一慌，眼前倏地一片白影飛來，腳還未曾落地，身子已被人攔腰抓住。正待掙扎，覺著鼻孔中一般腥氣襲來，心頭一悶，神志便即昏迷，不省人事了。

過了一陣，紀異略微清醒，彷彿聽見二女在那裡爭論。

長女道：「我好心好意教他，他自己找死，怨著誰來？本來再過三天，就可拆開師父錦囊。自從他來到這裡，已有半月工夫，並無第二人來此，不是他，還有誰？他偏這等性急。休說洞奴惱他，便是我，如非受了這幾年活罪，將氣養平了些，似他這等專喜探人隱私，我就不要他命，也得給他一個厲害。

「我早就料到你性情魯莽，平時接進送出，容易現出破綻，屢次對他留神，防他近前。今日也是我見他有點鬼聰明，一時高興，傳他劍法，以致鬧出事故。錦囊所說不是他還好，如是他時，他不比鳥兒靈敏，稟賦雖好，既未得過仙傳，諒必沒有服過靈丹仙藥，洗髓伐骨，哪能經得起洞奴這口毒氣？他雖然年幼，總是個男孩子，怎能和救鳥兒一般去救他？師父靈丹服後，至少三日方醒，七日才能復原，豈不錯過天地交泰的時辰，誤了我們正事？」

醜女道：「姊姊不必著急，看他那等稟賦聰明，定是我等救星無疑。姊姊如不救他，轉眼三日期滿，又須再等十二年才有出頭之望了。」

長女道：「我此時已不似先前性子急躁，在此養靜，有益無損。死活由他，難道叫我屈身醜鬼不成？」

醜女爭道：「在此靜修，原本無礙，但這每日兩次磨折，實在難受。只借我道力淺薄，不能救他，否則暫時受多大的委屈，也只一次，有何不可？姊姊不過與他略沾皮肉，他一個孩子，有甚污辱，何必如此固執？」

紀異聞言，偷偷睜眼一看，自己身臥靠壁石榻之上，別無苦痛。離榻不遠站著二女，俱都側面向著自己。二女因為不知紀異服過千年蘭實，當時只被毒氣悶暈過去，並未身死。以為他決不會即日醒轉，只管在那裡談話，一些也沒有注目在榻上，恰被紀異看了個清楚。

原來二女腳下均帶有鐐鎖，用一根細長鐵鍊一頭繫住一個。長女平日坐的青石案後短石柱上有一玉環，鐵鍊便由此穿過，二女行動可以隨意長短。這才明白醜女每次接送自己，長女總是坐在那裡不動的原故來。心想：「二女曾說因受師父責罰，幽閉在此，縱被鎖住，也不打緊，如何這等怕人知道？」想到這裡，不由「咦」了一聲。

二女聽出紀異醒轉，長女先慌不迭地腳一頓，便往青石案後飛去。醜女卻往紀異榻前跑來，見紀異睜著一雙怪眼，還在東張西望，輕聲低喝道：「你不把眼閉上，還要找死麼？」

紀異閉眼答道：「我都看見了，這有什麼打緊？」言還未了，便聽青石案後起了丁零丁零之聲，長女正在低聲呼叱。

醜女悄喝道，「你快不要說話，此事非同兒戲，一個不好，連我都要受責，還不住口。」

紀異素來敬愛醜女，聞言雖不再說，仍不住偷眼往那發聲之處去看。只見長女俯身石柱後面，在那裡口說手指，別的一無所見。正在奇怪，醜女已附耳低聲道：「你此時吉凶尚未可知，人已中了洞奴噴的毒氣。雖仗天賦深厚，當日醒轉，復原總還須一二日。如果後日開拆錦囊，你不是解救我們之人，不特洞奴不能容你，我姊姊也未必放得你過。此時你凡事不聞不見為妙。」

紀異性子倔強，哪裡肯服，一用勁，打算挺身坐起。誰知身軟如泥，連手都抬不起來。剛有些害怕著急，猛想那口寶劍，不由大聲道：「姊姊，我的劍呢？」醜女忙用手捂他嘴時，話已喊出了口。急得醜女頓足低語道：「劍我早替你藏好，誰還要它不成？」

說時，丁零零之聲忽又越響越急。猛聽長女喝道：「這東西不聽話，奇妹快將師父鎮尺取來。」一言甫畢，又聽長女「噯呀」了一聲。

醜女慌忙從壁間取下一物，趕縱過去，長女業已跌了一跤。這時，從石柱後面縱起一物，紀異未曾看到那東西的形象，先見兩點銀光在壁間閃了兩閃。及至定睛一看，那東西生得只有貓大，周身雪白，目似朱砂，獅鼻闊口，滿頭銀髮披拂。頂生三角，烏光明潔，犀利如錐。四條肥壯小腿前高後矮，頗似獅子。如非生相大小，看去倒也凶猛。一出現便伏地作勢，待要往榻前撲來。

紀異哪知厲害，只聽二女腿間鐵鍊亂響，又見醜女手中拿著從壁上摘下來的鎮尺，攔在那東西的頭前，只管呼叱，卻不將尺打下去，那東西瞪著一雙朱目，發出兩道奇亮的銀光，伏身地上，對著醜女作那發威之勢，喉間不住發出丁零丁零之聲。看去形勢頗為緊急，醜女手顫身搖，大有制牠不住之勢。

紀異正暗暗好笑：「小貓狗一般的東西，也值得姊妹二人這般大驚小怪？」那長女已從地上狼狽爬起，繞向醜女身後，倏地接過那一柄八九寸長的短尺，搶向前面，怒聲叱道：「大膽洞奴，我引人入洞，也是奉有師命，非出於我二人私意。他不過聽見鐵鍊聲音奇怪，想看個究竟，並非窺探師父的玉匣。你不奉我命，即噴毒傷人，已是欠責，還敢二次侵害他麼？」

說時，那東西喉間丁零零之聲越響越急，猛然呼的一下，身子頓時暴長起來，比水牛還大。想是長女已有防備，早將那柄尺對準牠頭面按了下去。那東西長得也快，縮得也快，經那尺一按，便即隨手暴縮回原來形體，迥不似先前威猛。睜眼望著長女，似有乞憐之態，垂頭搭尾，懶洋洋地回身往石柱走去。

醜女手中尺剛被長女接過，便縱避一旁。紀異見她累得滿頭是汗，面容鐵青，不住望著那東西怒視。及見那東西被長女制住，才往回退走，忽然取了一條軟鞭，跑向那東西身旁，沒頭沒臉亂打。口裡罵道：「你這不聽人話的該死東西，竟敢將姊姊撞倒。還想欺我麼？都是這些年師父不在跟前，慣壞了你。再不打你，少不得膽子越來越大，日後出困闖了禍，我們還得為你所累。今日不重責你一頓，此恨難消。」一邊說罵，鞭如雨下。起初那東西看去獰惡，這時竟非常馴順，由醜女一直把牠打到石柱後面，長女才行喝止，始終低首貼耳，毫不反抗。

醜女道：「紀弟中毒，未滿一日即行醒轉，錦囊所說定無他人。洞奴凶橫，這三兩日內，姊姊還是用禁法將牠制住，以免生事。」

長女面帶愁容道：「我如非料到此子與我二人有關，豈能如此容讓？但是石柱秘寶，關係重大，勝於出困。我二人又須鎮日用功，權禁片時還可，鎮日禁制，萬一在這三天內被仇人知道趕來，乘隙盜取，那還了得？」

醜女道：「我等在此防守已有多年，均無變故，怎會在這短短三日內出事？姊姊無須多慮。」

長女道：「你哪裡知道，天下事往往變生不測。何況目前正逢群仙劫數，正邪各派能手三次峨嵋鬥劍，期限越來越近；師父在岷山避劫，功行也將圓滿，我等出困不久，她老人家便與神駝乙真人重聚，正是要緊時候。再加以前仇家又多，萬一疏忽，鑄成大錯，縱死也不足以抵罪，豈可大意？」

醜女道：「洞奴不過比我等靈敏，能聽於無聲，視於無形，稍有動靜，老早便能警覺罷了。如果真有厲害敵人前來侵犯，豈是牠那一點丹毒和利爪所能阻得住的？依我的話，還是用法術將牠禁住為是。等到後日開視錦囊，看是如何，再行定奪，紀弟便留在這裡，一則便於調治，二則相助我等脫難，豈不一舉兩得？」

長女想了想，答道：「可恨洞奴天生倔強凶橫，除非見了師父法諭，對誰都不肯一絲容讓。為期只有三日，禁了牠，叫人懸心；不禁，又必乘隙生事。為今之計，只可將牠暫行禁住。到我二人做功課時，再將紀弟移往我昔年封閉的石室之內，將牠放開，把守洞門便了。」

醜女聞言，喜道：「我早想到此。因為內洞壁間石室是姊姊昔年第一次受責之所，休說外人，便是你也多年不曾輕易走進室中，又有你甚多緊要物事在內，怕你不肯，沒敢出口。好在紀弟一二日內不能下床行動，洞奴膽子雖大，室裡面有師父昔日制牠的東西，決不敢輕易進去。如能這樣，再妙不過。」

姊妹二人商議停妥，經此一來，長女對紀異忽然芥蒂全消，行動也不再避諱，殷勤如昔。除給紀異服了兩粒丹藥外，醜女又取了一些乾糧、乾果與他吃。說道：「你此時中毒身軟，不能行動。我姊妹二人自從幽閉此洞十多年來，不特未准進過人間煙火食物，因有師父法鏈鎖足，至多只能飛到崖邊，尚不能二人同往，每日還得受好些活罪。連一枚新鮮山果都吃不到，吃的只有在事前備的乾糧、乾果。總算藏留得好，沒有腐敗。這兩三日內，你先以此充饑。少時我再將師父賜留的猴兒酒取來你用。三日後拆視錦囊，我姊妹二人如能仗你相助脫難，彼此都好了。」

紀異屢次用力掙扎，果不能動。想起諸燕尚在空中相候，不敢飛下；又恐乃祖回來，見自己失蹤憂急，一時好生愁慮。便和醜女說了，意欲寫一封信，命諸燕回家帶去。這時長女正在洞的深處有事，不在跟前。醜女不假思索，便答應了。匆匆取來一片薄絹，代紀異寫了家書。走到洞外危石之上，照紀異平日呼燕之法，喚了兩聲，仍是玄兒飛下。

醜女囑咐了兩句，吩咐諸燕回去看家，第三日再來，然後將絹書與牠帶回。進洞只對紀異說了，當是尋常，也未告知長女。

當日無話。將近夜中子時，醜女忽至榻前對紀異道：「現在我姊妹的行藏，大半被你識透，從今以後，無殊家人骨肉。姊姊因見你秉賦異常，料準是我們救星，已不再怪你。不過未滿三日，你仍須守我前誡。少時我等做功課受磨折，姊姊必要放開洞奴，防守門戶。特地將你移入壁洞石室之內，萬一你能行動，如聞外面有甚響動，不可出來，以防洞奴傷你，大家有害。室中之物，也不可以妄自移動。」說罷，便將紀異托起，正要往洞的深處走去。紀異一眼望見自己那口寶劍懸掛壁上，便請醜女給他帶上。

醜女一面取劍與他佩上，一面微嗔道：「你這口劍，固然是個寶物，放在我們這裡，難道還怕丟了？老不放心則甚？」

紀異強笑道：「不是不放心，我實是愛它不過。」

二人正自問答，長女在青石案前催喚。醜女忙往畫裡面石壁之下跑去。到了用手一推，壁上便現出一座石門。當下捧定紀異入內，安放在石榻之上。只囑咐了一聲：「緊記適才之言，放小心些。」便即匆匆走出。

紀異見那石室甚是寬大，除了一些修道人用的爐鼎用具外，一面壁上滿掛著許多整張千奇百怪的猛獸蟲蟒的皮骨，另一面卻掛著數十個死人的骷髏。室當中也和室外一樣，懸著一個貯滿清油的燈盤，火光熒熒，配上當前景物，越顯得陰森淒厲。暗忖：「長女人極秀氣，便是醜女，除了矮醜外，人也是非常和善。怎的這間室內的陳設，卻處處帶有凶惡氣象？」

正在越看越覺奇怪，偶一側轉頭，看見身後壁上掛著十幾件樂器，俱是一向不曾見過的東西。心想取下撫弄，無奈身子動轉不得。猛想起：「昔日無名釣叟傳授自己運氣之法時，曾說那不但是學道入門根基，如有時生了疾病，只須如法靜坐，便可將受的風寒暑濕袪除淨盡。今日中毒不能起坐，左右閑中無事，何不睡在這裡，運一回氣試試，看是有效沒有？」想到這裡，便將心一靜，收神反視，默運氣功，就在榻上臥著，入起定來。

紀異生具夙根異稟，又服過靈藥，雖然中了毒氣，並無大害，便是不運氣，再過些時，漸漸也會復原。經這一來，自然好得更快，不消半個時辰，氣機運行，居然透過了十二重關。睜眼一舒手足，俱能微微動轉，心中大喜。又復冥心寧神，再來一次。等到一套氣功運完，雖未其病若失，卻也覺得差不了許多。

當他第一次功夫做完，已微聞室外醜女呻吟之聲，因為守著前誡，又急於想身體復原，沒做理會。及至二次功夫做完，剛剛坐起，忽聞室外不但醜女喘聲甚慘，連長女也在那裡呻吟不已，好似受著極大苦痛，又恐人知，竭力強忍之狀。紀異正準備下榻去看，誰知上半身雖好，兩足仍是如死了一般，僅能動彈，不能舉步。用盡心力，也是無用。

一賭氣，只得重新臥倒，又去做那第三次功夫。這次心裡惦記著外室悲呻，心便不能沉得下去。正在強捺心神，忽又聽醜女在室外帶哭帶笑地說道：「師父也真心狠，幸而這活罪只有兩三日便可受完，還可勉強熬過，休說多，如再一年，我便寧被師父飛劍腰斬，也不再受這罪了。」

長女悲聲道：「奇妹休如此說。一則咎由自取，是我連累了你；二則飽嘗苦毒，也未始不是師父想玉我們於成，怨她怎的？如被師父知道，那還了得？」

醜女忿忿道：「聽見我也不怕。」說時，又聞外室起了一陣輕微的異聲，二女便不再言語。一會，醜女先進室來，看出紀異已能轉動，又驚又喜，忙問如何。紀異說了。醜女道：「照你這樣，明晚必可復原。只要守著我的話不要亂動，定有你的好處。」

紀異悄問適才受甚苦處，如此哀呻？

醜女道：「那便是我姊妹每日所受磨折。你明日痊癒，再留一夜，看了師父錦囊，便可相助我二人脫難了。」

紀異聞言，義形於色，答道：「為了二位姊姊，休說幫忙，去死也幹。只是你們受罪之時，可容我偷偷看上一眼？」

醜女想了想，答道：「偷看無妨，但是你明晚已能行動，到時不可出去，以防洞奴還是不聽我們勸解，又來傷你，誤了我們大事。」紀異笑著應了。

轉眼天明，長女也進來陪他談話，俱都無關宏旨。傍晚，紀異請醜女出洞去看，不見諸燕飛來，知道紀光未回，家中無事，越發心安，任憑二女安排。無人時，便運用內功祛毒煉神。一日無事，又到夜間，病體居然復了原狀，行動自如，好生心喜。

交子以後，紀異又聽二女呻吟之聲，忍不住走下榻來。探頭往外一看，二女各自披髮，緊閉二目，背抵背盤膝坐在青石案側一個大石墩上。面前不遠，懸空豎著一面令牌，上繪符篆古篆，閃閃放光，時明時滅。每滅一次，二女必發呻吟之聲，面容甚是悽楚，好似有莫大的苦痛，難以禁受一般。

再往二女腳下一看，俱都赤著欺霜賽雪的雙腳，腳腕上的兩個鐵環和那根細長鏈子，好似新從爐中取出，燒得通紅，二女均似在那裡強自鎮定。等到面容稍一平靜，令牌便放光明，鏈子也由紅轉黑，呻吟即止。可是不多一會，又復常態，悲聲繼起。而且每隔一次，呻吟之聲越發淒厲。到了後來，二女面上熱汗都如豆大，不住攢眉蹙額，好似再也忍受不住。這次時候稍久，竟有好半晌沒有寧息。忽然轟的一聲，石榻旁四面火發，烈焰熊熊，把二女圍繞在內。先時火勢雖大，離石還有丈許。漸漸越燒越近，快要燒到二女身旁。

紀異猜是那令牌作怪，如換平時性情，早已縱身出去搶救，將那令牌一劍砍倒。一則因為醜女再三告誡，不許妄動；二則昨日已曾聽過二女受苦受難之聲，後來見面，人仍是好好的。雖料二女不致被火燒死，終是代她們焦急。眼看火勢越盛，二女眉髮皆赤，就要燒上身去。紀異正在愛莫能助，心中難受萬分，忽見長女秀眉倒豎，掙扎著強呻了一下，猛地將嘴往外一噴，噴出幾點鮮紅的火星，射向火中，那麼強烈的火勢立刻熄滅。

二女面容始漸漸寧靜，不再呻吟。

又待了一會，令牌上大放光明，一片金霞結為異彩。二女才睜開雙眼，緩緩起立，帶著十分萎頓的神氣，狼狽地走下石來，跪倒在令牌前面，低聲默祝了一番，各舉雙手膜拜頂禮。那令牌漸漸降下，往那矮石柱後飄去，晃眼不見。

長女起身埋怨醜女道：「我們已有好幾年未受像今日這等大罪了，那邪火比起以前初受罪罰的各種心刑還要厲害得多。適才入定時，如非我二人近來定力堅定的話，豈不將真元耗散，吃了大虧？後來我實覺難以支持，心身如焚，再也寧靜不住。萬般無奈，方始冒著大險，運用本身真靈之氣將它噴滅，又不知要費我多少天苦修，才能復原。定是你昨日出言怨望，幾乎惹出大禍。」

醜女搶答道：「姊姊休如此說。就算我出言怨望，應當有罪我受，怎會連累到你？再者我的道行法力均不如你，按說不等你將火噴熄，便受傷害，怎的我也能勉強忍受？我素來性直，有口無心，即使把話說錯，師父也能寬容。今日之事，依我想，不是你暗中腹誹，惹得師父嗔怪；便是我二人災難將滿，內丹將成，這末兩日應有的現象吧？」

長女道：「事已過去，無須再說。只剩一天多的期限，務要謹慎些吧。」

醜女道：「這個自然，紀弟想已復原，你將洞奴制住，讓他出來學琴解悶如何？」

長女點頭，嘬口一聲低嘯。先是兩點星光，在壁間閃了幾閃。接著又聽丁零零之聲，從洞外走進昨日所見的猛獸洞奴。紀異心想：「這東西不發威時，才隻貓大，她們說得那般厲害，難道比起昔日採朱蘭時所見怪物還凶麼？」正在尋思，二女已然口誦真言，對準洞奴不住用手比劃。

洞奴先時蹲伏在地，目光射定二女，丁零零的響聲發自喉間，密如串珠，好似不服氣之狀。倏地身子又和昨日一般，暴長起來，作勢待向二女撲去。

二女大喝道：「你屢次無故闖禍，誰再信你？明日便可出見天日，暫時叫你安靜一些，又不傷你一根毫髮，還敢不服麼？」喝罷，猛將手中戒尺一舉。洞奴立時萎縮下去，回復原狀，懶洋洋的，除目光依舊炯若寒星外，恍如昏睡過去，不再動彈。醜女便跑過去，將牠抱起，走向石柱後放下。然後回頭，朝著後壁喚道：「洞奴已收，你出來吧。」

紀異應聲走出，見了二女，各叫一聲姊姊，大家落座。長女淒然道：「適才我等受難，你已看見。自從犯了師門教規，謫居受罪，已十多年了。起初數年，神駝乙真人知我等可憐，曾命苦孩兒司徒平往岷山投簡，代我二人說情，命歸峨嵋門下，帶罪積功，未獲允准。這長年苦痛，雖然因此道行稍進，卻也夠受。明日方有脫困之機，照乙真人前年傳語，期前應有異人來此相助脫難。可是除你以外，直到今日，不見一人。雖猜是你，你又無甚道行，不知怎樣解困脫難。只好一切謹慎，聽諸天命。且等明晚子時過去，開視師父所留錦囊，方知就裡。如有差池，不待多年妄想付諸流水，出困更是遙遙無期了。」

紀異聞言，義形於色道：「二位姊姊休得憂慮。莫看我沒有道行，如論本領，我小時便鬥過怪物，前年又在墨蜂坪暗中除去妖人。如今有了這口寶劍，更是什麼都不怕。只要用得著我，無不盡心盡力，連死了全不在心上的。」

長女道：「適才洞奴呼聲中，已表示出對你不再仇視。但我總怕牠天生野性難馴，又來侵害，這兩日除我姊妹入定時怕有異派妖人乘隙盜寶，將牠放出守洞外，總將牠用法術禁制，以免傷你誤事。我自這些年受苦潛修，心甚寧靜，今日不知怎的，彷彿有什麼不祥之兆，神志老是不寧。奇妹適才之言，使我想起今日幾為邪火所傷，許是一個預兆，並非師父見怪呢。」

醜女插口道：「姊姊受了這多年的罪，起初因為出困期遠，無可奈何，只管苦熬，凡事不去想它，故覺寧貼。現因出困在即，惟恐守了這多年俱無事故，萬一就在這一半天中來了對頭，盜走師父重寶，豈不功敗垂成，萬劫不復？由來象由心生，亦由心滅。我看這魔頭還是姊姊自己招的。你不去想它，自然無事。我道行法力俱都不如姊姊，自來無甚思慮，所以仍和無事人一般。憑我二人本領，又有洞奴守洞，這地方如此隱僻，多年並無人知，怎會只剩一天就出了事？」長女聞言默然。

紀異脫口問道：「二位姊姊所說的對頭是甚樣兒，有甚本領，這樣地怕他？」

醜女道：「師父當年學道初成，疾惡如仇，只是夫妻二人遊戲人間，縱橫宇內，既不依傍他人門戶，也極少與同道交往，一味我行我素，結怨甚多，俱無足慮，雖說師父深隱岷山，現時決不會顧到別的，他們就明知我姊妹在此，也決不敢輕易侵犯。內中只有一個異派妖人的門徒，因他師父師叔為惡太多，死在我師父之手，他立志在青羚峽一千尺寒穴之內發憤苦修。雖然所學不正，本領不濟，卻是發下重誓，定要乘隙報那當年之仇，這人生相與你我一般醜怪，卻比我高得多。不過他只知我師徒在岷山潭底潛修，定然不會知道在這裡，否則早就尋上門來暗害了，還等今日？」

二女無心談說，紀異卻記在心裡。暗忖：「這裡除她姊妹二人外，並無一個外人，如有便是仇敵。那對頭長得又高又醜，更易辨認。明晚他不來便罷，他如來時，我定要會他一會，看看到底有什麼大了不得。」心裡胡想，並未說出。

當下三人談了一會，二女又將琴法指點了些，便各分頭打坐。又是一日無事。

到了第二日夜間，二女因為過了當晚，便是出困之期，入定以前再三叮囑紀異小心，只要熬過子時，便可開視錦囊。

當時俱以為紀異無甚法力道行，並未想到用他相助防護。紀異卻十分自恃，因人已痊癒，二女現在緊要關頭，自己不能白受人家好處，少時無事便罷，如有事時，決定拔劍相助。一則顯顯本領，二則答報人家相待厚意。

紀異心中雖如此想，表面上並未說出。進了壁洞，算計子時已到，尚未聽見二女呻吟之聲。正想探頭去看，剛到門側，忽聽腳畔丁零零地響了一下，低頭一看，正是洞奴。

紀異雖然膽大，畢竟連日耳聞目睹，頗知洞奴厲害，這般突如其來，不由也嚇了一大跳，疑心洞奴要和自己為難。正要伸手拔劍，洞奴似有覺察，往後退了幾步。紀異見牠神態甚馴，便按劍低問道：「你又要朝我噴毒麼？快給我躲開。我如不看在你主人面上，便一劍殺了你。」洞奴睜著一雙星光電射的眸子望定紀異，將頭連搖，又緩緩地走了過來。

紀異看出牠實無惡意，又對牠道：「今晚這般要緊，你不守洞，來此則甚？」說時，洞奴已走近身側，啣著紀異的衣角，往外便扯。

紀異本愛洞奴生相好看，再知牠不來害人，益發喜牠。被這一拉，覺出力量甚大，恐將衣扯破，不覺隨了牠走出室來。一眼望見二女仍和昨日一樣，坐在石墩上面，面前懸著那面法牌已是大放光明，二女面容也絲毫不現苦痛。當時福至心靈，猛地一動，暗忖：「洞奴昨晚守洞回來，何等威武壯大，今日為何恢復原狀？二位姊姊說牠通靈無比，多遠都能聽見，又說解困之人是我，牠強拖我出來，莫非真有仇人前來暗算，要我相助麼？」

正在尋思，猛聽遠遠傳來一種極尖銳淒厲的嘯聲。再看洞奴，已是渾身抖顫，口啣衣角，眼看自己，大有乞憐之狀。紀異更料出了兩三分，恐驚二女，妨她們功課，又聽出那嘯聲越來越近，便不再言語，信步隨了洞奴，看牠引向何處。洞奴似知紀異曉悟，竟口扯住他的衣角，往那在平常視為禁地的石柱後面跑去。

到了一看，石柱後空空的，並無一物。只見石地平潔，繪有一個三尺大小的四方細紋，圭角整齊，中間還有不少符篆。正猜不出是何用意，心中奇怪，那外面的嘯聲已越來越近，相隔洞頂不遠。夜靜荒山，空谷回音，更覺淒厲非常，令人聽了心悸。洞奴神態頓現惶急，突然人立起來，用兩隻前爪扳著紀異肩頭，意思似要他蹲伏下來。

紀異覺出洞奴這一推力量絕大。剛依牠蹲下身子，洞奴又拿口去拱他的劍柄。紀異又把劍拔了出來，洞奴才朝著他將頭連點，做出歡躍之狀。紀異越看越愛，便伸出左手撫摸了兩下。洞奴側耳聽了聽，猛地朝柱外躍去，其疾若箭，一躍數十丈，已達洞口，虎伏在一根石筍後面，睜著一雙寒光炯炯的眼睛注定洞口，大有待敵而動神氣。這時紀異已猜透洞奴心意，是要自己埋伏柱後，助牠禦敵。便右手緊握劍柄，屏氣凝神，靜以觀變。

待了不大一會，洞外嘯聲忽止。紀異耳聰，本異常人，漸漸聽得洞頂石崖上有極輕微的獸足扒動石土之聲。轉眼工夫，便從洞頂小穴中射下四點比豆略大的碧光，滿洞閃射。再看洞奴，周身銀毛根根直豎，小雪獅子也似，業已掉轉身來。接著便見洞頂一團黑影飛墜，石地上輕輕一響，落下一個怪物。那東西生得通體漆黑，烏光滑亮，項生雙頭，形如野豬，大有二尺。長鬃披拂中隱現著兩隻碧眼，時睜時閉，閃動不停。四隻赤紅如血的撩牙露在翻唇之外，又長又銳，看去甚是犀利。前面生著四條精瘦如鐵的怪腳，並排立著，爪似鋼鉤，平鋪地上。後腿卻只兩條，形如牛蹄。長尾倒豎，尾尖亂毛如球。

身子前高後矮，從頭到尾約有九尺長短，卻不甚高，形態獰惡已極。一落地，引頸四下略微聞嗅了兩下，先朝二女身前那面法牌縱去。

紀異恐傷二女，剛待出去給牠一劍，那怪物前面四隻鋼爪還未抓到牌上，已似被甚東西撞了一下，跌落地下。二次又待作勢欲起，洞奴早從石筍後躥出，喉間丁零零響了一下，逕乘怪物將起未起之際，從斜刺裡飛將過去，兩隻鋼爪抓向怪物的怪眼，緊接著便是一口毒氣噴向怪物臉上。等到怪物舉起四爪來抓，洞奴業已縱出老遠，回過身來蹲伏地上，喉間丁零零響個不已。

那怪物出其不意，突受侵襲，四隻怪眼竟被洞奴一邊抓瞎了一隻，自是十分暴怒。也將身對著洞奴蹲伏下來，那一條又細又長的尾巴尖上的亂毛如刺蝟一般，針也似豎將起來。兩下裡相持只一晃眼之間，猛地同時飛起。

洞奴好似有些怕那怪物，身子始終沒有暴長，眼看兩下裡懸空縱起，就要撲到一處，洞奴竟不敢和牠相撞，忽往側面飛去。那怪物好似預知牠要逃避，連頭也不回，只將長尾一擺。洞奴飛縱何等神速，竟會著了一下，立時雪白的細毛上便是一片鮮紅。

紀異看出洞奴為怪物尾上硬毛所傷，勃然大怒，不問三七二十一，一按手中寶劍，便往柱外縱去。說時遲，那時快，就在紀異將出未出之際，洞奴、怪物也俱落地回身，又和頭一次一樣，對面蹲伏。怪物正在頸項伸縮之際，作勢欲起。紀異眼尖，適才怪物縱起時，已覺牠頸子長而異樣，因是側面，沒有看真。這次正當怪物前面，猛然一眼看到怪物那麼大兩顆怪頭，頸上竟和螺旋相似，在項上盤做一團，僅有兩寸多粗細。剛覺奇怪，身已縱出。同時怪物和洞奴也是雙雙縱起。那石柱施有禁法，無論人物，一到柱後，身便隱住。

那怪物雖是凶猛通靈，因和洞奴有天然生克關係，同是兩間奇戾之氣所鍾，雙方相遇，不是我死，便是你亡，比遇見什麼大仇敵還要厲害。洞奴原敵牠不過，只因相隨高人門下修煉多年，本身戾煞之氣化去不少，越發靈異機警。預先埋伏隱僻之處，出其不意，將怪物兩雙怪眼抓瞎了一對，僥倖得了便宜。可是腿股上也著了一下重的。這一來，雙方仇恨更深。

洞奴知道，再用暗算去傷怪物，已是不能；而且怪物主人就要尋來，事機緊迫。這次縱起，本是虛勢，拚著再挨一次，引牠入伏，好由紀異相助除牠。恰好紀異正當其時飛縱出來。怪物生性凶暴殘忍，出世以來，不知傷過多少生物，從未遇見過對頭。不想今日吃了這般大虧，萬分憤怒之餘，算計洞奴怕牠身後長尾，睜著兩隻倖免於瞎的怪眼，正覷定仇敵動靜，以便打去。不想洞奴身剛縱起，忽往後一仰，竟然翻身倒落下去。怪物急怒攻心，只顧拚命尋仇，猛然怪嘯一聲，四隻前爪朝前一撲，一個用力太過，竟連忌諱也都忘記，兩顆怪頭不知不覺朝前一伸，螺旋般的長頸突起尺許，把要害所在顯露出來。

湊巧紀異縱出，見了怪頭，心中一動，順手使劍一揮。兩下裡全是一個猛勁。那怪物原未看見柱後埋伏有人，紀異身手何等矯捷，手持又是一口仙劍，等到怪物覺出不妙，想縮勁逃避，已經不及，劍光繞處，血花四濺，兩顆怪頭連同怪物屍身相繼落地。

紀異方要近看，洞奴忽然身子暴長，比牛還大，上前用口啣起怪物屍首，兩隻前爪，一爪抓定一顆怪頭，飛也似往洞的深處跑去。一會回來，張口將地上血跡舔個淨盡。紀異知牠決無敵意，見牠後腿上盡是怪物刺傷的小洞，血痕在白毛上似胭脂一般，甚是憐惜。剛想伸手撫摸，洞奴倏地避開，低頭啣了紀異衣角，又往柱後拖去；紀異知還有變。

見二女端坐石墩之上，面容莊靜，似無所覺。便依牠照樣蹲伏在地，手持寶劍，覷定外面，暗作準備。

紀異剛站好，便聞崖頂腳步之聲時發時止。忽聽一人低語道：「那日我在白岳路遇曉月禪師，明明從卦象上占出兩個賤婢被老乞婆囚禁在此，應在今晚子時有難，怎地這裡並無洞穴？莫非她們藏在山石裡面不成？」

另一人道：「都是你疏忽。我說雙頭靈螈新收不久，野性未馴，雖有法術禁制，不到地頭，仍是鬆放不得。你偏說是牠耳鼻聞嗅靈敏，已經試過兩次，俱是隨放隨歸；牠又是老乞婆守洞惡獸丁零的剋星，相隔百里之內，便能聞著氣味尋去，硬要老早放開。我見牠未去鎖鏈時已發野性，不住亂蹦亂掙，這一放開，果然晃眼便跑沒了影子。」

先一人道：「我原因牠耳鼻最靈，放牠在前，以便跟蹤尋找仇人下落。誰料黑夜之間會遇見牛鼻子，耽延了一會。適才我還聽到牠的嘯聲就在這裡，說不定已然尋到仇人，與惡獸鬥了起來，我看這地方雖無洞穴，真是幽僻。上面是平地，出口在此，易被外人看破，兩個賤婢本領有限，決無這樣大膽。那洞必在前面壑底懸崖半中腰上，我等試尋一尋看。如真找不到，再用法術將神螈喚回，便知就裡，好歹今晚也要成功。你看如何？」

正說之間，忽又聽「咦」了一聲。一會便聽一個道：「果然兩個賤婢在此入定。看惡獸丁零不在她們身側，必在下面隱僻之處，與神螈拚命相持。此時她們全神內視，無法對我們抵鬥，正好下去。只是這些洞穴開在明處，毫無遮攔，下面除了老乞婆禁制賤婢的法牌，別無準備，這等大意，好生令人不解。老乞婆詭計多端，說不定這裡設有圈套，我們還須放仔細些。」

另一人暴怒道：「怕者不來，來者不怕。好容易才尋到，子時一過，又費手腳，本人尚且不懼，何懼兩個賤婢？她那緊要之物，懼在石柱後面地下埋藏。你如多疑，我當先下去，殺了賤婢，再從容取她那幾件本命東西便了。」

說罷，便聽一聲巨響，上面洞穴碎石紛落。兩道黃光閃處，飛下兩個道裝妖人，一個生得粉面朱唇，鷹鼻鷂眼，身著羽衣星冠，年紀不過二三十歲左右；另一個身材又高又瘦，兩臂特長，頷下長鬚披拂過腹，猴臉黃髮，一雙三角紅眼閃放凶光，形狀甚是醜怪。

紀異知是二女仇人，必定暗下毒手，暗道聲：「不好！」剛要飛身縱出救護，猛覺兩腿被束奇緊，力量絕大。低頭一看，正是洞奴用兩隻前爪抱緊自己兩腿。適才明明見牠跑向柱外，不知何時又回到身旁。只見牠將頭連搖，意思是不要自己縱出，恐驚敵人。不便出聲喝問，強掙了兩下無用，又覺不解。就這一遲疑間，兩個妖人已然發話。白臉的對那長人道：「這兩個賤婢交給我，你去柱後取老乞婆藏的寶物。」

長人說道：「忙什麼？除了賤婢，同去不遲。」

言還未了，那白臉的彷彿急於見功似的，一拔腰間寶劍，便往二女坐的石墩前縱去。身剛縱到石前令牌側面，正待下落，忽然身子懸空吊起，手舞足掙，再也上下不得。那長人手揚處，手中寶劍化成一道黃光，朝著二女飛去，眼看飛到臨頭。忽從二女身旁飛起一片銀光，迎著黃光只一絞，那光仍還了原狀，噹的一聲落在地上，那銀光也不知去向。急得那白臉的直喊：「醜道友救我，那寶物到手全都歸你，決不索酬了。」

那長人先似打算跟蹤上去殺二女，忽見同伴身子懸空，中了人家道兒，面容頓現驚異，立即停步不進。又見黃光被銀光破去，更加識得厲害。聽見同伴呼救，只朝他看了看，冷笑道：「那日初見，你是何等自負？誰想除了借給我的那隻雙頭神螈外，竟是這等膿包。我知老乞婆心腸狠毒，人如犯她，至少得有一個流血的才肯罷手。論我本領，破她擒你的禁法原不甚難。無奈此法一破，我取寶之後，你必向我討謝惹厭。兩個賤婢已由老乞婆用了金剛護身之法，我等今日已傷她們不得。你借給我的神螈，也未見牠有甚實用。少時取走寶物，你是牠的舊主人，少不得會尋來將你救走。再不兩個賤婢入定回醒，必將你放下拷問，你素精於地遁，一落地便可遁走，何須我救？」

說著，長人便往柱前走來。因為同伴遭殃，未免也有戒心，一面走，一面手中掐訣，口中喃喃不絕，滿身俱是黃光圍繞，睜著那雙三角怪眼，注視前進。那白臉的見自己被困，長人不但不加援手，反倒出言奚落，又將自己精於遁法說出，好似存心要敵人知道防備，以便置己於死，不由氣得破口大罵。

紀異先見二妖欲刺二女，好生提心吊膽。及見內中一個無端懸空吊起，幾乎笑出聲來。眼看長人越走越近，快要轉到柱後，自己身子被洞奴抱住，不能動轉。一著急，正要舉劍威嚇，忽覺兩腿一鬆，如釋重負。這時那長人已快和紀異對面，紀異早就躍躍欲試，身子一活動，就勢往上縱起，朝著長人當頭一劍砍去。

柱後那一片地方原有禁法，人由外來，非轉過柱後，不能見物。那長人行近柱前，見柱後面空空的，只顧注目觀察有無法術埋伏，並未看見紀異。猛覺金刀劈空之聲，帶著一陣風當頭吹到，才知有變，一則紀異身輕力大，動作迅速；二則那長人自從乃師死後苦修多年，練會了不少邪法異寶，更仗著有飛劍護身前進，料無他虞，自恃之心大盛。

再加變生倉猝，禍起無形，紀異使的又是一口仙劍，雖然不會駕馭飛馳，卻比他的飛劍要強得多。等到長人有了覺察，一條黑影挾著一片寒輝，已破光而下。紀異天生神力，來勢更猛，這一下竟將長人護身黃光斬斷，連肩帶臂劈了個正著。長人見眼前一亮，耳中又聽瑲的一聲，愈知來了勁敵。才想起抽身避開，再行迎敵時，已經無及，只覺左臂肩一涼，血花濺處，已被敵人斬落。

當時長人驚懼交集，一縱遁光，待要衝出洞頂逃走，耳聽有人喝罵。百忙中回頭一看，那砍傷自己的仇人竟是一個面容奇醜的小孩，手持一柄寒光凜凜的寶劍，正從下面飛縱追來。那劍並未離手，看神氣不似有甚道行之人，柱後也不見有甚法術埋伏。分明自己不小心，吃他暗算。自己枉費了許多心力煉成許多法術和法寶，一些未曾施展，萬不想會在陰溝中翻船，敗在一個小孩手內。差點還送了性命，不由急怒攻心，膽氣一壯，一面行法止血止痛，一面伸右手往懷中取寶。待要按落遁光，將仇敵置於死地，猛覺腿上奇痛徹骨，好似被人抓住，往下一沉。

低頭一看，乃是一隻怪獸，其大如獅，已將自己左腿咬住。二次心剛一驚，忽然一股子煙霧從怪獸口鼻間朝上噴來。長人聞得奇腥之中略帶一股子香味，知是洞中守洞神獸丁零。只要被牠噴上，這股子毒氣，便是不死，也得昏迷半日。自己身居險地，如被噴倒，焉能倖免？立時嚇了個亡魂皆冒，只顧拚命脫身，連手中法寶也未及施為。急忙運用玄功，施那脫骨卸體之法，一掙一甩之間，半截長腿齊腳腕往下斷落。驚悸迷惘中，屏著氣息，一縱遁光，衝頂而出，直往歸途逃去。

飛行沒有多遠，神志逐漸昏迷，再加身受重傷，一個支持不住，就此暈死過去，墜入一個夾谷之中。

# 第五章　慧劍斷情

話說紀異見洞奴忽然身軀暴長，縱上去咬住妖人的腳，往下扯落，心中大喜，一縱身形，舉劍往上便斫。還沒夠著，妖人已駕遁光飛走。洞奴只咬落他半截長腿。紀異正要回身去殺同來妖黨，二女已經醒轉。見懸空禁著一個妖人，面帶驚恐，神情甚是狼狽；洞奴又啣著半截人腿過來。喊住紀異一問，紀異說了前事。二女大為驚訝。

長女道：「果然這廝勾結妖人，前來盜寶行刺。這廝年來苦修，曾煉了不少邪法異寶，加以天生狠毒詭詐，寶物有師父法術封鎖，雖未必為他盜去，那兩樣重要東西，必定被他汙穢毀損無疑。我等先還以為紀弟無甚道行法力，想助我等脫困，必要開讀師父法諭之後。不料卻在事前，會代我等驅除難星，真是萬幸。否則洞奴縱然通靈，能預知警兆，引了紀弟暗中埋伏，依仗神柱隱身，出其不意，使敵人身受重創。

「但是那頭神螈，乃世間極稀見的惡獸，凶狠異常，正是洞奴的剋星。如在事前為其所傷，妖人何等厲害，紀弟僅憑一口劍，決非其敵。那時不但寶物被盜被汙，妖人見同黨被陷，我等有師父禁法防衛，近身不得，勢必變計，用妖法將此洞崩陷，使我姊妹葬身地底。若非紀弟膽力過人，冒險相助，休說脫困，連我等性命都難保了。」

醜女道：「我昨日已看出洞奴不再和紀弟作對，你偏不叫牠出來，差點誤了大事。這裡還有師父仙法禁制著一個妖人，該是如何發落？或殺或放，快些做了，也該辦我們的正事了。」

長女忽然滿臉堆歡，笑答道：「奇妹，如今仇人受了重傷，又被洞奴噴了一口毒氣，逃出不遠，必難活命。今日入定，一些苦痛全無，牌上大放光明，分明師父開恩。只須開視法諭，照它行事，便可脫困。已然在此活受了多年，何必在此一時？留下這個妖人，正可拷問他的來意，有無別的餘黨。你忙些什麼？」說罷，回轉身笑對那空中懸著的妖人道：「我的話你已聽見。你既然來此，我的為人想已知道。此時落在我手，還不實說，要想多吃苦麼？」

那妖人先見同黨昧良，好生氣憤，不住破口大罵。及見妖人連番受創，只覺稱心快意，竟忘了自己處境之險，色欲蒙心，還在暗中賞鑒長女的姿容。直到二女問答，提到了他，才吃了驚。

嗣見長女含笑相詢，語氣雖然不佳，臉上卻無惡意，猛的心中一動，頓生詭計。便裝著一臉誠實答道：「我名鄢明，在本山太乙廟出家，與仙姑素無嫌隙，也無侵害之意。只因我師弟兄三人，只我道行最低，家師坐化時節，特地將新收異獸雙頭靈螈賜我，以為守廟防身之助。誰知三月前遇著適才逃走的惡道葦丑。他和令師徒有殺師大仇，不知從何處打聽到令師自往岷山寒潭隱居，將二位仙姑幽閉在這一帶山谷之中，惟恐外人侵犯，留有神獸丁零守洞。日前又查知本年今日更是出困之期，意欲乘二位入定之時行刺。只因守洞神獸丁零口噴毒氣，中人必死，又能見於無聲，聽於無形，數十里內俱能聽出警兆。恐事先覺察防備，知道雙頭靈螈是丁零的剋星，再三和我結納，許在事成之後以重寶相謝，將牠借去教練了些日，定在今晚交子，放出神螈，一則探查實在地點；二則好仗著牠那一條毒尾將丁零打死，以免到時礙手。

「誰知今晚一到，我便受仙法禁制。他見我一被困，不但不援救，反加奚落，悔了前言，令我速死。我正恨他切骨，誰知他已遭了惡報，枉後盜寶時，被這位仙童和神獸丁零連使他受了重傷，又中了毒氣，縱然拚命逃走，決難活命。我二人並無別的餘黨。他縱不死，我與他已成仇敵，決不敢再來侵犯。望乞二位仙姑念我修道不易，一時受人愚弄，恩加寬免，饒恕一命。不特永感大恩，廟中現有先師遺留千年獨活靈草兩株，情願回去取來，獻上一株，以贖前愆。」

言還未了，長女「哈哈」笑道：「不想你如此膿包，這等向人搖尾乞憐，連一絲骨氣都沒有。也不怕把師門臉面給丟盡？」說到這裡，倏地秀眉一豎，手揚處，三點寒星分上中下三處直向鄢明射去。

鄢明見長女笑罵，以為當時決不致便下毒手。還想故意把話拖長，說個不休，先將二女穩住，出其不意，等地下敵人只要同時發聲說話，便乘機暗使傳音迷神邪法，將三人迷倒。操縱她撤了禁法，放下自己，然後殺了醜女、紀異，將長女攝回山去享樂。萬沒想到長女是多年有名的笑臉羅剎，若對敵人一有笑容，便起殺機。剛見三點寒星一閃，道家三處要穴便被長女的飛針打入，死於非命。

醜女見妖人身死，面帶愁容道：「姊姊你身未出困，又開殺戒。妖人固該殺，怎連他魂魄都不放逃脫呢？」

長女怒道：「這廝鬼眼亂轉，兩手暗中掐訣，定是想乘我不意下那毒手。他卻不知師父禁法神奇，被困的人微微舉動，便有感應，早已被我看破。敵人的虛實、巢穴已得，留他則甚？」說罷，便命醜女同向法牌跪倒，默祝了幾句。那法牌便冉冉往柱後飛去，空中懸的妖人屍首便即落下。

紀異因此時二女對他已無禁忌，屢次法牌飛向柱後，便即不見，心中奇怪，也不及看長女怎生發付那具妖人屍首，跟著法牌後面一看，光華閃處，那法牌恰好落在柱後地下方圈之中嵌住，仍和畫的相似，全沒一些走樣。正想伸手去摸，忽聞醜女相喚，只得走出，忍不住問道：「二位姊姊就要出困，你們的姓名來歷，師父是誰，總可以告訴我了吧？」

長女道：「你先莫忙，等一切事兒都弄妥了，再細說。」

說時洞奴丁零早將那頭靈螺的一屍雙頭，抓啣了來到二女面前。身上傷處，也由醜女取了靈丹給牠敷上。長女先從懷中取出一個羊脂玉的小瓶，用指甲挑出少許粉紅色藥末，彈在死獸腔、項等處。仍由洞奴啣抓了，跑向洞外危石上面，擲落山澗之中。再把妖人屍首也如法彈了些，由洞奴抓出扔掉。然後同了醜女、紀異走向柱後，重新伏地跪祝，地面上所畫的方圈立時隆起。二女連忙扶住，往上一捧，絲的一聲，地下光華亮處，一塊數尺見方、四面如切的整齊玉石便離地而起。適才紀異所見石上畫的法牌，也由有跡變作無跡。二女恭恭敬敬將玉石捧開，現出下面地穴，彩光燦爛，照眼生花。

紀異定睛一看，穴中放有一個錦囊、一柄法尺，另外還立著一個尺許大小、六尺來長的細魚鱗皮袋。長女放開那塊玉石，便縱身下去，先將那皮袋捧了上來，放在原來那塊玉石上面，二次回身取了法尺、錦囊出來，與醜女互相交替地捧著錦囊跪拜默祝了一番。然後打開錦囊一看，裡面俱是刀劍針叉等寶器，還有一封柬帖，繫在三寸來長、金光燦爛的小劍上面。

醜女又喜又悔道：「當初師父用這條七情索鎮心柱將我二人鎮在這裡，曾說她老人家到時不親身來放，仍須假手外人。我便猜想此索非慧光劍不能斬斷，來人決無這大法力。後見紀弟來到，我們總疑不是他。誰知這柄慧光劍，連我二人飛劍、飛針等法寶俱在錦囊之內。早知如此，那年我二人為七魔所困，差一點走火入魔，壞了道基，依我脾氣，早早開視錦囊，取劍斷索，先出了困，仍在這裡帶罪苦修，師父也不見得有那麼狠心，用飛劍將我二人殺死，豈不少受許多活罪，九死一生麼？」

長女冷笑道：「你倒想得好。師父向來說一不二，有那麼便宜的事，由你性兒去做？先看看這封法諭，看是如何吧。」

紀異偷眼看那簡帖上竟寫有自己名字，正在驚異，長女已持簡朗誦起來。大意說：

「長女殺孽太重，災劫過多；醜女災難未滿。自己脫體化身，寒潭苦修，多年不能出世。一則不願二女受外人欺侮，有損師門威望；二則藉此略加懲誡，因醜女代長女求情，願以身代，故此一同降罰，幽閉靈山地穴，使二女得以避劫修道；並可看守法體，以免外人侵害。到日來救之人，名喚紀異，乃醜女同父異母兄弟，同是天賦奇稟，生有自來。

「二女在脫劫前一夜，關係最為重要，心靈稍失鎮靜，立時邪火內焚，化為灰燼。所幸有這些年勤苦修持，到時當可渡過難關。不過長女殺孽獨重，多受苦痛，在所難免。出困之前，必有仇敵妖人前來侵害。此時紀異已來洞中，仗著他心性靈慧，力猛身輕，又有洞奴丁零警悉機微，從旁相助，雖然不會法術，仗著仙遺寶劍，又能臨機應變，必可斬妖逐邪，弭禍俄頃。

「三人開視錦囊之後，紀異雖尚凡人，一則身具仙根仙骨，加以服過蘭實靈藥，真靈瑩澈，具大智慧；又是事外之人，不似二女有那切身利害，二女斷縛脫困，還須仗他，方為穩妥。可將慧劍交他，傳與運用之法。二女端坐於前，靜俟施為，斷去纏鎖，然後用降魔戒尺擊那石柱，便成粉碎，即用餘礫填滿藏寶地穴。從此便可任意所如了。

「逃去妖人雖然斷了腿臂，命數未終，逃出不遠，便即遇救。他為報前仇，煉有兩件法寶，勢必再來侵害。二女脫困，便即無妨。紀異並非我門中弟子，乃母未重生，僅憑天賦，毫無法力。現在湖心沙洲侍奉祖父，早晚妖人尋去，定遭毒手。二女受他相助脫難之恩，不可不報；再者此仇因二女而結，豈能置身事外，可奉了皮囊重寶，隨他往沙洲同住。便中也可出遊積修外功，惟逢雙日，不准擅離一步。候至紀母重生，紀異仙緣業有遇合。他埋母之處乃本山靈穴，二女可將那皮囊重寶埋在其內。然後將魚鱗革囊內藏的一面靈符取出，用本身真火焚化，自有妙用，彼時三人方可各適其適。」

三人讀完了那封束帖，長女笑對醜女道：「我說如何?你只以前聽師父說過慧光劍的妙用，便以為有了它，即能斷鏈出困，可知難呢。」說罷，長女先從錦囊內取出一方薄如蟬翼的白紗，往上擲去。立時便有一片白色輕煙升起，直升洞頂，將洞穴封住，隨後又取了幾件法寶，乍看俱似小兒用的零星玩物，如小刀、小叉之類。及至一出手，俱都有一溜光華閃過，往崖腰洞口飛去。

長女佈置齊備，對紀異道：「我已在這兩個出口用了法寶埋伏，縱使敵人再來，也不怕他了。」當下便將那柄小劍遞給紀異看了，傳了運用之法。

又吩咐道：「少時我將慧劍往起一擲，便有一道數寸長、透明晶瑩的寒光懸在空中，形與此劍相似，那便是此劍的精靈。你須即時閉目入定，照我所傳運用。等到真氣凝煉，劍與心合，覺出它可以隨你意思運轉，方可睜開眼。那時我姊妹二人都朝你坐定，雙足蹺起，上身衣服也俱脫掉，少不得還有些許醜態，切莫見笑，以致分心。你只要全神一貫注視那劍，以意運轉，使其緩緩下落，將我二人身上鏈索一一斷去，我二人便可脫困了。只是你煉氣凝神之時，最易起魔，無論有甚念頭，俱要使其寧息，一心只寄託在離頭三尺這點神光上面。我三人坐處連同洞外，已有幾層法術法寶防禦，敵人決走不進。如見有甚稀奇物事，便是魔頭，不可理睬，由其自生自滅，方可無害。一個疏忽，輕舉妄動，我二人固然身受其害，連你也難倖免。此雖是玄門後天禦魔著相之法，不比佛家反虛生明，無礙無著，即不必假手他人，亦無須自斬束縛，說解便解，還大自在，卻也不是容易，千萬謹慎行事，庶免功虧一簣。」

紀異這時竟甚虛心，一一靜聽緊記。坐好後，長女便將那口小劍恭恭敬敬往上一舉。那劍化成一道數寸長寒光，晶明透澈，升向紀異頭頂三尺高下，停住不動。紀異忙將雙目垂簾，冥心內視，照長女所傳之法入定。初坐時難免不生雜念，幾經澄神定慮，仗著夙根深厚，居然煉氣歸一。

等到運轉了一周之後，果覺心神與外面懸的那口小劍可以相吸相引。紀異這才睜眼一看，二女不知何時上身衣服已然脫去。一個是玉手蒙臉，只露半身，真個膚如凝脂，胸乳隆起，柔肌玉骨，瑩滑光融，美豔到了極處；一個是黃毛遍體，肌若敷漆，瘦骨如鐵，根銀鱗露，再襯著那一張怪臉，其醜也是到了極處。二女的玉足、泥腿同時雙蹺，這才看清那一根細鏈子不但橫鎖二女足腕之上，竟從腿褲中盤了上去，長蛟也似糾結全身，凡是關節處全都盤有一匝。

紀異在洞中住了幾日，見聞較多，已不似前此輕率，哪敢大意。早以全神去注定那道寒光，以意運轉。過有頓飯光景，耳邊似聞喊殺之聲，雜著猛獸怒吼由遠而近。知道無論是聽的還是見的，只一分神，便於二女有害。也不管它是幻象，是真事，恐亂心神，一著急，連五官都寄在那口劍上。也是他天生異稟，這一來，無形中竟收奇效，不但一時萬響俱寂，而且那口劍竟忽然隨著他的心意，緩緩往二女腳前降落，紀異早經長女囑咐，益發不敢怠慢，謹謹慎慎，穩住心神，以意運轉著。那道神光飛向長女雙腳之間，朝那細鐵鍊上往下沉落，腳上鎖鏈立時斷為兩截，連一點聲響全無。接著，斷處便發出五顏六色的火花，順著長女兩腿纏繞處，往褲管中燒去，那細鏈隨燒隨盡，毫無痕跡。

過了一陣，不見動靜，細一看，見長女胸臂、雪腕、酥胸、纖腰、玉頸之間，共圍有五條鎖鏈。紀異因為這些鎖鏈俱都貼膚繞骨，不比腿間那條有空隙，便於下手，惟恐劍光落下去時傷了她的皮肉，長女事前也未說到這點，好生躊躇。那劍光原停在長女胸前，待下不下，紀異這念頭只一動，心神便與那道寒光立即往上升起，回了原處，再也不動。

不由大吃一驚，連忙收攝心神，沉住氣，二次再以意運轉。過了一會，好容易那劍光才有些運轉，漸漸往下沉落。

當下紀異再也不敢起甚雜念，全神貫注在那劍上，先往長女臂腕上擇那一根比較不致命的所在落下。這時紀異真是兢兢業業，輕也不敢，重也不敢。他卻不知慧光以意運轉，自己不起殺心，怎會傷人?劍光才挨在鎖鏈上，便即斷落，又冒起五色火光，順氣流走。且喜長女不曾受傷，只胸前起伏不停，這才放心。念頭微動，那劍光又似要升起，紀異有這一番經驗，便不再有顧慮，只把心神一定，那劍光仍然隨意而轉，也不再似以前費力，竟隨著他的心意往下沉落。頃刻之間，長女身上剩的四條鎖鏈一齊斷化淨盡。

胸前也已平息，微微呻吟了一下，一道光華閃過，長女忽然不見。紀異抱定主意，任什麼都不再理睬，又將劍光運向醜女腳間，依次把周身六根鎖鏈如法斷盡。醜女也是一道光華，不知去向。

紀異知道二女脫困，大功已成，好生心喜。目注劍光飛懸原處，正想不起應如何發付，忽聞二女互賀笑語及洞奴丁零之聲。忍不住回身一看，長女已換了一身華美的裝束，雲鬢仙裳，滿面喜容，與醜女從後洞並肩行來。洞奴丁零早回了原狀，不住在二女腿間往來馳逐歡躍，意似慶賀，丁零之聲響個不已。夜靜空山，幽洞回音，又在大家喜氣洋溢之際，越顯得清脆悅耳。紀異方要迎上前去稱賀，忽然想起那口慧光劍尚懸空際，再回頭一看，已無蹤跡。剛在驚疑，醜女已捨了長女，首先跑近身來，歡笑道：「呆兄弟，多謝你相助我們脫了困。你事已辦完，這劍已為姊姊收去，還只管在這裡發呆些什麼？」

說時長女也已走來。紀異見她這時容光煥發，星眸炯炯，雲鬟低垂，笑靨生春。再襯著新換的霞裳羅裙，滿身光彩，越顯得玉立亭亭，儀態萬方。剛到跟前，便朝紀異斂衽，謝了相助之德。

紀異一面躬身還禮，忍不住笑道：「二姊脫困，還是原來打扮。大姊這打扮倒像是新姑娘（四川土語：謂新娘為新姑娘）呢。」

長女聞言，立時斂了笑容，兩道修眉一聳，滿臉俱是憂苦之色，回身緩步便往後壁洞室走去。紀異疑心把話說錯，好生惶恐，說：「我見大姊打扮好看，說錯了話，叫大姊害羞，大姊莫怪我。」

醜女咧著一張血口，露出白生生的獠牙，「哈哈」大笑道：「弟弟你當她還會害羞麼，妖人怪物也不知被她殺了多少，什麼怪事沒見過？今日落個眼前報，在你面前現出她那從無人見的細皮嫩肉，她還害什麼羞呢，師父曾說她世緣未盡，她受了多少年活罪，今天好容易師父開恩，借你的手，把我兩個放出來，頭一句話說她像新姑娘，正犯了她的心病，所以難過。我就沒有這些忌諱，師父也曾說我在青城七醜之列，一樣也是世緣不易解脫，我卻不去理會。

「常言『人定勝天』，我自有我的主意，管它則甚？再者，我這般醜八怪似的，就算我動了凡心，誰來要我？姊姊自來愛好，又大有名頭，各派妖人都稱她美魔女辣手仙娘。以前無論在家在外，總是打扮得和月裡嫦娥一樣。論她的身材容貌，也真不枉她打扮，要像我這樣，不打扮，人家至多叫我一聲醜女、醜丫頭，若也和她學，豈不是醜字之下還得添個怪字麼？果真如此，遇見妖人，不必和他飛劍相持，就這一副嘴臉，也把他嚇跑了。說也稀奇，我不愛打扮，也不怕世緣糾纏，累我功行，她道行法力俱比我高，卻常恐世緣牽擾，萬一擺脫不了，壞了她的道基，卻又偏愛打扮。她長得那麼美秀，不打扮，已容易叫人愛多看上幾眼，再這麼一打扮，你想人家放得過她麼，豈不是有些自找麻煩？」

「就拿受這多年罪的起禍根由來說，還不是因為那年峨嵋派開府群仙盛會，掌教妙一真人飛劍傳柬，請師公神駝乙真人與師父前去赴會。師父正值岷山解體，不能前往，便打發她代師父前去送禮祝賀。沒想到她在會上遇見一個散仙的弟子名叫虞重的，只知她美，不知她是殺人不眨眼的女魔王，老朝她看個不休。她已然懷恨在心，當著許多前輩，又是來賓，不好發作。偏巧冤家路窄，前生業障，又在歸途相遇，還同了兩個南海散仙騎鯨客的弟子勾顯、崔樹，不知怎的言語失和，爭鬥起來，被她用火月叉、西神劍殺死了虞重，斷了勾、崔二人手臂。

「不久三人的師父告到師父那裡，彼時恰巧她又約我同往成都，做了一件錯事。師父本恨她平日殺心太重，這一來，新罪舊罪一齊發作，才鬧到這步田地。自從在此幽閉，從沒打扮過一次，以為是換了脾氣。誰想她愛好天然，生性難改，一出困，便仍是打扮得和天仙相似。你對她只有好處，一句無心戲言，怎會怪你？她本要朝你道謝，收了慧光劍，到室中攜取許多帶走的東西，只因你這句話觸了忌諱，不願再往下聽，走得快一些罷了。」

言還未了，招得紀異哈哈大笑。長女行至中途，聞得笑聲，妙目含嗔，瞪了醜女一眼，仍自姍姍走去。紀異方知長女果未見怪。

紀異又見洞奴丁零只管在醜女腳旁挨擠徘徊，身上傷痕雖然敷了丹藥，仍未全好。

適才看牠禦敵惡鬥時那般威猛雄壯，這時卻變得這般玲瓏小巧，和養馴了的貓犬相似。

便問醜女道：「那雙頭怪物既是牠的剋星，為何牠兩個才一照面，便被洞奴抓瞎了牠兩隻眼睛呢？」

醜女道：「這兩個俱是天生神物。洞奴其名自呼，所以叫作丁零。身子能大能小，除了雙頭神獸是牠剋星外，無論多麼厲害的猛獸蟲豸，遇上時除了牠不想傷害，否則決無生理。牠不但腳上鋼爪能夠穿銅裂鐵，而且耳目最聰，能聽於無聲，視於無形，略有些微警兆，便能預先覺察。心性尤為靈巧。修道人如收伏這麼一個，用來守洞出行，再好不過。更能吐霧成雲，口噴毒氣，致人死命。真是厲害非常。

「可是那雙頭螈比牠還狠，除了不會噴雲放毒而外，別的本領都和牠差不多。所有各種怪獸中，獨牠不怕丁零內丹中發散出來的毒氣。如果僥倖生裂了一個丁零，將那團腹中的內丹吞吃了去，不消一晝夜，肋下便生出四片蝙蝠般的翅膀，飛行絕跡，專吃人獸腦髓，更難制死牠了。

「牠那條尾巴像個毛球，發威時比鋼針還硬還鋒利的硬毛，便根根豎將起來。每根毛孔裡都有極毒的毒水，無論人畜，打上早晚爛死。這兩種東西都是天地間最猛惡的異獸。不過先天秉賦各有不同。

「丁零不能肉食，遇見正人，雖然暴性難改，猶能馴養，使其歸善。那雙頭螈卻是非腦、血兩樣不饜所欲，死東西還不吃，終日以殺生害命為能事。除了左道妖邪喜歡養牠，遇見正派仙人劍俠，決不使其倖免，為害生靈。最奇怪的是這兩種異獸俱不常見，如果有了一對丁零，相隔五千里外必產一對雙頭螈。母螈和母丁零又都是喜歡水中居住，前半身生相一樣，多有鱗甲，後半身似龍非龍，比公的還惡。當初師父收這一對來馴養，頗費了一些事。知道有了牠，必產雙頭螈，後來才知太行山爛泥潭裡果產了一對，已為赤身教主鳩盤婆收去，只得作罷。因我姊妹幽閉在此，將這隻公的賜給我們作守洞禦敵之用，多年無事，今晚方得到牠的大助。死的這隻雙頭螈，聽妖人口氣，並非從鳩盤婆那裡轉借而來，好生叫人不解。如非丁零相隨師父多年，長了道行本領，休說還敢出其不意，抓瞎牠一對怪眼，見面時早魂不附體了。就這樣還挨了牠一尾巴，如無師父留賜的靈藥，此時早就爛起，兩三天後爛到皮骨無存，露出臟腑而死，焉有命在？

「這隻丁零素來忠心，性又好動，自經師父收伏，從沒離開過姊姊。因為我姊妹遭這十年多的難，是由姊姊所交時常見面的幾個男女道友而起，此時這些人俱是崑崙派鍾真人放逐出來的門徒，我姊姊被困，牠也跟著受了許多年的幽閉，又知我師徒仇敵眾多，所以恨忌生人。你初來學琴，雖經我姊妹再三和牠說，你也許是錦囊中所說助我們脫困的人，牠見你沒有道行，並不大相信，但是尚無仇視之心。偏你好奇妄動，總想偷看我們的隱事。

「你想那石柱後面乃是我們藏放重寶和師父法體的要地，我姊姊因每晚入定受罪，時候往往很久，恐怕出事，曾經叮囑牠，不論何時何人，只要敢去窺探柱後，隨牠性兒處置。我們雖也見你時常想往石柱後走去，因已止過你幾次，俱未想到你會那般固執，不看個明白不休，竟乘學劍之際，往後縱將過去。本就不喜歡你，這一來更把你當作仇敵看待，如何容得？當然要將你置於死地了。當時連大姊都動了真氣，如非我手腳快，趕緊將你從爪牙下搶出，那毒氣便是牠多年煉就的內丹，一經被牠噴上，即行倒地不省人事，再有十個你這樣的，也被牠抓裂成為粉碎了。後來我姊妹見你秉賦異乎尋常，又有那口寶劍；並且日限已屆，更無第二人前來，才斷定脫困之人必定是你無疑，便對牠又說又嚇。牠雖首肯，我仍不放心，還恐在我們入定時又和你為難。誰知牠聽出牠的剋星將至，情急無計，竟會求救於你呢。這回事，如非樣樣湊巧，我二人連法寶俱被師父幽閉我們時裝入錦囊之內，事前毫無所覺，單憑我三人，真未必是那兩個妖人、一個怪獸之敵呢。」

說時，紀異見丁零旋繞腳下，兩隻怪眼星光電射，神駿之中，彌覺溫馴。如非兩次身歷其境，幾乎不信牠會那等凶惡。不由越看越愛，試伸手一抱，牠竟向懷中撲來，紀異便將牠一把抱起，不住用手去撫摸牠身上雪也似白的柔毛，並和醜女對答，卻不敢和牠對臉，以防又為毒氣所中。

醜女見紀異躲閃，笑道：「丁零這東西雖是猛惡，卻是有恩必報，你早晚必得牠的幫助。牠那毒氣因人而施，不是遇敵發威時不會噴出。這時你就親牠的嘴，也不妨事。」

紀異正要答話，長女已提了三大麻袋出來，擲向地上，朝醜女微嗔道：「我們就要移居，放著許多東西，也不幫我收拾，卻在這裡與紀弟談閒天，還不找那根挑竹去。」

醜女答：「我這些年服侍你，也算盡了心吧？偏我姊弟相逢，就不許說幾句話？這些東西又不是我的，你走到哪裡，都是牽牽纏纏。像我這樣子然一身，來去都無牽連多好。再說那根挑竹並不是什麼寶貝，自從那年挑東西到此，我便將它隨手扔入澗底了，想必早已腐爛，還會有麼？」

長女微哂說：「你真是不知輕重貴賤。這些東西雖然多是我的，難道就真沒有你一點，再說師父的法體和這些寶物重器呢，莫非也沒有你的事，至於說那根竹子，乃是岷山白犀潭底所產的陰沉竹，我費了好些心力挖掘，一共才只得六根，三根孝順師父，二根送人，就剩這一根，準備他日將它煉成降龍寶杖。因為這東西也是天材地寶，人間稀見之物，而其性又喜陰惡陽，越是放在卑濕陰暗之處越相宜。來的那一天雖是氣極，也未捨得將它拋棄，才叫你將它扔落澗底深水之中。你怎的還看不起它？你如不信，這時去取出來看，不但那竹還在原處，比起以前，只恐還要光澤堅固呢，尋常竹子挑這麼重的東西，不怕折了麼？」

醜女笑道：「你的東西都是寶貝。照你這樣見一樣留一樣，到哪裡去都捨不得丟，總得帶著，知道的說你藏有珍奇，準備煉寶，不知道的還當你是搬嫁妝呢。」

長女聞言，剛將秀眉一豎，醜女已嚇得回身往洞外便跑，口裡央告道：「好姊姊，莫怪我。今天因我剛脫了困，一時喜極忘形，滿嘴胡話哩。叫紀弟莫來，我這就替你取那根竹子去。」

一路說，人已跑向洞外。長女也未追趕。

待了一會兒，紀異忽覺長女容色驟變，剛想張口問時，先是洞奴口中丁零了一聲，猛從自己手中掙脫，弩箭脫弦一般往洞外飛縱出去。接著便聽長女一聲呼叱，一道光華閃過，往洞外飛去。紀異料又有變動，連忙拔出寶劍，追出洞去。到了危石之上，並不見二女和洞奴丁零的影子。這時天色正是將明之際，遙望高空微雲淡抹，碧天澄淨，東方幾顆疏星低懸若墜，晨光漸吐，愈顯清幽。只是四外靜蕩蕩的，悄沒一點聲響。因為澗谷深險，兩崖尖石犬牙相錯，高低交覆，上面天光雖已透下，澗腰又有雲氣瀰漫，從洞口奇石下望壑底，黑沉沉地不見一物。紀異心中納悶，正上下左右張望，忽聽壑底隱隱傳上來呼喝之聲，入耳甚是深遠，好似二女口音。他耳目本比一般人敏銳得多，算計自己都聽不清晰，上下相隔至少也有數百丈左右。再加下面雲層甚厚，看不出落腳之所，不敢冒昧縱落。伏在石上，朝下面連喊幾聲，未見答應，索性連二女呼聲也都寂然，只剩幽壑回音，嗡嗡不已。

紀異猛想起：「長女只顧隨了洞奴往壑底去，洞中現放有她師父的法體和許多寶物，那都是拿辛苦性命保持下來的重要東西。洞頂上還有七個小洞可以下人，適才長女雖然放了一團光華上去，並說行法將洞封鎖，不知有用無用。妖人雖負傷中毒逃走，據說尚未死去，萬一逃出，去找兩個妖黨前來偷竊，豈不被他得個現成？」想到這裡，靈機一動，拔腳往洞中便跑。到了一看，革囊麻袋等物仍是好好的，心才放下。

待未半盞茶時，忽聽洞頂有個小孩口音低語道：「小道友，救我一救。」

紀異聞言大驚小怪，按劍往洞頂一看，那一團青灩灩的光華倏又重現，內中裹著一個手足俱帶金環，約有七、八歲大小的幼童。生得粉裝玉琢，齒白唇紅，和土神廟中所塑的紅孩兒相似。

穿著雪也似白的短衣短褲，大紅兜肚，手中拿著一對小叉。不知怎的，會被洞頂光華裹住，左右掙扎，不能脫身。燈光照處，已嚇得淚流滿面，全身抖戰不已。

紀異生性惡強服善，嫉惡心慈。明知深山荒崖，天甫黎明，來人決無善意。不過見他年幼，洞中又未丟什麼東西，不由動了惻隱之心，只是自己不會解那光華，無法救他。想問明來意，是否妖人所差，準備向二女求情，免他一死。便喝問道：「你是人是怪？可是逃走妖人打發來的？快點說出，等兩個姊姊到來說情，饒你一條小命；不然，叫你和那妖人、雙頭螈一般，死了連屍骨都化成膿血，那時再後悔就來不及了。」

那小孩含淚說道：「我並未奉甚妖人所差。我從小沒有父母，我父母在明朝做官，明亡隱居太行山，死在一個惡賊手裡。現今仇人還在清朝做大官。我父母死時，寫了血書，連我包好，放在山谷之中，多虧被我師父救到離此不遠的舞鳳崖夾壁潛龍洞中。我一心打算學成飛劍，去報父仇。偏生師父說，因為尋覓不著好劍，只煉了兩柄小飛叉與我，而仇人有一妹子也會劍術，並有一口騰蛟劍，我不是她的對手。慢說我年紀還小，劍術僅略知門徑，就算再過幾年，盡得師父真傳，如無上等寶劍，也是不准前去，以免給他老人家丟醜。師父自己又因走火入魔，數年之內不能動轉。大師兄、二師兄倒有本領，一個要朝夕不離，服侍師父；一個又雲遊在外，久無音信。我知仇人年老，恐他死去，此仇不報，怎對得起死後的爹娘？每日甚是愁苦。

「昨晚丑初時分，剛用完了子午功，忽聽洞外夾壁底響了一下，好似有什麼東西墜地。出去一看，乃是一個新被人斷去一臂一腿的殘廢道人，已然身死，大師兄摸他胸前尚溫。那地方休說空中墜落，便是那夾壁層由上到下，少說也有百十丈，常人如是失足，豈不跌成粉碎？他卻身上並未有別的跌斷破裂之處，知非常人，便抬去問師父可能救轉。

「師父一看，說他不但受傷，而且中毒。我師父原是有名的天醫真人，當時便給他服了一粒新煉成的奪命靈丹，又用法術除去所中的毒氣。過了半個時辰，人雖醒轉，仍難行動。

「我師兄弟請求師父，將他交給我調養，原是一時無心之善。誰想到了我的房中，他的神志漸漸清醒。我一問他來歷，才知因往這裡盜寶，報那殺師之仇，致遭此禍。

「他那仇人便是四川岷山白犀潭底老劍仙神駝乙休的老婆韓仙子的兩個女徒弟，一個叫畢真真；一個叫花奇。二人帶著一個神獸，名叫丁零，在此看守她師父的軀殼和許多法寶飛劍。可是這兩個女子俱犯了教規，身遭鎖禁，每晚子時還要入定，受一次罪。

「他可惜得信太晚，前不久才知道。因為神獸有毒，甚是厲害，還請了一個幫手，借了那同伴一個雙頭神蟌，前來盜寶報仇。他們來到時，畢、花二女俱在入定，下手正是時候，沒想到那同伴一下去，先吃了人家埋伏困住。他知有了防備，心想殺害仇人已是不能。

「老仇人軀殼、法寶藏在一根石柱後面，他又預先向高人學會了開取之法，如能盜走，仇便算報了一半。萬沒料到，眼看成功，一時不留神，被一個小道友所算，想必那人便是你了。他先被砍斷了一條臂膀，當時如駕遁光逃走，也不致那麼糟。偏生逃到洞頂，心中氣憤不過，想用法寶傷你。又萬沒想到，守洞神獸並未被雙頭蟂毒尾打死，不知從何處飛來，咬住他的腳腕子，又噴了他一口毒。才知再不逃走，休說活命，連屍骨靈魂都保不住。不顧報仇，自己用解體法斷了半條腿，勉強逃出了洞。飛沒多遠，神志一昏，便落下深谷，不省人事了。

「我因想報父仇心切，見人就打聽哪裡有法寶、仙劍可得。一聽這裡法寶、仙劍甚多，地方以前又來過兩次，只不知下面有這麼大的洞和出入的門戶。明知事情太險，也不顧了，便再三強他說那上下出入之法。

「他先時連勸我，說這裡不好惹。又有桃花鎖魂散，如被擒住，彈上一點，全身化為血水，連神魂都一齊消滅。二位女道友又是心辣手狠，決不輕饒，切莫要自己找死。我正有些害怕，打算到底來是不來，他忽然把臉色一變，不但指明我出入的道路，並說洞頂如果封閉，看不出那七個下來的小洞，他可傳我破法，還轉勸我機會不可錯過，二位女道友必當他已死，不作防備，大可一試。否則仇人災難已滿，少時就要離去，或是返回岷山覆命，以後無法再遇了。

「我也看出他先勸我不來，倒是好意。隨後又勸我來，明明想我萬一盜走你們師父的軀殼、寶物，固然可以代他出氣，否則我死在此地，師父必不忘殺徒之恨，數年後功行圓滿，必尋你們報仇，豈不正合他的心意？我一則因話已說滿，面上再下不來；二則實在是起了貪心，想盜得一兩件法寶、仙劍，煉成了去殺仇人，也不管他存心怎樣，連夜趕來，尋到他所說的地方，照他教的法兒一試，果然出現洞穴。探頭往下一看，果有他所說的法寶革囊，只是未見有劍，洞中卻沒一人。我猜你們必已安歇，或往後洞隱處打坐，因為洞頂已然行法封鎖，所以沒有防備。見洞的上下四外全沒一點可疑之處，滿想一縱下來，就可取到手裡，逃了回去。誰知青光一閃，便將我裹了個緊，用盡方法不能脫身。」

「我明知無故侵犯，罪大該死。怎奈我死並不足惜，可憐我父母全家，因不做異族的官，被惡賊陷害，說是著書誹謗，大逆不道，拿進京去一齊殺死。血海冤仇，只留給我一人去報。如若死在這裡，怎好見我死去的爹娘兄嫂？我只求你將我暫時放了回去，只一尋著好劍，煉成以後，報了父母之仇，我必束手前來，任憑你將我千刀萬劍砍死，皺一皺眉頭都不是人。如有虛言，永世不得超生。」說罷，竟痛哭起來。

紀異見他出語真誠，談吐伶俐，年紀雖小，卻是那般悲壯沉著，不禁惻然道：「聽你說得很苦，我倒是極願放你。無奈我也是新來不久，並不會什麼道法。你說的那個花奇是我親姊，還好商量。你說的那畢姊姊，我也剛知道她的名姓，人長得善良，心腸卻狠，笑著臉殺人，神色不動。殺了還彈什麼藥粉，化成膿血，我們未必準能勸得她聽。

「這些都還在其次。那洞奴丁零，平時乖得和小貓一樣，卻是一發威，見了敵人，比什麼都凶惡。又得過畢姊姊的吩咐，只要外人到這來裡，隨牠毒死抓死咬死全不問。你想我以前還和她們是朋友，因為走錯一點，都讓牠噴毒，死過一回，如若見你，怎能容你活著回去，這事只好看你點子高不高了。」

那小孩先聽紀異說，只要說明來歷，便給他說情，以為有了生路。一聽仍是懸乎，不由心驚膽戰，連滿腔痛哭都嚇了回去。戰戰兢兢說道：「恩人如肯救我一條小命，我雖年幼，師父曾傳我不少小法術，知道各家法寶的用法。你不會解法無妨，我知道這困住我的東西定是有相有質之物，並非什麼禁法。只問那二位女道友施展此寶時，可曾念什麼咒語？如果只是掐訣，我便有脫身之法了。」

紀異聞言，暗忖：「這小孩甚是可憐可愛，嘗過了二女的厲害，就便放了他，也未必敢於忘恩反噬。」便想了一套話答道：「你這小娃娃真呆。我們這洞中到處有法寶埋伏，你竟敢這樣大膽，前來盜寶。如非遇見我，看你孝心可憐，要是早來一步，不論遇上二位姊姊和洞奴丁零，都早沒了命了。你且將放你的法兒說出，看若行得，我便擔點不是，將你放走吧。」

小孩見紀異沉吟不語，好生焦急，聽出有了允意，不由驚喜交集，忙即答道：「小道友你如肯放我不難。她洞頂封鎖，已為我來時破去。此寶操縱的一頭，就懸在那盞青玉油盆的鐵鍊上面。適才我見你從洞外進來時縱得甚高，身子甚是輕靈，你只須縱上去，左手攀著盆沿，鏈上有幾絲極細的五色光華，可用右手撈著，一抖一扯。我這裡再用脫身之法，但有點空隙，我便可以脫身下來……」

說時，紀異已聞得洞奴丁零叫聲從洞外壑底傳來，恐二女來了不許，忙照小孩所說，腳底下一墊勁，憑空數十丈縱將上去，左手一把攀緊盆沿。再定睛仔細一看，燈盆鏈上果有幾絲細的彩光，時隱時現。先時只見二女取了個網形的東西，化成一片華光，撒向上面，轉眼不見。自己目光專注洞頂，又有那麼大青玉盆擋住，沒有看出。知道小孩所說不錯，身微向上一起，用手一撈，入手柔軟，和苗民新抽出的蠶絲一般。當時紀異也不假思索，就勢一抖一扯，剛覺出那東西甚是沾手，一溜青煙飛墜，小孩業已落下地來。

紀異見小孩脫了險，心方高興，欲待鬆手下落，手已被那幾根彩絲黏住，身子懸在空中，休想甩脫，才知是上了小孩的當。猛想起下面還有寶物等重要東西，不由又驚又怒，一面手拔寶劍，準備斬斷彩絲，一面口中正要喝罵。小孩已在下面說道：「恩人千萬不可亂動，休要驚疑。我知二位女道友出洞有事去了，你如不代我暫時受點委屈，二位女道友和守洞神獸回來，性命難保，逼得我無法，不得不出此下策。但我決不能昧卻天良，再盜走這裡的法寶革囊，使你受她們的責罰。

「此寶想是網羅之類，洞頂上面法術為我破去，二位女道友回來，必放你下來。但是她們見你如此，難免生疑。你可說是回洞時看見洞頂光華中裹住一人，持劍縱身去砍，忽然冒了一道青煙，手上卻觸著幾根彩絲，不知怎的，被它黏住。你那口劍仍是神物，千萬不可去砍，以免傷了她的法寶。我已在脫身時留了一件師父當年給我的玩意，做了替身。照我的話說，她們定然相信。我受你救命之恩，異日必當圖報，你我後會有期。」說罷，又是一道青煙，直朝洞外飛去，晃眼不見。

紀異見小孩果未動那下面寶物，而且所說話句句至誠，怒氣為之一減。想用劍斬斷彩絲下來，恐毀了畢真真的法寶，就這樣懸著，又恐萬一此時有人乘隙入洞，將革囊等重要寶物盜走。只得全神注定洞口，以備不虞。想起小孩那等靈活狡獪，又好氣，又好笑。耳聽洞奴嘯聲越來越近，算計二女將回，才略微放了點心。

待了一會，正在懸念，先是洞奴躍入，一進來向先前小孩落腳之處略一聞嗅，便往洞外縱去。紀異剛喊了一聲：「丁零快回來！」二女已同時從洞外走進。

醜女花奇在前，手中拿著一根烏黑光亮的竹竿，恰與洞奴撞了個滿懷。花奇不知牠是尋蹤追敵，便一把抱住喝道：「剛回來，又往外跑，還沒累夠麼？」說罷，將洞奴朝著洞中一擲。洞奴落地，又往那放麻袋革裏的地方跑去，圍著急走了一轉，好似看出洞中無甚損失，這才放了心似的，甚是歡躍。剛一立定，猛朝上連聲吼嘯，丁零之聲響徹四壁。

這時二女業已近前，聽得紀異喚聲，抬頭一看，不由大吃一驚。長女畢真真忙看寶物法體，並未移動。將手向上一指，紀異覺著手上似揭膏藥一般，微微扯了一下，空中彩絲不見，脫身而下。畢真真看出洞頂埋伏的禁法為人破去，光華中還裹著一個怪物，也不暇再問別的，二次將手向洞頂一招，便有一團光華由洞頂飛墜，上面七孔重又現出。

畢真真定睛一看，跌足道：「可恨壑底孽畜作怪，來晚一步，妖人業已逃走，只留下一個替身在此，怪不得洞奴適才連聲催我們回來呢。」說罷，收了法寶，光華斂處，落下一個泥製的芻靈，眉目如畫，甚是靈活。畢真真秀眉一聳，手揚處，一團火光，將那芻靈炸成粉碎。紀異好生代那逃走的小孩慶幸，此時如若成擒，焉有命在？

花奇在旁，便問紀異：「妖人可曾下來？你是怎麼上去的？」

畢真真含怒道：「事情明擺在這裡，還用問麼？定是我二人去後，妖人破了上邊禁法，乘隙而下，打算偷盜寶物、法體，被我寶網困住。紀弟看見網中有仇人，想砍他一劍，無意中扯動寶網。來的妖人必會七煞代身之法，乘著寶網扯動之際，用一個替身，李代桃僵逃走。也是我一時大意，事前忘了囑咐紀弟。以為你往壑底取陰沉竹，手到拿來，我又親身在此，片刻就要起身，還怕誰來？誰知你會和那三足怪蟾惡鬥，一聽丁零急叫示警，便一同忙著趕去接應，耽延了多少時候，幾乎闖出大亂子來。」說罷，又問紀異可見妖人形象。紀異雖受小孩囑咐，因為素來不曾說過誑語，正發愁無法答應，不料畢真真所料竟與小孩之言相似，難關已過，好不心喜。便說：「只見光中有個妖人，並沒有看清。剛縱上去，被彩絲黏住，二位姊姊就回來了。」

畢真真道：「先前妖人受傷逃走不久，又有妖人來此窺伺，這裡隱秘已被仇敵窺破，留此無益。我等事已辦完，又因取竹，無心中得了三粒稀世奇珍，總算轉禍為福。此非善地，不可久延。待我再施挪移之法，索性將上下的洞穴一齊堵死，急速移往紀弟家中去吧。」說罷，便命醜女花奇，用那根細竹挑了革囊麻袋諸物，帶了紀異和洞奴丁零，走往洞頂危岩之上相候。由她在洞內行法，封堵入口。

花、紀二人如言，飛縱上岩。等有頓飯光景，漸聽地底起了風雷之聲，響了一陣，一道青光由下而上，畢真真現身說道：「兩處出入洞穴俱已封好，這崖上原有的七個洞穴也都經我移石禁錮。天幸大功告成，諸事已畢，我們即時移往紀弟家中去吧。」

花奇道：「我們和紀弟相處已有多日，如今情同骨肉，還要住到他家中去，連我們的來歷姓名全未說及，此時如果他祖父回來，他怎麼好引見，那不是笑話麼？我們先對他說了，再走如何？」

紀異剛想說我已知道，猛又想起那是逃走小孩之言，話到舌邊，又復止住，只將嘴皮動了動。花奇剛要問他想說什麼，畢真真已道：「到家再說，也是一樣，忙些什麼？他家我還沒去過，看他身健骨輕，你仍挑著東西，我背了他飛走，好讓他指路。」

紀異正說之間，忽聽銀燕鳴聲，抬頭一看，正是大白、二白等四燕飛來。後面還跟著一隻小銀燕，頗似前贈梅坳楊映雪的那隻。到了三人頭上，盤飛了一周，同時一片連鳴。小的那隻竟自離群，往梅坳那一面飛去，更知所料不差。紀異見四燕只管高翔，卻不下來，知是害怕洞奴，便笑對畢真真道：「姊姊用不著我帶領，跟著這四隻燕兒走，便到家了。」說罷，指著洞奴，朝天喝道：「你們莫怕，如今都是一家人，牠不會再噴毒傷害你們了。你們在前引路，往家裡飛吧。」說時，畢真真已將上身微蹲，喚紀異上去。

紀異知她要背了自己在空中飛，好生高興，剛說得一聲：「洞奴呢？」

花奇道：「牠會跟著來的。」言還未了，二女已凌空而起，跟著銀燕朝前飛去。

紀異憑虛御風，目視下界，見那山石林泉俱都小了不知多少倍，像微波起伏一般，直往腳底下溜了過去。碧空浩浩，漫無際涯，頓覺神清氣爽，眼界大寬。想起異日母親脫難重生，早晚也是此中之人；自己時常隻影荒洲，忽然得了這麼兩個神仙般的佳客來共晨夕，真是說不出的滿心歡喜。再一看那洞奴丁零緊隨足下跳躍山原綠野之間，相隔既高，看去越小，再加飛縱極快，真似一條銀箭朝前飛射，饒是上面飛行迅速，一點也沒有落後。不消片刻，業已飛近湖心。紀異存心賣弄，一聲長嘯。沙洲上燕群見四燕飛來，又聞得主人呼嘯，紛紛振翼飛翔，嗚和而起，銀羽蔽空，滿天一白，迎上前來。這麼多靈禽，二女雖學道多年，尚係初見，俱都贊羨不置。俄頃抵家下落，紀光尚未回轉。

那些銀燕見了洞奴，仍是害怕，不肯飛落。紀異故意將洞奴抱起，先將為首四燕招下，使知無害。後又連聲呼喝，燕群這才漸漸下落翔集。

紀異看視完了乃母埋骨之所，然後延賓入室。先捧了許多鹽出去，餵了燕群。又進來張羅飲食，款待二女。畢真真攔道：「我等此來，還要久居，你無須張羅，同坐談話吧。」紀異敬完了茶水，一同落座，二女才將姓名來歷一一告知，俱和逃走的小孩所說相差不多。花奇又談出壑底誅怪之事。

原來那陰沉竹乃天材地寶，千百年才能長成。力能載重，堅逾精鋼，溺水不沉。畢真真自從謫禁天琴壑，因此竹性喜陰寒，知道天琴壑內盡是無底淤泥，卑濕汙穢之區，又極隱僻，人獸均不能到，便命花奇擲在壑底，準備難滿時再行攜走。

誰知壑底深泥內潛伏著一個怪物，這東西秉著汙穢惡毒之氣而生，在壑底潛伏已有千年以上。生得似蟾非蟾，三足無翼，背上有兩個透明血紅的肉翅膀，卻不能飛。兩隻碧綠眼睛大如大碗公。足如人手，一前兩後，可以人立而走，在污泥中上下遊行，甚是迅速。額上兩個兩寸粗細、三丈長短的軟角，滿生鉤刺。闊口連腮，銳齒密排，神態甚是凶猛。這東西終年在污泥中棲息飲食，不見天日。

花奇下去時，因為壑底幽暗，那根陰沉竹雖然不會沉陷泥中，畢竟事隔多年，深泥汙穢，不易看見。先用兩粒靈丹塞著鼻孔，以禦壑底穢惡之氣。再取一面古銅鏡照著飛下，準備一到，拾了竹就上來。誰知那三足怪蟾常年無事，性好嬉弄。陰沉竹落下去不久，便被牠得了去，日日用前足拿著舞弄，片刻不離。那竹經牠這多年的精氣浸潤，益發加了功用。怪蟾頗通靈性，也知此竹是個寶物，日子一久，愛如性命。

這日怪蟾正拿著竹，將身浸入污泥中假寐，只雙角露出在上面。花奇下去四處一找，鏡光照處，一眼看到那竹植立前面污泥之中，比起以前還要光澤得多，只是相隔原處已然甚遠。當時不假思索，上前便要拔取。手剛挨近，忽然嗖嗖連聲，那竹似活的一般，倏地往前彎彎曲曲地遊走開去。心中好生奇怪，暗忖：「這東西年深日久，莫非成了精麼？」正待趕上前去，竹的四旁忽又泥波高湧，竹往上升。接著竹底兩點斗大碧光一閃，還未看清是什麼東西，兩條黑影已是一高一低，當頭打到。

花奇猝不及防，大吃一驚。忙縱遁光飛避，叭叭連聲，那黑影已打在污泥之上，帶起無數泥點，飛舞如雨。那兩點綠光行動真快，花奇這裡剛一避過，牠那裡已追將過來，二次又是兩條鞭影打到。花奇還以為陰沉竹成了精怪，只想收它回去，不想用飛劍將它斬斷。及至二次避過長鞭，才看出那長鞭便是怪物額上的軟角，陰沉竹卻在怪物手裡。

不由又好氣，又好笑，大喝一聲，飛劍迎上前去。那三足蟾竟然不畏，見劍光飛到，頭搖處，先將軟角縮回，睜定那一雙怪眼，發出斗大的碧光，注定當頭劍光，瞬也不瞬。

那飛劍眼看飛到怪蟾頭上，竟吃牠目光阻住，不往下落。花奇才知並非易與，算計生在這種汙穢陰濕之所的怪物，其毒必重，不得不加一分小心。正想另取別的寶物，那怪物目光想是抵敵劍光不過，倏地身子往下一沉，沒入深泥之中。花奇收回劍光一看，哪裡還有蹤跡。急得連聲喝叱，拿著鏡光四面尋照，無計可施。

過了好一會，才見遠遠泥面略略往上墳起，露出尺許竹尖。花奇這次有了準備，滿想飛身上去，先把竹搶到了手，再打除怪主意。身子剛一近前，泥波蜿蜒，一陣亂動，怪物又竄向老遠，現身出來，猛朝花奇穿到，揮鞭便打。花奇劍光飛起，怪物仍和上次一樣收回軟角，用那一雙怪眼抵禦，鬥不多時，又復潛入泥裡。花奇枉自焦急，奈何牠不得。總算怪蟾並不知道敵人厲害，毫無躲藏之念，稍一歇息，便即出現。兩三次過去，洞奴已聽出有警，首先跑出。

畢真真見花奇去了好一會沒有動靜，早疑有變。這一來，越發不放心，連忙跟蹤同下。一到便看出怪蟾內丹藏在目中，定是兩粒寶珠，哪肯放手，二人一齊上前夾攻。那怪蟾在劫難逃，始終不知隱藏起來，只管東馳西逐。真真恐牠潛入深泥之內，不好誅除，故意使洞奴上前引逗，惹牠發怒，暗中施展禁法，將那片泥沼化為堅石，使牠無法遁走。這才施展辣手，先命花奇飛劍分去牠的目光，再乘牠全神貫注之際，飛劍、雷火同時施為。怪蟾怎能禁受，劍光落處，腰斬成了兩截。

二女先取了陰沉竹，再去取那兩粒眼珠時。卻非易事，又恐將珠弄毀。只得命洞奴用兩隻鋼爪抓開怪蟾眼皮，真真用寶劍順著眶上筋脈細紋慢割，費了好些手，才將兩粒目珠取了出來。兩粒都鵝卵大小，碧光熒熒，照得壑底通明，入眼皆青，二女大喜。正要飛身上去，忽見洞奴口中連叫，兩隻前爪抱定蟾頭亂抓，知有原故。用劍劈開額骨一看，腦海裡還藏有一粒長圓形的紅珠，只是光華稍遜。無心中連得奇珍，自是高興。二女還覺因為取珠，上來晚了，致被妖人逃走，有些可惜。卻沒料到那粒紅珠，日後關係著真真的成敗不小。此是後話不提。

由此二女便在紀異家中暫住，月餘無話。二女閑來無事，便和紀異帶了洞奴、銀燕遍山閒遊，始終也未發現妖人蹤跡。這日二女和紀異又往附近閒遊。

花奇笑道：「這座山，哪裡我們沒有踏遍，有甚意思？日前紀爺爺談起這裡地氣溫和，不常見雪，就是下雪，也隨下隨化。聽說雪山景致甚好，早就想去看看。今日左右無事，又逢單日，我們何不帶了紀弟，往雪山頂上走走？那裡黃羊、雪雞等異味甚多，我已多年不曾到嘴，就便捉些回來，大家下酒豈不有趣？」

真真笑道：「沒見你枉自幽閉多年，還這樣思戀煙火。洞奴帶去太累贅，道途又遠，既要前去，可命牠看家，只帶上這四隻燕兒同往。此時方在辰初，黃昏時便可趕回來了。」花奇鼓掌稱善。

紀異連日撫琴，大有進境，出外總把琴帶著，遇有泉石幽勝、水木清華之處，便要撫上一曲。花奇屢阻不聽，只得由他。這時又要將真真所贈古琴帶去。

花奇道：「雪山乃人間奧區靈域，地廣數萬里，仙凡不到之處甚多，時有怪物、妖人潛伏。我等雖然不怕，你連劍術才只入門，未到精微地步。你到了好地方，定要撫弄，那些東西聞得琴聲，難免來犯，我們又要應敵，又要顧你，豈不麻煩死人？還是交給洞奴帶回家去吧。」紀異仍是不捨。

姊弟二人正在爭論，真真不耐煩道：「你兩個出來總要拌嘴。他要帶就讓他帶去，這有什麼稀罕？我近日正嫌悶得慌呢，能引逗一些妖物出來，藉以解悶，也是好的。紀弟又非平常凡人，我姊妹保他一個，再保不回來，那也就不必再在世上現眼了。」花奇知真真性情特古怪，聞言便不再說。當下便命洞奴、燕群回去看家，三人帶了四燕，一同往雪山進發。

# 第六章　飛霜掣電

話說紀異由真真、花奇一邊一個夾住臂膀，起身空中，御風而行。這日天氣晴朗，不消多時，已望見那座亙古常存、雄奇險峻的大雪山橫在前面。飛至午未之交，方行到達。只見下面岡嶺雜沓，綿延萬里，寒日無光，冷霧沉沉。休說人家，連草木鳥獸都絕跡。又飛行了片時，才達雪山主峰。依了花奇，原想直飛峰頂，尋到慣產雪雞的冰窟中，捉了雪雞，再略微觀賞雪山景，便即回去。紀異初歷勝地，處處都覺神奇，本就如入山陰道上，應接不暇，再加從小生長苗疆和暖之區，幾曾見過這般偉大的雪景，恨不能把全山踏遍，才稱心意，執意要由峰麓攀行上去。真真便命一同降落。

花奇道：「姊姊，你只顧依他，可知我們在空中已覺這峰如此大法，如若步行，我們縱比旁人走得快，不怕罡風奇寒，可是要攀越峰頂，至少也得一個整天，中途還須沒有耽擱；否則休說當日，便是明後日也回不去，雪雞更是吃不成了。」

真真道：「你總忘不了口腹之欲。我等乘興即來，興盡則返。如見天色不早，當時便可回去，下次再來。風景好的地方，便多留些時，如覺無甚意思，盡可飛行上去，當真要一步一步爬麼？紀弟頭回到此，正該隨他心意而行，攔他高興怎的？」說時，那降落之處，恰巧是腰峰上一片二三百丈高的冰雪凝成的峭壁之下，一面是山，一面是極深的冰壑。

紀異腳踏實地，目睹萬山都如銀裝，雪光耀眼，彌望皆白，只顧東張西望，也不管二女爭論。越看越高興，忽然一時忘形，發了先天野性，從丹田裡發出一聲長嘯，拔步往峰上跑去。二女來時忘了囑咐，猛聽紀異大聲吼嘯，震得萬山都起了回音，花奇忙去止他時，已往峰上如飛跑去。空際雷聲震盪，愈來愈盛，轟隆之聲四起。暗道一聲：「不好！」腳一點，飛身追去，手剛拉住紀異的臂膀，耳聽真真喝道：「峭壁裂了，你兩個還不快往左面空處躲開？」花奇知道危機一瞬，不及說話，忙拉紀異飛起。

紀異正跑之間，耳聽自己才嘯一聲，萬山齊應，覺得有趣。剛想再嘯兩聲，左臂已被花奇抓住。還不知道這一嘯闖了大禍，正要回問，忽見前面那座參天峭壁似欲晃動，身子已隨花奇凌空往左側面飛去。剛剛起在空中，那座參天峭壁已然裂斷，倒了下來。

側面一角，正從花、紀二人腳底擦過，相去不過尺許。避時稍慢一點，那重有數千萬斤的堅冰，怕不正壓在二人的身上。

紀異先仍不覺害怕，及至定睛往下一看，那雪峰已齊中腰裂斷成了三截。中間一截約有五十多丈長大，最先裂斷，往前突飛出去。還未落底，上半截壁尖又緊跟著裂斷，正壓在中截上面，一撞一壓之下，那亙古不化的堅冰紛紛爆散。這一來益發添了威勢，無數殘冰斷雪擁著兩片大冰壁，往壑底飛舞凌空而下，爆音如雷，萬山回應，令人見了目眩心驚。說時遲，那時快，不消半盞茶時，又聽天崩地裂一聲大震過處，這兩片斷壁已直落底。立時便有萬丈雪塵湧起，漫天匝地，如霧如煙，再襯著到處都是冰裂峰倒之音，匯為繁喧，比起萬馬衝鋒、海濤怒吼還勝過十倍，更顯聲勢駭人，宇宙奇觀。

二女知道這個亂子闖得太大，這一帶的冰山雪壁不知要崩裂多少，不敢再帶紀異往底處去，以免變生不測，只得向著峰頂飛去。雪峰高大，向來陰寒，極少見著陽光，況又在這午後未申之交。但是有那雪光反映，在下面看去雖是霧沉沉的，到了峰頂上面卻很光明，哪裡都看得見。這等罡風酷寒的雪山絕頂，如換常人至此，哪裡還能久停，早已鼻血噴濺，墜指裂膚，在死亡途中掙扎了。三人中，兩個是修道多年，一個是生具異稟，一些也不畏那罡風凜冽，酷冷逼人之苦。

花奇一到峰頂，便去峰後避風處尋那雪雞藏身的冰窟雪洞。真真憑凌絕頂，古意蒼茫，儘自凝眉不語，似有所思。只忙壞了一個紀異，在峰頂上不住跑來跑去，東瞧瞧，西看看。這時萬山千嶺都在腳底，宛如無邊銀海，雪浪起伏，前後相連，綿延不斷。再加上一嘯之威猶未消歇，不時看見白岳崩頹，花霰騰飛，更好似鯨戲銀濤，奇波突墜，益覺相映成趣，偉麗無與倫比。

紀異正看得有興，回顧不見花奇，忙即返身尋找。走向峰後一看，花奇俯身峰後峭壁之間，似在尋覓什麼東西，便跟蹤追下去。花奇搖手低語道：「記得前些年這裡雪雞甚多，怎的今日不見一隻？」

紀異道：「姊姊莫是記錯了地方吧？」

花奇道：「地方怎會記錯？你看這雪裡頭不是雞毛？」

紀異低頭一看，果然有好些比雪還白的毛羽。猛想起適才雪崩山倒時，還見四燕在空中飛翔，自到了峰頂，四處都曾看過，好似不見四燕影子。心中奇怪，忙一尋視，哪裡還有蹤跡？便問花奇可見。花奇也答無有。不由著了忙。因峰後只能看一面，不顧得再找雪雞，回身跑上峰頂，四看無有。見真真對著前面一座剛倒的雪崖注視，上前張口便要問時，真真低喝噤聲。

紀異順著真真注目處一看，一座奇險的雪崖底下，似有幾縷青煙嫋嫋升起，過有一會，真真低語道：「你那四隻銀燕，定被這裡隱修的人擒去了。看神氣好似和我們開玩笑，還不至於傷害。我已在此觀察了好些時侯，他無故開釁，必是嫌我們剛才嘯聲擾了他的清修，特地和我們過不去。我看出他那裡防備甚嚴，不易進去，對頭深淺也難測。且喜你今日將琴帶來，恰巧派上用處。快去峰後將奇妹喚來，我先鬥他一鬥，看他到底是否厲害。」

紀異一聽銀燕被陷，早驚忿交集，剛要回身，花奇已從峰後走上，見面悄向真真道：「果不出我所料，惹了事吧？」

真真道：「這東西太可惡，既要無故招惹人，又要藏頭露尾，躲在洞裡，不敢出來。他用的乃是奇門五禽遁法封鎖門戶，因為對頭不似尋常，我雖知破法，卻不知裡面藏著什麼把戲。我們剛剛脫困出來，不能丟臉。少時我如行法引他不出，你可緊緊守護紀弟，由他撫起琴來，我用師父傳音入密之法進去。琴音不可停歇，事如不濟，也不致中他埋伏。當時制服了他更好，如不能制，索性給他來個絕手，叫他嘗嘗厲害。」說罷，她命紀異面向前坐好，橫琴膝下備用；花奇持劍在紀異身後保護，以防不測。然後自己隨手取了一塊拳大的冰雪，略一捏弄，心中默誦幾句，對準前面崖下打去。兩處相隔只有數里遠近，那雪塊打將出去，並無異狀，飛丸脫弩一般，眼看就要打到崖下。

忽然一團青煙像開了鍋的蒸氣一般冒起，將雪塊包住，轉瞬之間，倏地青煙斂去，雪塊爆散開來。說也奇怪，那麼小塊的冰雪，竟會化成數畝大小的一片雪花，紛飛舞散。真真見狀，秀眉一聳，將手朝前一指，那片雪塊忽又由散而聚，變成一個小山大的雪塊，二次往崖下打落。還未及底，青煙又起，將雪塊裹住，緩緩上升。真真又將手一指，那雪塊便在青煙環繞中緩緩壓下，崖下青煙也不住咕突突往上冒起，雪塊重又被托上升。

似這樣三起三落，猛聽一聲炸雷，夾著一串炸音過處，那雪塊立時炸開，化成一片白雲似的塵霧。真真見法術被人破去，未及施為，崖下面又衝起一股子火花，只一閃便將雪塵衝散消滅，無影無蹤。那青煙火花也都同時斂去，只剩那座危崖，靜蕩蕩地矗立在那，一絲也未受著損害。

真真知道遇見勁敵，不由大怒，忙命紀異將琴撫起。紀異近來對於撫琴，雖未盡得真真秘奧，卻也深入藩籬，再加雪山頂天風冷冷，千山萬壑都起回音，益發覺得聲韻洋洋，音節佳妙。

紀異撫時，真真只管禹步念咒，圍著紀異畫了一個大圓圈，前後左右戟指比畫不休。過了一會，琴音正撫到好處，忽然花奇在身後說道：「姊姊要會敵人去了，你千萬沉住心神不可停歇。」一音還未了，君弦上忽起戰音，面前人影一晃，真真不知去向。紀異知真真用了傳音入密之法，身隨音去，哪敢絲毫怠慢，把全副精神注到琴上，靜心屏氣撫奏。花奇在紀異身後護法，聽那琴中雖是一片殺伐之聲，並無衰敗景象，知道真真和對頭正在交手，並未失利，只是對崖雪影沉沉，外觀尚無動靜。

約有半個時辰光景，正在凝神注視，偶一回顧，忽見雪峰側面相隔十多里外一座較矮的雪山頭上，有許多白東西閃動。定睛一看，乃是許多矮人，通體都是白色毛羽包沒，微微露出一點面目，動作介乎人與猿猴之間，各持弓矢器械，連跳帶躍，其行如飛，正從山頂岩洞中紛紛跑出，其數何止千百。先疑是山中土人，繼而一想：「這裡乃是大雪山的最高處，拔地數萬丈，常人行至山半已難立足，連氣都喘不過來，再加冰層積雪大逾峰巒，隨時崩墜；罡風酷烈，吹人欲化。土人縱然力健耐寒，但是上面草木不生，絕少食物，冰雪更硬，不宜飲用，怎會有這麼多的人寄居在此？再加身體又生得那般矮小，如是山精野怪之類，不應這樣多法。」

越看越覺奇怪，正在狐疑不定，那一群白矮人已從對山跑下，四面八方散開，接著又起一陣尖銳的嘯聲。再順嘯聲一看，對面山腰一個大洞穴中出來一個白人，身材竟比常人還要高大得多。手持兩面赤紅如火的長幡，就在穴前冰崖上跳躍叫嘯，做出許多怪狀。音細而長，聽去甚是淒厲刺耳，彷彿天陰鬼哭一般。手中長幡連連展動，便有無數火球從幡腳下冒起，滿空飛舞，隨消隨長，越聚越多。好似萬盞天燈上下流走，明滅不定，附近冰雪都映成一片殷紅，煞是奇觀。

花奇雖知不是好路道，無奈自己要維護紀異，人不來犯，不便招惹。只得忍住，且看鬧些什麼把戲，等他近前，再作計較。儘自看得有趣，猛想起適才還有千百矮人，定是妖黨，下山時節似向主峰四面圍來，怎的未見？忙低頭四外一看，哪裡還有影子。花奇也是久經大敵的人，知道這座主峰上下筆立，遠看清楚，近看下面頗多掩蔽。算計那些矮人如果來，必已從峰腳峰後悄悄襲來，不到身臨切近，看他不見。自己和紀異存身所在雖有真真法術封鎖，無奈看不出對山妖人的深淺，手下這些矮子是人是怪，好生拿他不穩。

正打不出主意，猛聽四外萬珠迸落般一片輕喧，先從主峰下面翻上來二三百個矮子，各持木刀竹矢之類，一擁而上。這般突如其來，花奇未免吃了一驚。百忙中更恐紀異分了心神，琴音停歇，萬一斷了真真歸路。忙喝道：「紀弟你只撫琴，不要理他，自有我來發付。」言還未了，那些矮人已然奔到面前不遠，離身只有三數丈，當頭一二十個忽然跌倒，掙扎不起。前面的吃了虧，後面的便有些逡巡，不敢妄進。花奇料知這些東西已為禁法阻住，使倆有限，方略放了點心。猛聽身後又有紛紛倒地之聲，回頭一看，那些矮人竟分四面襲來，身前身後，身左身右，到處都是，為數約在一千以上。這時相隔既近，花奇方才看清這些矮子雖具人形，俱是一般猙獰可憎。除周身穿戴著白色鳥獸毛羽製成的帽兜和短衣套履，看不見髮膚外，那一張張怪臉竟似被人早先連皮揭去一層一般。圓眼睛，凹鼻凸唇，白牙暴露；滿臉上紅爛糟糟，東掛一塊肉條，西搭幾條肉絲，一些也不平整。

這些怪人見前鋒倒了兩排，便有些欲前又卻，沒有來時大膽。可是個個眼泛凶光，似要攫人而噬。倏地對山嘯聲又起，那些矮子又好似發了急，異口同聲，一片輕微怪嘯過處，各把手中竹木製成的弓矢刀矛紛紛脫手，朝花、紀二人打來。

花奇以為這些東西未成氣候，無甚本領；那竹木之物，慢說有法術禁住，打不到身上，就被打準也無妨礙，未免有些托大。紀異雖然手不停撫，卻看得清楚。見這麼多的小怪人同時來犯，其長還不及三尺，比自己還要生得矮小，枉自叫囂嘈亂，卻跳不進圈子裡來。又見地下倒了十幾個，被真真法術禁制，好容易掙扎爬起，重又跌倒，狼狽得有趣。不由動了童心，一面撫著琴，一面口裡喊道：「哪裡來這許多矮子？奇姊姊，快代我捉兩個活的回去養著玩，教他們代我們燒水煮飯，這有多好。」

花奇本極愛這同父異母兄弟，聞言一想，果然不差。暗忖：「這跌倒的一些，已然中了禁法，真真法術厲害，不死必傷。反正這些東西傷不了自己。」便想在圈外矮子群中挑選兩個比較生相好一點的，擒了進來，等回時帶走。因為雙方相隔甚近，伸手便可撈著。再看對山為首妖人，只管尖聲尖氣地怒嘯，並未過來。又有禁法圍護，不怕生變。心裡一高興，不假思索，敵人木製弓刀無用，自己動作迅速，一點也未防備。略朝左右一看，一眼選中兩個生得最為矮小的矮子，腳一點處，飛出真真所畫的圈子外面，伸手便撈。

誰知那些矮子手腳靈活非凡，竟比她還快，一見有人飛出，各持弓刀亂砍亂射，花奇身上竟連著了好幾下。剛覺被砍射處身子微微一麻，一手一個，已將那兩個矮人夾頸皮抓住。待要飛回時，猛又覺手抓處奇涼徹骨，渾身抖顫。暗道一聲：「不好！」氣得順手用力往峰上一擲，飛起劍光，護身回去。見那些矮子挨著一點劍光，紛紛傷亡倒地。

暗忖：「這些東西觸手奇寒，決非人類，定是山魈木客一流。留他在這裡終是有害，不如殺死一些，嚇退一些，省得惹厭。」花奇正將劍光放出追殺，覺著剛才那股奇冷之氣已然侵入骨裡，渾身抖顫起來；而被矮子斫射之處又是麻癢難禁，不知如何是好。只得盤膝坐地，運用玄功，辟邪驅寒，哪還顧得再殺敵人。剛一坐定，身上越來越冷，上下牙齒震震有聲。

正在難受難熬之際，眼前火花一亮，對山妖人似知紀異護法人已然受傷中邪，忽然飛到。這時花奇人已不支，倒於就地。那妖人長幡上火珠像花炮也似亂髮如雨，在外繞行了兩周。一見走不進圈子裡來，忽然口中叫了兩聲。那些矮人全都聚集前面，兩個一行，魚貫排好。倏地一聲呼嘯，第二個便縱上去，登在前一個的肩上，前一個便用兩手抓緊他的雙足。第三個又登在第二個人的肩上，如法辦理。似這般一個接一個，頃刻之間，二三百個矮人搭成了一座人梯，有百十丈高下。為首妖人又叫了一聲，那些矮人朝前倒去，變成一座拱圓形的長橋，橫臥在真真所畫的圈子上面。那妖人轉身一縱，正要往橋頂上走去，誰知真真所施禁法凡在十丈方圓高下以內，敵人只一闖入，便受克制，橋的兩頭近圈子處離地較低，自然中伏。一邊十幾個矮人一失了知覺，這座長橋如何鉤連得住，立時瓦解散塌下來，大半倒入圈子裡，掙扎不起。為首妖人飛起，未曾被陷，仍是一味蠻幹，口裡咕咕咕叫囂不已，顯出又情急，又忿怒的神氣。手下矮人在他威逼之下，明知上前是死，也不敢不從，二次又將人橋搭起，往前倒去。

紀異因真真未回，忽然來了許多妖人，先還不以為意。及見花奇倒地，面如死灰，通身抖顫，又不敢停琴救援，不由焦急萬狀。忽見妖人搭了一座人橋倒下，那為首妖人試探著往橋上走來，意思是打算從當中下來侵犯。萬般無奈，正待一手理弦，一手拔劍，準備萬一不濟，說不得只好暫顧花奇，抱了她逃出重圍。猛聽叭叭連聲，人橋散塌，妖人跌了一地，只有為首妖人未曾落網，才知真真禁法果然神妙非常。心剛略放，妖人二次又搭了一座人橋倒下。暗忖：「妖人真蠢，這圈子裡既進不來，憑高下犯，還不是一樣的此道不通。」

紀異一手撫琴，一手緊握寶劍，正想人橋如和上次一樣散塌更好，如真是妖人身臨切近，給他一劍，不料這次人橋竟未倒塌。定睛一看，那人橋已換了方式，不但比前還要高長出數倍，而且把圓形改作方形，兩頭橋柱平空直上，離地數十丈突然折轉，與一座方門框相似。想是已避出禁法之外，一些也未搖動。相隔既高，紀異又不能捨琴躍起。

眼看妖人飛身上了橋頂，走到自己頭頂，卻不往下降落。先朝下面獰笑了兩聲，然後盤膝坐定，從身旁取出一串灰白色透明晶丸，大如雀卵，全都吞入口內，再朝下噴來。紀異恐被打中，準備用劍去撩時，那晶丸離頭十丈左近便即爆裂，化成一片白煙，瀰漫四散。一會工夫，越噴越多，將紀異存身周圍一丈左右全都包沒，成了一座大煙幕。如換別人，早已不敢辨物，紀異原是天生慧眼，早看出妖人臉皮連動了幾動，面目益發猙獰。一隻怪手立時長大了數倍，比血還紅，在煙霧掩護之中往下抓來。待了一會，紀異漸漸覺得奇冷難耐，手僵無力，撫琴幾不成聲，如是妖人邪法。

正在無計可施之際，忽聽空中一聲大喝道：「大膽老鬼魅，竟敢在我面前侵害好人麼？」語聲清脆朗潤，卻非真真口音。來人剛一喝完，便聽得「哇」的一聲極淒厲的怪嘯。抬頭一看，一溜灰白色的火光過處，那座人橋從中自斷，卻不散落，似剪夾一般往兩面分開。轉瞬之間，滿地叭叭之聲與矮人墜地奔逃呼嘯嘈雜之聲響成一片。只那濃霧白煙尚未消退，霧煙影裡漸見一團栲栳大的銀光熒熒下沉，四外流走，所到之處，煙消霧散。不消片刻，那麼濃厚的煙霧竟消滅了個乾乾淨淨。那團銀光越顯光明，寒芒照處，左近峰巒岩岫都成銀色。

紀異身上奇寒未減，抖著一手撫琴，已是不成節奏。正在咬牙忍受，那團銀光忽往右側飛去。定睛一看，雪崖上站定一個手執拂塵、骨瘦如柴的黑衣道姑。銀光已逐漸收小，飛至道姑面前，道姑袍袖一展，便即不見。離她身側不遠，躺著那為首妖人，業已腰斬成了兩截。其面容裝束雖然詭異，既來解困除妖，當非惡人。

紀異剛要張口問訊，道姑已先指著妖人發話道：「此乃雪魅，非我不能除他，前些年曾被我禁閉在對面冰窟之內，今日定是乘我雲遊未歸，招來昔日手下孽黨，掘通冰窟逃了出來。你們雖有禁法防衛，也擋不住他那千百年煉成的陰毒奇寒之氣，我如來遲一步，你二人必遭毒手。你那同伴已中寒毒，尚不甚重。令師何人？如何先前不知抵禦，一味撫琴？想是另有用意，相借琴音求援麼？」

紀異覺得道姑語氣誠摯，益料是仙人一流。一面仍撫著琴，一面將身微躬，脫口答道：「我名紀異，有一個仙師，尚未去拜。兩個姊姊，一個叫畢真真，一個叫花奇，她二人俱是四川岷山白犀潭韓仙子的門徒。今日無事，同來此地遊玩，不想對崖有人無故和我們作對。畢姐姐用傳音入密仙法前去會她，她走不久，便來了這夥妖怪，我讓花姊姊捉兩個矮人回去代我們燒火煮飯，人已被她捉到，不知如何又鬆手丟了。回來便倒在地下，暈死過去。我因畢姐姐行時囑咐不可停手，以免斷了她的歸路；她又下有禁法，妖人近不了身：所以不到緊急時，不敢和妖人動手，也不能起身向你道謝。她至今沒有回轉，不知勝敗如何。你有這麼大本領，何不到對崖去幫她一幫？她帶有靈丹，來了便可將花姊姊救轉，那時再一總向你叩謝如何？」

道姑一聽說到韓仙子，便吃了一驚。再一聽完紀異之言，匆匆答道：「你那受傷的姊姊，非我雪魂珠不救。只是韓仙子素不喜人解破她傳授的禁法，暫時我不便近前。對崖的人並非妖邪，與我甚是相熟，我今日如在家，決無此事。我一到此，便見老魅作怪，只顧驅除，尚未回家，不知還有這些事。且喜不曾冒昧。你也略受寒毒，所幸本質甚好，尚無妨害。我一去，必能好好地同了你的畢姊姊回到此地，無須再撫琴了。」說罷，不俟紀異答言，將身一縱，一道白光往對崖飛去。

約有頓飯光景，果見真真同了一個紅裳少女飛回，那道姑卻未同來。近前先收了禁法，向紀異道：「這位乃玄冰凹女殃神鄭八姑得意弟子華珩姊姊，入門才只十多年，已深得八姑傳授。因見我等在此狂嘯，震塌雪峰，心中不服，特意引我前去鬥法。正在相持不下，恰值八姑回山，才知你和奇妹受了雪魅侵害，多蒙八姑解圍相救。我和華妹打成了相識，甚是投契。你那四隻銀燕現在洞中吃食。少時我等便要結為異姓姊妹了。」

紀異已冷得面容鐵青，通身抖戰，連話都說不出來。勉強站起，與華珩彼此見了一禮。真真一面引見，早把花奇交與華珩抱住。自己收了琴，夾了紀異，同往對崖飛去。

紀異到了一看，冰壁千切，壁腳直凹進去。裡面不但光明如晝，而且到處都是琪花瑤草，鬥豔爭妍。氣候也比外面溫和得多，宛然別有天地。八姑正在靠壁石台之側含笑相迎，見眾人來到，便說道：「畢道友，我們下洞去吧。」說時，石台忽然自行移開，現出一座洞穴。八姑師徒揖客入內，裡面更四壁通明，冰室雪屏，掩映流光，似入水晶宮殿。

八姑先請真真、紀異落座，將花奇放在一個玉榻之上。然後將袍袖往上一揚，一團栲栳大的銀光飛將起來，懸在室中不動，寒芒四射，映得滿室冰牆雪柱俱生異彩。八姑取了兩粒丹藥，塞入紀異、花奇口內。再命華珩托了花奇，真真托了紀異，走到銀光之下，將臉朝上。八姑用手朝銀光一指，銀光中忽似破裂了一般，放出兩道直長的光華，大約碗口，分射在二人身上，便見光射處有幾縷白煙被光吸起。紀異受毒不深，先覺身上有了暖意，一會工夫由暖到熱，佈滿全身，立時復原痊癒。跳下地來，朝著八姑稱謝，連喊好寶貝不置。

八姑等紀異、花奇先後復原醒轉，便收了雪魂珠，引了真真等三人往後洞走進。那後洞比起前洞還要富麗得多，滿室珠光寶氣，掩映流輝。三人見了，俱都稱奇。對真真來說，更是投其所好，贊羨不已。

八姑一面命畢珩去取佳果仙釀，款待佳客。一面對真真道：「貧道昔年誤入歧途，又不肯降心歸善，先師遭劫以後，幾經奇險，均得倖免。滿擬長隱雪山，照著本門心法勤苦修煉，但獲長生，於願已足。誰知中途坐功不慎，走火入魔，幸仗覺察得早，元神未喪，軀殼已死，多虧昔日的同門神尼優曇大師門下的玉羅剎玉清師姊時來看顧，好容易熬到難滿，不久即可復原回生，又遭兩次魔火之難。如非峨嵋門下幾位先後進同門代守雪魂珠，優曇大師、玉清師姊兩番解救，幾乎形神俱滅，萬劫不復，自從那年拜在妙一夫人門下，本擬棄此而去，只因這洞中佈置俱是貧道昔年苦心經營，並非容易，當時頗為愛好，就此捨去實為可惜，恰巧出困未久，便收了小徒華珩，留作她的修煉之所，剛剛合適。加上這裡離青螺峪不遠，雲南派祖師凌真人與峨嵋原是至交，門下知友頗多，又承他贈了貧道一束信香，以備貧道出外雲遊時，小徒有甚緩急，可以焚香求救。除那年收閉適才所誅的雪魅處，一直至今從未生事。」

「前些日還想將這冰雪凹留作貧道別居，上月在峨嵋聽訓，面聆掌教師法諭，說自開府以來，仙府石室何止千間，而有好些仍居自己原來洞府。一則聽訓用功均有不便；二則三次峨嵋鬥劍，群仙劫數在邇，各異派妖邪處心積慮，專與小輩門人為難，難免不受侵害。自下月初一日起，除時常奉命出外積修外功者外，對小輩的門人悉降殊恩，准其移入仙府，俾得時常躬聆法海，領受仙傳。只留下秦紫玲、齊靈雲、周輕雲所居的海底仙闕紫雲宮和九華鎮雲洞妙一夫人別府等三四處，其餘各地洞府可加封閉或賜贈別派中知交。

「貧道因這裡諸般點綴半出人工，贈既不得其人，如加封閉，必然荒廢，枉費了當年許多心力。適才聽道友說起，令師韓仙子出世尚須時日，道友一時難覓良好的洞府。萬花坪湖心沙洲密邇苗族，離世較近。為防妖人報復，暫時寄居則可，長住終非修道人所宜，何況二位道友又奉有令師法體和許多寶物重器。貧道不久便赴峨嵋，遷入凝碧仙府。

「今日相晤，總算前緣，如蒙不棄，意欲將這雪窟陋居相贈。兩位道友暫時仍遵令師之命，寄寓紀家，只將令師法體重器移藏此間。或隔日來此，或是二位道友輪流往來，出去時有道友和貧道的禁法封鎖，決無差池。而貧道苦心經營的舊居得二位在此作主人，也不至於荒廢。靜候紀道友令堂滿劫重生，再照令師所說行事。從此這裡長為二位道友修道之所，貧道師徒也可不時過訪，重尋舊遊，豈非快事？」

真真生性最喜佈置起居服飾，見洞中如此奇麗，歆羨已極，她哪識鄭八姑別有一番用意，聞言喜出望外。略一尋思，便即答道：「我等三人誤入寶山，得罪華姊姊，八姑乃前輩尊仙，不但不加怪罪，反助我等除妖解難，相待又如此撝謙誠摯，本已問心難安；復承以仙府相贈，越發令人感激無地。不過冰窟仙府全仗八姑仙法，始能有此清奇美麗。我等法力有限，只恐異日支持不住，貽笑事小，豈不有負盛情？」

八姑笑道：「此洞當初只一深穴，所有冰房雪室，均係貧道採取千萬載玄冰築成。內外奇花異草，俱都採諸本山亙古以來仙凡難到的奧區，大半秉著冰雪之精英而生。下面有靈丹護根，不便移植，十之三四均可煉為靈藥。一則凝碧諸師長頗有相需之處，如無人在此守護培植，難免不為異派中人竊奪，日後無法覓取；二則這裡乃大雪山最高處，相離山頂只數十丈，雖然玄冰堅固，冰崖雪峰時常崩裂，受不到影響，可是每當一年一次天地交泰之時，地肺受了絕大震動，地形必起變化。如無人事先行法預防，難免波及，使全洞沉墜傾欹。二位道友在韓仙子門下多年，道法高深，以上兩節均優為之，故此謹此奉贈。雖說為人，一半還是為己，道友何必太謙呢？」真真含笑起身謝了。

這時華玠已從別室取了兩大冰盤，一盤盛了許多雪山名產雪蓮、紫藕、冰桃、寒實之類的仙果；一盤盛了臘脯、風乾雪雞以及各種人世間常見的乾果。另外還有一瓶子寒碧松羅酒。

花奇久聞八姑得道多年，見了許多風臘肉食，好生奇怪。及一動問，才知華玠是一個富貴人家小姐，隨了父母朝佛還願，行至望川壩，忽遭盜匪之難，匪首愛她美貌，竟欲擄去姦淫，華玠在中途行詐，刺殺匪首，報了親仇。弱質伶仃，從半夜風雪中逃出。

逃到天明，後面匪眾已然覺察追來。正要跳崖自殺，多虧一群野驢漫山蓋地而來，將匪黨衝踏成了肉泥，無一倖免。華珩也被野驢撞跌，滑落絕壑之中，眼看粉身碎骨。因她素來愛紅，從小就著紅衣，加上雪地黑驢成了紅白黑三色相映，分外鮮明。恰值八姑往峨嵋受業，路過這裡，無心中看見，忙施仙法，在一髮千鈞中將她救起。

她質地本來極好，一時福至心靈，向八姑哭訴遭遇，苦求拜師。八姑見她智勇靈慧，處境極慘，不由又憐又愛。只是自己甫蒙玉清大師等援救，復體脫困，拜在峨嵋門下不久，怎敢隨意收徒？便帶了她前往峨嵋，暫寄在李英瓊門人米鼉、劉裕安二人的洞中，打算托幾位先進同門代向妙一夫人懇求開恩收容。妙一夫人說華珩資質雖好，世緣未盡，尚不足與諸弟子齒為雁行。只准八姑收她為徒，在未將劍術學成以前，無庸進見。八姑自是心喜，便將她帶回山來，盡心傳授。

冰山雪窟，無論景致多好，也非凝碧仙府之比。八姑早想請求移居仙府，也是為了她一人寂寞，遲遲至今。八姑以前孤寂多年，忽然收了這麼好一個弟子，不由憐愛愈恒，因她造詣雖深，畢竟年淺，尚未能盡絕煙火食。除了本山有的果實外，每次出外積修外功，總給她帶些食物歸來。好在八姑復體之後，雖不常食，也不禁絕煙火，偶爾又喜和愛徒對酌。以前青螺峪破八魔時，那酒只取來款待過峨嵋諸小輩同門一次，貯藏頗多，所以洞中各物均備。花奇這才明白。

真真，花奇有無均可，紀異忙了一日，早已饑餓，也不作客套，一路連吃帶喝，口裡更讚不絕口。

花奇忽又想起本山的雪雞，便問華瑨道：「華姊姊，記得小妹前幾年來此，峰後雪雞很多，怎的適才尋不到一隻？」

華瑨道：「這多是那雪魅鬧的，幾乎被他弄絕了種。師父從不許為了口腹之欲無故殺生，這些風臘的野味，俱是那年隨了師父掃蕩雪魅和他手下的寒魔，從妖窟中得來的。因為洞中氣候宜於貯藏，隔了多年，還是不減鮮美。」

說罷，真真便請八姑允許，與華瑨結為姊妹。八姑笑道：「我也不作客套。以前我在旁門，與令師韓仙子原只是道行的高下，未曾敘過尊卑。如今身歸正教，在妙一真人門下，令師公神駝乙真人與家師俱是平輩，小徒怎敢妄潛呢？」真真不知怎的，與華瑨雖是初見，非常投契。推說師門與峨嵋諸尊長只是道友，師公乙真人就素來是長幼兩輩各交各的，不論什麼輩分尊卑。苦苦向八姑求說，執意非結拜不可。八姑師徒幾經遜謝不從，只得依允。當下真真等四人序齡結拜：真真為長，花奇為次，華瑨居三，紀異最小。真真又要向八姑行拜見禮，八姑也以禮相還，哪肯領受，只得罷了。彼此暢談了一陣，不覺已是第二天的早上。

那些雪魅、寒魔，原秉雪山陰鬱森寒之戾氣而生，早經八姑在隔夜裡命華瑨用藥化去。

紀異因這次紀光出門為日較久，畢真真、花奇二人自從移居沙洲，尚未見過，恐回來不見自己懸念，幾次催促起身回去，這才與八姑師徒殷勤訂了後會和接受洞府的日期，作別起身。仍由四燕前導，畢、花二女雙夾紀異御風飛行，傍午時到了沙洲。紀異忙奔進屋一看，祖父仍未回轉。匆匆吃完午飯，一個人跑出山外，向山寨中人一打聽，俱說未見。最後走到江邊茶棚，遇見一個相熟的苗人，笑問紀異：「么公昨日回家，可曾給你帶甚好東西來麼？」這才說起昨日黃昏時分，曾見紀光一個人坐在玉花、榴花門前石上歇腳等語。

紀異生長苗疆，知道玉花家養有惡蠱，外公素不喜她，時常告誡自己，不許在沿江茶棚之中飲食。萬沒想到外公會和玉花姊妹生了嫌隙，還以為外公販貨行醫回來，在山外被苗人延去，醫甚急症。估量當時已該回去，聞言回頭便往家跑。回到沙洲，見著二女一問，仍未回轉。紀異因紀光和苗人情感極好，到處受人敬愛，雖然孺慕情殷，渴思一見，也未疑他有甚別的。再去尋找，又恐中道相左。

直到晚間不見回來，畢、花二女細問紀光平日行徑，無心中聽紀異談起玉花姊妹為人，卻料出有了變故。否則出門日久，就說是在苗人家中耽擱，離家這等近法，人不能回，也該著人送個信兒，為甚回來兩天，音信毫無？連見他的人也只一個？二女因恐紀異著急，當時並未說破。先問明了玉花姊妹住處，到了半夜，由花奇飛往玉花茶棚之中仔細探查。只聽玉花嚶嚶啜泣，一會榴花起來安慰，玉花神態甚是幽怨。除屋中異常整潔外，連紀異所說的惡蠱俱無蹤影。直聽到二女沉沉睡去，毫無可疑之狀，只得回轉。

天已大明，真真正想約了花、紀二人假作飲茶，前往玉花茶棚，當面以言語試探。

忽聽銀燕歡鳴振羽之聲，成群往對湖飛去。紀異喜道：「姊姊，我外公回來了。」說罷，便往洲側傍湖樹蔭之下跑去。二女跟出一看，果有一個身背貨箱的老者站立隔湖岸上，正在高聲相喚呢。紀異已從樹蔭中駕起一條小舟，舞動鐵槳，飛也似地衝波駛去。不消片刻，祖孫二人在百隻銀羽盤空飛鳴之下，同舟而回。二女忙即上前拜見。紀光在舟中已聽紀異說了大概，自己昨日剛闖了禍，方慮異日玉花姊妹知道敵人底細，遷怒為仇，無法應付，不想家中住有兩位仙賓，好生心喜。

紀光正和二女敘話，紀異一眼看見洞奴丁零蹲在近側，睜著一雙炯如寒星的眸子，正對紀光注視。想起牠素厭生人，自己以前尚且吃過牠的苦頭，恐忽然衝起，傷了外公，不由大吃一驚，噫的一聲飛縱過去，將丁零抱住不放。口中直喊：「花姊姊快來！」花奇看出他的心意，笑道：「你休害怕。我姊妹業已出困，不比從前，牠沒有我們的話，不會無故傷人的。如其不然，我們到雪山去，豈不怕外公無意中回來，被牠無知侵害，那還了得，敢隨便將牠留在家麼？我早已囑咐過，如等你這才想起，那就晚了。」紀異聞言，才放了心，鬆手起立。

紀光便請二女人室，落座後，互談以往之事。二女和紀異聽到紀光救人一節，俱猜玉花姊妹不肯善罷甘休，必來尋仇，防備了好些日。

直到半個月光景，有一天晚上，紀異和花奇正在室中談笑，忽聞銀燕飛鳴之聲，料是有警。出去一看，兩三點金黃色的光華疾如流星，在谷口那一邊的雲空裡閃了一下，便即不見。接著便見大白等四燕為首，領著一群銀燕，從隔湖飛回。這晚恰巧真真帶了丁零往雪山玄冰凹去會華珩，未在家中。花奇、紀異算計流星過渡，銀燕不會鳴叫追逐，疑是玉花弄鬼。因紀光再三叮囑，只可小心防備，等她來犯再行相機處置，不可尋上門去；又見紀光已然熟睡，恐跟蹤追尋，敵人乘虛而入，當時並未追趕。第二日紀光得信，遍查附近，並無可異之狀。

真真回來聽二人談起，覺得玉花不除，終是後患，再三和紀光說要親自前往，為紀光祖孫除害。紀光力說：「苗人使蠱，差不多是家常便飯，雖不說家家都有，總占十之二三。多半是為防身、禦敵、復仇之用，無故也不害人。專煉來為惡的，百人中難得遇到一個。你不忤犯他，他決不加害於你。尤其玉花姊妹平常最為安分，此次釁自我開，即使她來復仇，仗二位仙姑之力，將她擒住，也不忍傷她性命。昨晚就算她起心不善，業已知難而退，何必尋上門去，致她於死？」

真真終不放心，夜晚背了紀異前去探看。見玉花果然絕色天姿，容光照人，加上秀眉顰蹙，若有幽怨，越顯楚楚可憐，來時殺機頓減了一半。再一查看她的言語動作，也與花奇上次所見大同小異，並未露出有復仇之意，不忍心遽然下手。隨後又和花奇夜探了幾次，仍是毫無動靜。銀燕也不再驚鳴。直到真真、花奇移居雪山，按單雙月往來兩地，始終太太平平，別無一事發生。大家俱以為玉花姊妹不知人是紀光所救，漸漸丟開一旁。

過了些日，紀光仍舊應聘出外行醫，販貨往來，不把此事放在心上。約有兩三年過去，這日無心中又在玉花姊妹茶棚外石上小憩。一眼看到兩個外鄉少年男女在棚內飲茶，看出榴花又在施展故技，不知元兒、南綺俱受仙傳，並非常人。以為本月正該是真真、花奇回來的月份，不惜冒險得罪榴花，將元兒、南綺引了回來。

元兒、南綺聽了紀光以上的講述，方知就裡。

紀異雖與真真、花奇二女處了這麼長久的時候，仍是改不了那惡見婦女的天性。先見南綺吹船如飛，略改了點輕視的念頭，心裡只可惜畢、花二女恰巧不在家中。暗忖：

「你不要在我面前賣弄，休說我兩個姊姊飛行絕跡，出入青冥，你們不是對手；便是我們的神獸丁零在此，你們也惹牠不了。」紀異只管胡思亂想，巴不得畢、花二女立時回來，叫來人看看才好。後來聽乃祖說起在江邊茶棚與醜女榴花公然爭執之事，雙方又敘出元兒與長人紀登同在矮叟朱真人門下，想起真真以前所說之言，玉花姊妹如知乃祖壞事，必來侵害。一則同仇敵愾，二則矮叟朱真人是青城派鼻祖，前輩有名劍仙，曾聽無名釣叟和乃祖說過，元兒既是他的門徒，劍法一定高強，這才對來客起了敬意。

因為玉花姊妹既然屢次結仇，勢必目前就要趕來侵害。紀異先前的意思，因雪山相隔太遠，無人能去，欲待勢急時往無名釣叟處求救，比較要近得多。後來心想：「雪山玄冰凹，四隻大銀燕俱曾去過，來往也就不過幾個時辰。何不此時就命四燕前往，將畢、花二人請回？」當下他也沒和乃祖明說，逕自藉故走向隔室，匆匆寫了一個紙條，到院中用手一招，四燕便即飛落。紀異將紙條綁在大白爪上，悄聲說道：「你們快往雪山，去把我兩個姊姊接了回來。快去！」說罷，眼看四燕沖霄飛起，方行回屋。元兒愛他天真，彼此言談甚為投契。

過了一陣，元兒忽然覺得心裡有些煩惡，因為不甚厲害，並未向眾人說起。約有半個時辰過去，方覺好些。過不多時，又犯，並且較前略微加重。一問南綺，也是如此。

紀光聞言驚問，二人說是尚能忍受。紀光又仔細看了二人的脈象道：「好一個狠毒的丫頭，想是看出二位不是尋常之人，連她本命的惡蠱都施展出來了。幸而二位是仙人門下高徒，根基深厚，又服了靈丹，所以還不十分難耐；若換常人，早已腹痛欲裂了。就這樣，她那蠱毒業已深入二位腹內，雖不一定便有大害，只是她那裡行法一次，二位這裡便要難受一回。如不向她降伏誠虔默祝，除非到了天明，老朽取了後洞毒菌上的朝涎，製成新藥與二位服下去，將毒化解，永無休歇，真乃可惡已極。」

元兒、南綺聞言，發了怒，每人各服了兩粒丹藥，又要尋上門去。紀光再三攔阻道：「我起初以為二位服了丹藥，其毒已解。現在一看，才知並未除根。她又是別有用意，成心使二位時發時止。那蠱毒與她心靈相通，二位這裡能否忍受，她那裡已知大概。現在子時已過，如不驅遣惡蠱前來，必然另有陰謀。說不定又向她師父金蠶仙娘哭訴，這事就鬧大了。好在這圍著沙洲十丈方圓以內，早經我布下奇門遁法，事急之際，還可焚香求救。似這樣以逸待勞，勝固可喜，敗亦有救，豈不是好？即使真的要去，也等到了天明，我將新藥製成，將二位所中蠱毒化盡，再去不遲。」元兒、南綺聞言，只得作罷。

紀異又將從墨蜂坪暗谷蜂巢之內得來的那口寶劍取出來與二人觀看。元兒拿在手裡，方在讚賞，紀異忽想起近日忙著迎客，還忘了給銀燕鹽吃，匆匆和二人一說，捧了一大包粗鹽粒便跑出去。元兒、南綺對於那些銀燕，原本一見就愛，見紀異奔出，推開窗戶一看，室外那些嘉木繁枝上面，滿都是白羽仙禽棲止。紀異一出去，剛抓起一把雪白的鹽粒往上一灑，那些千百成群的銀燕聲如笙簧，齊聲鳴嘯，紛紛飛翔起來，就在空中盤旋啄食。落光之下，紅星閃閃，銀羽翻飛。樹頭碧蔭，如綠波起狀，分外顯得夜色幽清，景物奇麗，令人目快心怡。

南綺正看得出神，不住口地誇好，忽聽元兒道：「南姊，你看那是什麼？」這時雲淨天空，月輪高掛，光輝皎潔，照得對岸山石林木清澈如畫。南綺順元兒手指處往前一看，兩道紅線長約數尺，一前一後，像火蛇一般，正從山口那一面蜿蜒飛來，似要越湖而過，業已飛達湖面之上。猜是玉花姊妹放出的惡蠱，便對元兒道：「這定是苗女蠱法，我們還不將她除了？」說罷，二人剛要動手，忽聽身後紀光攔道：「此乃玉花姊妹真靈，二位且慢。近沙洲處已下埋伏，她未必能到跟前，等到事真不濟，動手不遲。且留著她與二位看個奇景。」二人依言，暫行住手。

自從這兩道紅線發現，千百銀燕齊回樹上，立時萬噪俱息。紀異也被紀光喚進屋來，手握寶劍，準備迎敵。除了湖面上千頃碧波被山風吹動，閃起萬片金鱗，微有汩汩之聲外，四下裡都是靜蕩蕩的。眼看那兩條紅線飛近沙洲，約有十丈遠近，先似被什麼東西阻住，不得近前。一會又聽發出兩聲極慘厲的慘嘯，在空中一陣急掣亂動。眨眼工夫，由少而多，分化成了四五十道，俱是一般長短粗細，紛紛往沙洲這一面分頭亂鑽，只是鑽不進來。那近沙洲的湖面上變幻了無數紅影，其線上下飛舞，果然好看已極。

約有半盞茶時，紀光笑對元兒等三人道：「我起初看她姊妹身世可憐，只打算使其知難而退，她們卻執意和我拚命。且容她入伏，取笑一回。」說罷，回手將架上一個滿注清水的木盆微微轉動了一下，取下了一根木針，轉手又復插上。南綺這時才看出紀光竟會五行生克太虛遁法，無怪他適才誇口自負知道門戶變動，惡蠱入伏無疑。忙回頭一看，那數十條紅線果又近前數丈，仍是飛舞盤旋，不得上岸。只不過這次與先前不同，彷彿暗中有了門戶道路阻隔一般，不容混淆，只管在那裡穿梭般循環交織，毫不休歇。過了一會，好似知道上當，發起急來，兩種怪嘯，一遞一聲，哀鳴了一陣。不知怎的一來，又由分而合，變為兩條，益發竄逐不休。

大家正看得有趣，忽聽身後一聲炸響。紀光連忙回身，架上木盆正在晃動，盆沿一物裂斷墜地，不由嚇了一跳，忙即掐訣行法整理。這裡一聲響過，同時湖面上也轟的一聲，一根水柱平空湧起百十丈高下，立時狂風大作，駭浪橫飛。就在這風起濤飛之中，那兩條紅線竟然衝破埋伏，往空中飛去。南綺知道有人破了埋伏，一個不好，還要傷及行法之人。不及追敵，連忙回身看時，紀光已將木盆上面放置的禁物擺好，然後一一取下，這才放了點心。再看元兒因見敵人逃走，業將劍光放出追去。誰知那紅線來時不快，去時卻速，只在空中略一掣動，便即隱去。元兒只得將劍光收轉。

紀光出乎意外，變起倉猝，雖然仗著傳授高明，應變沉穩，對方當時尚無傷人之心，沒有發生禍害，這一驚也是非同小可，口裡只稱：「好險！」

元兒尚不明就裡，問道：「惡蠱無非逃走，沒有擒著罷了，何故如此膽小？」

南綺笑道：「你枉是朱真人門下，會說出這樣話來。紀老先生所施埋伏乃是玄門秘傳太虛遁法，與昔日諸葛孔明在魚腹浦所設的八陣圖雖是一般運用，卻有不同。如遇見對方敵人道力太高，便能以子之矛，攻子之盾，使你身受其害。適才敵人已然走入休門，眼看成擒在即，忽然來了他一個厲害黨羽。以那人的本領，盡可更進一步將我們的陣法全部破壞，那架上便即散裂，立時湖水倒灌，這座沙洲怕不崩塌淹沒。他既與我們為敵，卻只將入陷的人救走，並無過分舉動，好生令人不解。」說時，見紀光滿臉焦急之狀，正要取火焚香求救。

南綺攔道：「來人雖然厲害，不過略精旁門禁法，尚未與他交手。再者老先生禁法已撤，不怕反制，何必如此急急？少時她如來犯，我等抵禦不住，求救不遲。」

紀光明知破法之人，除玉花姊妹的師父天蠶仙娘外，沒有別個。心中憂急，想將無名釣叟請來，好早為防禦。聞言雖不知南綺、元兒二人深淺，但是不好不依，只得停手，說道：「玉花姊妹的師父天蠶仙娘，號稱苗疆蠱仙，厲害無比。人卻極講信義，曲直分明。」

好些時過去，東方有了魚肚色，並無動靜。紀異道：「外公，我看他們不敢來了。天已快亮，等我去往後岸洞內，將菌毒涎取來，和上藥，與裘叔叔去了蠱毒吧。」

紀光搖頭道：「說她不來，卻還未必。今年正月，還聽無名釣叟說，天蠶仙娘近得妖書，本領迥非昔比，連他本人也未必是她對手。並說她雖是百蠱之王，與人為仇，從不暗中行事。多半避開正午，在黎明後和黃昏以前出現。適才破我奇門埋伏，不做得過分，也許因此之故。這時事難逆料，你且將菌涎取來，治了蠱毒，再打主意。」

紀異取了一個玉匙，提劍自去。一會工夫，取來菌涎。紀光先取出兩丸丹藥，請南綺、元兒二人服下。然後從藥鍋中取了些膏子，抹在布上，剪成四張圓的，請二人貼在前胸和尾脊之上。吩咐盤膝坐定，不要動轉。這時二人剛覺腹痛煩惡漸漸發作，比起先前還要厲害一些。及至貼了膏藥以後，又覺心腹脊骨等處麻癢，加以疼痛煩惡交作，甚是難耐，便和紀光說了。

紀光道：「天蠶仙娘既是玉花姊妹恩師，又是她們的義母，如被她們請動前來，必用妖法加重惡蠱之力。幸是二位受有仙傳，多服靈丹；如換旁人，此時縱然苟延喘息，不久仍要腹裂而死。現在我的丹藥之力俱以發動，務請忍耐片時，便可化毒除根了。」二人只得強忍。

約有半盞茶時，東方漸明，二人覺要方便。紀光大喜道：「恭喜二位，少時便可無恙了。但盼此時不要出事才好。」說罷，忙命紀異領了南綺，自己領了元兒，分別走向隔室，安置好了便盆，即行退出。元兒、南綺到了室中，才一蹲下，便覺兩股奇熱之氣，分由腹、脊等處直灌下來，燒得生疼。頃刻之間，滿盆俱是淤血，奇臭無比。解完起身，煩痛麻癢若失。剛剛互相穿好出室，紀光祖孫已在外相候。

紀光剛說了句：「這就好了。」忽聽一個極嬌嫩柔脆的女子聲音說道：「大膽老鬼，我兒與你井水不犯河水，你為何屢次上門欺人？她們尋你評理，並無惡意，竟敢使用妖法害她們性命。如非義兒通靈求救，豈不葬身你手？本當將你祖孫嚼成粉碎，因榴花兒要個丈夫，曉事的，快教那一對童男女到湖這邊來見我，男的與榴花兒成親，童女嫁給我一個仙童。不但饒你不死，你四人與我成了親眷，都有好處。如待我親自動手，悔之晚矣！過一個時辰不過湖這邊來，等我親臨，那時死無葬身之地，休怨我狠毒。」說時語聲若近若遠，又似說話的人就在室內一般。再往湖對岸一看，晨光朗潤，林石如沐，並無一絲敵人跡兆。

元兒初生之犢，無所畏怯。紀異素不服低，聽了雖有些驚異，並未放在心上。只紀光一人聞言大驚，二次又把向無名釣叟求救的信香拿起，往藥灶中去點。

南綺先只在旁冷笑，見紀光慌急神氣，一手把香奪過，說道：「老先生休得驚憂。我們起初中毒，只固不知就裡。如今鬼蜮伎倆業已看破，這賤婢僅會了一點千里傳聲之法，便來此賣弄嚇人。你求的這位無名釣叟邱煬，雖未見過，他那故去的師父麻老僧，卻曾聽舜華家姊說起，儘管能在苗疆稱雄，結果仍死在一個異派無名後輩手裡，固然算是應劫兵解，也並無什麼出奇之處。我如勝不得這妖女，你再求他不遲。如怕我抵敵不住妖女邪法惡蠱侵害，這裡有一件法寶，乃是我長春仙府封山之寶，我將它施展開來，便有一團仙雲將這沙洲罩住，休說妖女難以侵入，便是真正神仙，也未必能夠衝破。」

說罷，從身畔取出一個薄如蟬翼、霞光燦爛的袋兒，交與元兒道：「此寶你原懂得用法，你可守在這裡，由我一人前去除那妖女。如聽我傳言報警，你速將此寶放起，再由主人焚香乞援。見我不是妖女對手，便用梯雲鏈遁回。真個事急，也另有脫身之法，無須顧慮。」

元兒哪裡肯依，便答道：「我兩人原是好歹都在一處，南姊去除妖女，怎留我一人在此？要去都去。」

紀異以為說得有理，方在拍手稱善，南綺已妙目含嗔，怒對元兒道：「這不比我們誅蟒容易，你曉得什麼，妖人口出狂言，所會邪法必然不少。我一人出戰，還可隨意施為，進退無礙；你不過仗著那兩口仙劍，一個不巧打敗，是顧你，還是顧我？況且你在這裡緊握梯雲鏈，我如遇險，還多上一條退路，豈不是好？」

元兒仍是不依，一再婉求。南綺無法，只得接過法寶，對紀光道：「妖人此時不再發話，必在對岸等那時辰到來，我們不降，再行下手，此時還可出其不意。只是令孫雖有一口仙劍，並不會用，不可讓他同往。我二人去時，便將尊居封鎖，放心勿慮。」說罷，略一準備應用法寶，囑咐元兒緊隨自己動手，多加小心。然後把梯雲鏈交了一副與紀光，傳了用法，以備退身之用。紀光情知事情太險，自然力禁紀異不許同行。

紀異好容易盼到能與敵人交手，一見祖父聽南綺之言，再三嚴囑不許前往，好生煩惱。滿想二人走後，再行溜出，踏波飛越對岸，趕去接應。誰知南綺到了室外，拉了元兒，剛駕遁光飛起空中，便有一片白雲飛下，全沙洲都被遮沒。幾次偷偷向前跳入湖內，竟似被一種絕大的力量阻住，再也不能前進，連對岸景物都看不見，急得只是跳腳。不提。

且說元兒隨定南綺，飛身到了對岸一看，石潤苔濃，林花肥豔，穿枝好鳥，上下飛鳴。再加上雲靜風和，曠宇天開，近巘縈青，越顯得晨光韶美，景色幽靜。哪裡尋得見敵人絲毫影子。便對南綺道：「妖女口出狂言，怎的我們過來，她卻躲了？」

南綺算計敵人定在隔湖相候，此時不見，必有原故。惟恐隱在一旁，中了她的暗算；又恐元兒口無遮攔，被敵人見笑輕視。一面暗中準備應變，一面忙使了個眼色，故使詐語道：「你怎知她未來？我們既是和她為敵，前來驅除，她不到約定時辰，豈能出現？你道行淺薄，少說廢話，看我少時擒她便了。」

元兒隨著南綺四處亂看，仍是不見一些跡兆，還想動問，南綺含嗔瞪了他一眼，才行止住。其實南綺心中也未免驚疑，暗忖：「敵人定是隱身近側，這般說法，為何不見應聲出現？若用法術將她驚動，萬一真不在近側，反倒貽笑示弱。還是不去睬她，且耐滿一個時辰，再作計較。」

南綺想到這裡，故示鎮靜，略一端詳地勢，打算尋一塊適當的山石坐下等待。猛一眼看到身側危崖上有一塊奇石孤懸，上端平坦，日光照在上面，彷彿顏色略黃，與別處有異。心中一動，當時醒悟，深幸站立的地方和適才一番話尚無失檢之處。已然發現敵人隱身之所，仍是故作不理，從從容容尋了一塊相對山石，拉了元兒，並肩坐定，然後朝著對面冷笑了兩聲，說道：「你的意思，既把這一個時辰以內留我們思量餘地，雖然有些想昏了心，也足見盛情。況你遠來是客，只得讓你三分。那我也給你一點面子，等過了這一個時辰，再相見吧。」說罷，暗中戒備益嚴，準備敵人一現身，便給她一個辣手。

元兒見對面只是一片空地，並無一人，卻未想到崖上。知道南綺法術高強，必有所見，屢受瞋視，不便再問。只得暗運玄功，把目光注定前面，準備揮劍殺敵。

時光易過，已是辰巳之交。時辰的期限將到，眼看敵人就要出現，事機緊急，南綺益發聚精會神，二目注定前面崖石之上，看那妖女天蠶仙娘怎生出現。說時遲，那時快，南綺正在注視之際，剛見崖石上面有兩三個女子人影一晃，還未看清，忽聽元兒大喝一聲，接著便聽一個女子輕喝：「且慢動手，聽我一言。」音聲嬌細，甚是悅耳。

南綺忙即回眸一看，面前不遠站著一個女子，生得仙姿替月，粉靨羞花，目妙波澄，眉同黛遠，一頭秀髮披拂兩肩，纖腰約素，長身玉立，花冠雲裳，金霞燦爛。前半衣服短及膝蓋，露出雪也似白的雙足，細膩柔嫩，粉光緻緻。後半煙籠霧約，宛若圍著一層冰紈輕綃，越顯得姿采明豔，容光照人。南綺生長仙鄉，同道姊妹中盡多佳麗，竟不曾見過這等絕色，不禁吃了一驚。

元兒最先發現前面忽來了一個女子，知是仇敵，忙將聚螢劍飛起。那女子只將長袖一舞，便有一團煙霧籠身。飛劍上前，只在四面飛繞疾轉，攻不進去。那女子這才從從容容，嬌聲發話。

元兒方要再使那口鑄雪劍助成時，南綺見了這般景象，知道來人不是易與，忙喝：「元弟暫緩動手，且聽她說些什麼。」暗中留神觀察。見那女子站在當地，欲前又卻，微微升沉不定，彷彿提偶人似的，舉動甚是輕飄。

南綺猛想起崖石上面還有幾個人出現，再定睛往上一看，崖石上正當中坐定一女，端容正坐。旁邊侍立著兩個女子，如雙生姊妹，生得一般美秀。左側一個，滿臉俱是愁容。各持兩柄長叉，身後還插有不少短叉，神態甚是恭謹。三女身後立著一個童兒，粉面朱唇，短衣赤足，生得娃娃也似。手中持著一根兩頭有刃、似棍非棍的兵器，身後高背著一個比他人還大的竹簍。時聞「唼唼」之聲，簍縫中透出絲絲金光，映日生纈。四人形態甚是詭異。尤其那中坐一個，生相裝束竟與面前答話的女子一般無二。南綺想了一想，不由恍然大悟，料是妖女用元神幻化惑人。恐元兒不察，吃了苦頭，忙拉了元兒一把，暗囑不可妄動。同時早把應用的法寶、飛劍準備停妥。

只聽那女子說道：「起初我聽榴花說要嫁你，並說你還同有一個少女，像是你的妻子，但為老鬼破壞引走，求我作主。我本不願管這閒事。一則因為紀家祖孫兩次三番上門欺負我的女兒；二則榴花向我哭訴，非嫁你不可。在茶棚時，義兒已給你們下了蠱。後來你們逃至紀家，正在發作之際，卻被紀光老鬼破了法術。她氣忿不過，強拉了她姊姊玉花親自來和老鬼辯理。不想老鬼竟敢用道家奇門遁法，誘她姊妹入伏，不得脫身。不但未給我少留一些情面，還打算置諸死地。

「幸而玉花聰明，知道老鬼近年仗著無名釣叟之力，狐假虎威，專與我們為難，預先囑咐義兒，到時不歸，便發信求救。我做事素來公平，不問明是非，從不輕下毒手。否則適才我須以法制法，你等數人，早不死即傷了，豈能活到現在？我將她姊妹救出，問明情由，知非玉花姊妹之過。我一面派我門下九蠱仙童，先去尋那無名釣叟算帳，然後親來問罪。榴花又說你不要她，或許那少女是你妻子，故此不肯。要我施展法力，逼男的娶了榴花，女的不管是男的甚人，嫁給我義兒白雲仙童。

「我只說你們只是個尋常人家子女，不過生得秀美些罷了。此時一見，才知榴花眼力不差，你二人果有些根器來歷，與我義兒、義女為配，正好是天生兩雙佳偶。適才我因所限時辰未到，不曾現出法身。你二人所說言語和行徑，分明不肯悔過降伏，意欲仗著螢火微光，與皓月爭輝，豈非夢想？你看你放出來的飛劍，我還未行法，便不能沾我的身，還能勝得過我麼？依我相勸，趁早跪下降伏，跟了我兒女回去成親。由我過湖收拾老鬼。以後有無窮受用，還可長生不老。莫要將我招惱了，少時放出天蠶，將爾等嚼成粉碎，那就悔之無及了。」

那女子不但語言柔婉，聲如鶯簧，而且說話之際妙目流波，隱含蕩意，不住朝元兒逞嬌送媚。這原是一種極厲害的邪蠱，一個把握不住，元神便被攝去。幸而元兒夙根深厚，雖覺心情有一種說不出來的況味，尚能自持，並不為其所動。

那女子還要往下說時，南綺一面暗中準備那幾樣應用的法寶，等機緣一到，給她同時發動，好使她措手不及。一面留神觀察，見前面妖女只管行使邪術，賣弄風情，口中刺刺不休，那危崖大石上的一個，卻是瞑目端坐不動，看出面前女子是天蠶仙娘的元神。自己雖是頭一次遇見這等妖邪，卻常聽舜華等同道姊妹說起，無心中早問過抵禦之法。

南綺正想等妖女把話說完，還問她幾句，再出其不意，驟然下手。猛一眼看見那面前妖女忽然一個眼風朝自己拋將過來，頓覺心神一蕩，不禁大驚。忙按定心神，側面一看元兒，除臉上神色稍覺有異外，尚未為妖女邪媚所惑。

天蠶仙娘見邪法不能蠱惑這對少年男女，心中也甚驚異，益發把淫情蕩意做個不已。南綺漸覺心旌搖搖，有些難制。又覺元兒先因自己喝止，雖未動手，卻是躍躍欲試之態，這時面上神色也有些異樣，恐再不動手，中了道兒。倏伸左手，朝元兒背上用力一拍，猛朝前大喝道：「大膽妖孽，我當你有什麼話說，卻原來想藉此行使邪法害人。你也不想想，我二人俱是青城朱真人門下，豈能為你所惑？」說時，見那妖人絲毫不做理會，身搖處，身上衣服忽然緩緩褪了下來。

南綺見勢不佳，不等把話說完，右手一揚，先將飛劍連同七根火龍鬚朝前飛去。同時左手一拉元兒，喊聲：「元弟，還不動手，等待何時！」緊跟著回手一拍，葫蘆蓋裡所藏的太陽真火早化成十數丈紅雲，夾著無數火彈，疾如奔馬飛出。那火卻不去燒那妖女，竟朝危崖石上坐定的天蠶仙娘飛去。這一著兩下裡夾攻，果然奏效。

那妖女先見劍光飛來，還仗著有妖法護身，沒有在意。及見南綺發出七根火龍鬚，變成七道火光，火頭如長蛇口中紅信，吞吐閃爍不定，知是剋星，妖法已然無效。剛剛破臉大罵：「不識抬舉的業障！」準備迎敵時，不料南綺法寶層出不窮，又放起一團火星紅雲，朝自己原身飛去。

旁邊雖有玉花、榴花、白雲童子等三人，俱非烈火之敵，不由嚇了個亡魂皆冒，暗悔自己不該小覷敵人，中了暗算。一個曼聲長嘯，便朝危崖上飛去。饒是逃跑得快，原身已被太陽神火中暗藏的火彈打中了兩下。

妖女一見情勢不佳，玉花姊妹還在飛叉抵禦，恐燒了白雲童子竹簍內所藏的至寶，身一復體，忍著燒痛，嬌喝一聲：「速退！」一道黃光閃過，空中金蛇亂竄，一行四人忽然不見。等到南綺、元兒法寶先後趕到，將危崖罩住時，天蠶仙娘等已然負傷逃走，無影無蹤。

南綺收了法寶，見那石上遺留著兩個茶杯大小極薄的銅鏡，並無光澤。試令元兒坐在當中，將兩鏡相對一照，身便隱去不見。知是妖女仗著隱身之物，收入法寶囊內。雖然僥倖獲勝，自己還是發動遲了一些，未將妖女燒死，終留後患。方在悔恨，忽聽銀燕飛鳴與破空之聲。抬頭一看，大白等四隻銀燕，還有兩道光華，正在沙洲之上盤空飛舞，因為下面有了雲霧阻隔，不能飛下。知那兩道光華是紀家的友人，妖女已去，無處追尋，便同元兒飛向沙洲，收了雲障。那兩道光華也跟著飛落，現出一美一醜兩個女子。方一及地，紀異已縱上前來，歡呼道：「畢姊姊與花姊姊回來了。」又忙著問：「裘叔叔可將天蠶仙娘和玉花姊妹等殺死？」元兒拉了他的手，剛在回答，紀光也趕了過來，忙著將雙方引見，彼此各道傾慕，相見恨晚。

南綺看出妖女厲害，不比尋常，暫時獲勝，乃是出於僥倖。況且她既以惡蠱著名，豈能一些沒有施展，便即甘休？意欲仍將沙洲用法寶掩護，免得中她暗算。

真真聞言，大不為然道：「小小妖魔，有何伎倆？來便送死；不來我們還要尋上門去，除惡務盡。這等小心則甚？」

紀光祖孫素重二女，見她們回來自然膽壯。南綺久聞岷山白犀潭韓仙子的威名，聽說是她門下得意弟子，料必道法高強，也不便再說。大家歡敘一陣，紀異見洞奴不曾帶來，一問花奇，才知是留在雪山玄冰凹守洞。因畢真真這一攔，只是留神靜待妖女二次來犯，未有別的佈置。

這時正值中午，紀光便去取了些飲食出來，與大家同享。南綺命將坐席設有湖濱空曠之處，以便瞭望。大家言笑晏晏，約有兩個時辰過去，已是未末申初，尚未見有動靜，俱覺奇怪。元兒道：「南姊太陽真火何等厲害。當初我為仙鶴愚弄，誤飛到萬花山，得罪南綺姊，舜華大姊如晚來片刻，我還有那兩口仙劍護身，尚且要化為灰燼。就那樣，尚且仗著舜姊、南姊用許多仙露、靈丹相救，才得重生。現時想起，還在膽寒。何況那天蠶妖女只管用元神賣弄妖法，原身端坐石上，絲毫沒有防備，只一受傷，哪裡禁受得了？我眼看她中了一火彈，才行遁去，這一下縱不燒死，也帶了重傷。就要復仇，也必等痊癒之後才來，哪有這等快法？」

南綺道：「可惜母親留給我那太陽真火葫蘆，已在惡鬼峽燒死妖婦胡三娥時，被我無心中勾動地火失去。這葫蘆中的太陽真火，乃是當初隨侍母親在長春仙府中，見母親收煉太陽真火時，偶然見獵心喜，舜姊照母親所行之法，也收煉了一葫蘆送給我，並傳了收用之法。原是拿來好玩的，不但功效火力俱沒有母親給我的神妙，而且用一次便要消耗一些，不能全數收回。

「因你屢向我說此火厲害，看出有些心喜，這次一同下山，想得便傳給你，以備萬一分開時，你也拿著它去應用，這葫蘆比失去的一個又小得多，便隨手放在囊內，一直也沒有閒工夫來傳授。今天見那妖女鬼鬼祟祟，想起這類妖物必定怕火，又恐被她警覺，乘她向我們搗鬼之際，我早暗中準備好了幾件法寶，出其不意，給她來一個兩下夾攻。如真換了那失去的太陽真火，只一罩住，她師徒不消多時，全成了灰燼，還能任她受了傷從容逃去麼？我這火雖也能將妖邪燒死，但她只中了一火彈，如有靈效的丹藥，痊癒甚快。久候不來，來必不善，莫要小看了她。」

元兒笑道：「我先見你發出烈火，還以為這個葫蘆和那失去的一個是一樣功用呢。怪不得這個火發出去。只是一片紅雲夾著無數火彈，不似那一個有各色彩絲與晶明透亮的彩彈呢。」

花奇生性好奇，聽二人對談，料南綺、元兒身藏法寶必多，便要請看。南綺因真真、花奇是韓仙子門徒，哪肯人前賣弄，只以謙詞婉謝。元兒因花奇雖醜，人卻和易，還不怎樣；真真言語動作皆有自高自恃之概，心中有些不服，巴不得南綺取出炫耀，也幫著勸說慫恿。南綺仍是執意不肯。元兒見她已然面帶嬌嗔，只好作罷。

似這樣閒談，又過有半個時辰，大家談得正在有興頭上，忽聽一個女子聲音說道：

「大膽賊婢，竟敢用魔火暗傷你仙娘。我此時已將無名老鬼困住，本當此時便來取爾等的狗命，只因我的兒女們再三哀求，給你們留點活路。我現在已返仙山，特用千里傳音之法先行傳諭，少時便施仙法警告你們。如若知道厲害，只須在湖邊立一長竿，上面掛上一面白的麻布，再畫上一個八卦，我遣出來的蠶神自會回去。然後你二人再行過湖，跪在適才我坐的大石之下。我便饒你二人不死，到了子時，自有人來將你二人帶回仙山，與我兒女成親。老鬼祖孫二人乃起禍根苗，本難寬容，也可免其一死。否則我定驅遣蠶神，大展仙法，將你家所有的人都化為肉泥。你們不要以為先前僥倖，心中自恃，須知我乃苗疆蠶神之祖，要放明白些。」說罷，聲響寂然，只是口音沒有頭一次來得嬌婉好聽。

真真笑道：「這便是那天蠶仙娘麼？好一個不識羞的賤婢，明明人在對岸，搗的是什麼鬼？你們看我去擒了她來。」說罷，一道光華閃過，往對岸飛去。南綺方要答言，真真已然起身。

南綺便笑向眾人道：：「你們可聽出這聲音與先前妖女不一樣麼？」除花奇未聽過外，其餘三人俱道不一樣。南綺笑道：「我看這聲音決非本人，許就是她旁邊站的那兩個小妖女裝的。她如此假裝，總有原故。畢姊姊說她人在對岸，一點也不差。我們且等她擒來之後，問明再說。」花奇、紀異深知真真習性，只一說獨自上前，不願人幫。又看出南綺嘴裡謙遜，臉上頗有懷疑之態，成心要看看真真那本領。所以俱未跟去。

大家目光都注定對岸，以觀動靜。只見那道光華圍著那一片山石電閃星馳，盤飛不歇，始終也未見有敵人蹤跡。南綺方在腹笑，忽聽對岸真真一聲嬌叱，接著便見那道光華帶著一條黑影，飛將回來。南綺才有些佩服，剛說了句：「畢姊姊已將妖女擒來了。」一言甫畢，光華斂處，噗的一聲，黑影擲落地上。真真現身說道：「這等小妖魔，也配稱為蠶神鼻祖。」

# 第七章　仙娘失計

話說眾人定睛一看，一個渾身黑衣玄裳的赤足女子，生得容顏美秀，體格苗條。橫臥在地面上宛轉呻吟，花憔人弱，越顯可憐。只管睜著那一雙剪水雙瞳，望著元兒，大有乞哀之容。南綺氣不過，上去踢了她一腳。那女子哪經得起這一下，只疼得玉容無色，清淚珠垂，不禁哀啼起來，聲音甚是嬌嫩，直覺巫峽猿啼無比悽楚，越發動人憐憫。休說紀光，連真真都動了惻隱之心，不忍心當時將她處死。

紀光見南綺兀自玉頰紅生，鳳目含怒，深知苗疆習俗，恐將此女殺死，事情鬧大，自己不能在此立足不要緊，愛女回生，必受影響。忙搶上去，攔在那女子前頭說道：「諸位不要動怒。這便是聶家的榴花姑娘，諸位仙姑法力無邊，也不怕她逃走，且容她起身，問明來意，再行處治如何？」

說罷，南綺尚未答言，榴花忽然戟指怒罵道：「都是你這老鬼屢次壞人好事。我姊姊玉花，為了那薄情郎，如今已是常年悲苦，生趣毫無。如今又壞了我的事。當我約了玉花姊姊尋你評理時，你如不將我姊妹久困不放，略開一條路，我師父近兩年正在修煉天蠶，不能分身，我姊妹因自己給她丟醜，也無顏前去求訴，縱然與你不共戴天，也莫奈你何。偏你得了便宜，還要趕盡殺絕，想置我姊妹於死。幸得三妹義兒刺血焚香求救，恰巧正是師父天蠶成道之日，得信即來，將我姊妹救出。本不能輕饒你的，經我再三苦求，才行應允先禮後兵。用兩面靈銅隱住法身，試試你們的目力，及見他二人過湖，先時並未看出，後來也只是心中揣測，故意裝模作樣。

「其實靈銅折光，乃是苗疆天生異寶。只須在天光之下，用兩片斜對，便能將身隱去，並非法術。因他二人所指之處不對，引起我們輕敵之心，這才中了暗算。我師娘自成道以來，從未受過挫折。雖然中了一火彈，她有靈藥萬全回生散，一擦便癒，並無妨害。不過恐我義弟受傷，還有一件事兒未了，只得暫行回山。我知此仇一結，你們萬無倖免之理，必在今晚子時放出天蠶，將你們嚼成粉碎。那天蠶數有萬千，只要蠶娘不死，水火兵刀俱難傷牠。即使燃化成灰，也能復體還原，由大而小，化身千億。惟有我們自己人略知避免之法。」

說著，她又指著元兒道：「我因貪戀著與他成為夫婦，二次趕到這裡，見你們人多，不敢過來，才在對岸用靈銅隱了身形，假裝我師父口氣，勸你們投順，引他二人逃走，再給老鬼祖孫二人也留一條活路。我想他二人縱無知逞強，老鬼在此多年，我師父的法力威名，不會不曉得。誰想我法力稍差，那千里傳音之法不能及遠，又忘了口音與師娘不似，被你們識破。一則逃避就要現出身形，容易被來人追上；二則癡心，不捨就走。

「正在打算想用什麼言語對付，便被來人擒捉。這也是我的劫數，我落你們手內，也不想活。我死之後，你們所受報應定比我還慘十倍。他如能和我稍微親熱親熱，你們雖死，仍能救他一人活命。而且如得應允，我死也甘心。」說罷，淚如泉湧，哀泣不止。

南綺見她連訴帶哭，好似受了多少委曲冤枉。再襯著那樣美妙嬌柔的容貌身體，直似一枝帶雨梨花。暗忖：「這苗女雖然無恥，竟會這等情癡，叫人看了，又憐又恨。」

南綺正看著元兒怎麼答話，真真早喝道：「幾曾見過你這等不知羞恥的賤婢？偏不能順你心意。此時殺你，反道我倚強欺弱。你不是說那師娘厲害，今晚子時要來嗎？且容你再活半日，等我今晚擒到天蠶仙娘師徒，再行一併處死你便了。」

紀光本恐眾人將榴花殺死，事情鬧大，益發不可收拾，聞言才略放了點心。暗忖：「這幾個少年男女雖都是仙人門下，畢竟仍有些氣盛。聽榴花之言，天蠶仙娘今晚必定大舉來犯，萬一有個閃失，那還了得？」想了想，事在緊急，從權為是。一面用眼色授意紀異不可多嘴；一面暗將那塊信香取在手裡，抽空踅向後屋，放在檀香爐內。少時無名釣叟前來，眾人若問，只好撒個謊，說是在眾人未回以前點的。等到點燃出來，真真已然有了覺察，便問道：「老先生焚香求救麼？聽適才賤婢之言，只恐無名釣叟也未必能分身來此呢。」

紀光聞言，臉上一紅，還未及回話，忽聽榴花狂呼道：「我已被惡人促住，你千萬來不得。我也不願活了，你快去求仙娘給我報仇。你怎麼還不聽我的話呀，你千萬來不得呀。」說罷，她又朝著真真哭求道：「我姊姊玉花自從那瞿商被老鬼引走，壞了婚姻，終年以淚洗面，苦已受盡。她本來不見生人，不問世事，這次都是我連累了她，早晨差點被火燒死。後來逃了回去，說天下男子十九薄情寡義，既不相愛，何苦勉強學她的樣，自尋苦惱？再三勸我死了這條心，不可前來涉險。是我不聽，自取其辱。她現在知我被困，要趕來替我一死，如今人在路上，已快來到。她本領雖比我大，也不是你們的對手。

「她今此來原無惡意，無奈你們都是心辣手狠，無情無義，她來正好送死。我連用傳音之法，攔她不住。我死不足惜，只不願無故又害了她。我也不希罕你們放我，只求你們快快下手將我殺死，斷了我姊姊捨身相代的念頭。我就做鬼，也得閉眼。」說時急淚交流，恨不能當時尋一自盡才稱心意，偏是身子受了真真的法術禁制，動轉不得。

待不一會，果見對湖岸山道中，飛也似跑來一個苗女。到了湖邊，高喊了一聲：「妹娃子，莫傷心，姊姊替你來了。」說罷，一條紅線隔湖飛來。到了眾人面前落下，現出身形，正是玉花。仍和先前南綺所見的裝束一般，只沒帶著兵器。一見榴花被法術禁倒在地，神情狼狽已極，忍不住一陣心酸，飛撲上去，抱頭痛哭道：「妹娃子，我娘死時再三囑咐我，說你人好，容易受騙，叫我好生照看著你。你如死去，我怎對得住娘呢，漢人多沒天良，我自那姓瞿的被老鬼引去，活著也無甚意味。不如由我和他們商量，替你一死，我姊妹兩個都好。你如執意不肯，那我只得陪你同死了。」榴花聞言，又哀聲哭勸玉花。兩人只管哭訴不休，也忘了身當險地，仇敵在側。

眾人俱不料苗女竟有如此至性，見她們這等同胞情深，骨肉義重，不由動容，起了憐憫之心。正不知如何發付才妥，猛見真真倏地秀眉一聳，怒叱道：「兩個丫頭既然甘為情死，用不著你推我讓。待我來打發你們一同上枉死城去。」說罷，手指處，一道劍光直往二女頭上飛到。榴花原是躺在地上，不能站立。見敵人翻臉，逕下毒手，便高聲大叫道：「要殺殺我，放我姊姊回去，等她取了法寶兵器前來。」言還未了，玉花一見飛劍臨頭，只喊得一聲：「饒我妹子。」早縱身迎上前去，面無懼色，大有視死如歸之概。

這裡元兒、南綺見真真忽然飛劍出手，俱覺心中不忍。猛又聽一聲：「姊姊且慢。」一道寒光帶起一條人影，直向真真的飛劍迎去，一看那人正是紀異。這一來把兩人提醒，元兒首先飛劍上前，南綺也跟著飛劍出去攔截。只花奇一人在旁憨笑道：「今日兩個丫頭得活命了。」一聲甫歇，真真劍光已終撤回，指著玉花姊妹說道：「看你二人雖然無恥，卻也有幾分義氣。我今放你二人回去，叫那天蠶妖女速來納命。如果過了今晚天明不敢前來，明早我便尋上門去。」

玉花驚魂乍定，看出禁法已撤，忙扶榴花起立。當時並不逃走，略微定了定神，慷慨說道：「我死活本沒放在心上，你休以此嚇我。只是你放了我妹子，有些感激罷了。我們雖是苗人，最重信義，尤其是恩怨二字看得分明。我們不過情愛比你們漢人專一，怎叫沒有羞恥？我此來本打的是毀身報仇主意，滿想拿話激你們，將我妹子放脫了身。等你們一殺我，便中了我的道兒。

「實不瞞你們說，我家中已設下蠱壇，由我刺了心血，餵了蠱神，交三妹義兒代為主持。我自己帶了一身惡蠱前來，早在過湖之際下在水裡，不消多時，這沙洲上便到處密佈。我只一死，義兒那裡便即知曉，蠱神立時發動。這蠱不比平日誤服之蠱，一經發動，如影隨形，並且不易被人發覺。此乃我仙娘秘傳最惡毒的大法，專在人睡眠、入定和不知不覺之際乘隙而動。只要被牠鑽入骨髓，便是神仙也難得救。我這人此時生趣已絕，原不願活，怎奈死後妹子不肯獨生，只得陪她受些年罪。

「偏偏我們已落你手，又肯輕放，總算於我姊妹有恩，怎能再下此毒手？再者你們俱會法術，我如不死，少時蠱一現形，易為你們覺察，未必能傷著你們。不如仍由我收了去，以報不殺之恩，也省卻你們許多手腳。至於傳話給仙娘一層，因她今晚子時前後必來報仇無疑，無須前去招呼。況且我姊妹若是行那毀身報仇之計，尚還有話可說，而我姊妹只是一念情癡，背了她來約你們逃避，又為你們所擒，更丟了她的顏面，已然犯了百死難贖之罪。怎敢再去相見？我姊妹一回去便須設法避禍，連夜逃出千三百里外，覓地潛伏，方能活命了。」

說時，那榴花只管拉著她的手臂，依依哀哭，一言不發。一雙淚眼不住向元兒瞟去，好似情熱猶熾。眾人只顧聽玉花說話，元兒倒被她看得不好意思起來，又不便喝破，只得拉了紀異，假裝取物，走向室內。

真真卻把雙目注定玉花，不住冷笑。等她把話說完，正在禹步行法，將所放惡蠱收走之際，猛喝道：「且慢動手。你以為你那惡蠱厲害麼？你先站過一旁，我讓牠先現出形來你看。」

玉花聞言，便停了手，面現驚疑之容。真真便請眾人稍微退後，說道：「昔日隨侍家師，曾說生平各異派中能人俱都會過，只未和養蠱的人打過交道。我一時無心中問起惡蠱怎樣制法，家師便教我煉了幾樣法寶，一直未曾用過。今趁妖女未來以前，且拿它試手，看看有效與否。」說罷，便從囊中抓了一把似針非針之物往前擲去，手揚處便有千萬道銀雨直射湖中。那湖水先似開了鍋一般飛珠溶沫，波濤飛湧。

正在這時，耳邊似聽玉花失驚，噫了一聲。紀異被元兒拉進室去，紀光、花奇俱都面向湖中，不曾在意。只南綺心細，時刻注意玉花舉動，見銀光飛去湖中波濤飛湧之際，玉花伸手入懷摸索了一下，又用拇指和中指彈向空中。雖不見有什麼東西，知是弄鬼無疑。因真真辭色甚是自滿，只得靜以觀變，並未給她叫破。

約有半刻工夫，真真忽大喝一聲，將手一招。湖中浪花開處，千萬絲銀光忽又貼波飛起。每一根銀絲上，大都鉤著一條赤紅晶亮，似蠶非蠶，細才如指，長有三尺的惡蠱，朝岸前直駛過來。下映湖波，幻成一片異彩。真真回頭向玉花道：「我知此蠱與你生命關聯，要死要活，快快說來。」說時心中得意，以為玉花必要哀聲求告。誰知玉花答道：「此蠱均係化身，死活隨你的便。我的本命元神已在你行法時遁走，你雖有法力，也未必能擒得他住。只是我仙娘已派人出來尋我，恐半途撞見不便，尚未離開這裡罷了。」

真真見她神色自如，料是所言不差，方才驚愧。玉花忽然狂叫一聲，口吐鮮血，暈倒在地。榴花忙伏身看了一看，大哭道：「你們既然放我姊妹，如何又下此毒手，用法寶把她元神禁住？索性連我殺死，也倒痛快。」說罷，抱著玉花屍身痛哭起來。

真真好生不解，喝問道：「我既允放你們，豈能失信？她不是說元神已然遁走了麼？怎的又會如此？」

榴花哭訴道：「你們害了人，還要裝模作樣麼？她因見你們用法寶去拘金蠶，恐遭毒手，元神本已遁走。不知哪個用甚法兒，又將她元神捉了來。此時如能饒她，放了還好，再過一個時辰，便七竅流血而死了。」說時，哭得甚是淒慘。

紀光忙問眾人可有什麼作為，俱答無有，好生驚訝，方疑是無名釣叟暗中前來將她元神收禁，榴花猛一眼看見元兒、紀異自室中走出，手裡持著一個網兜，裡面隱隱放光，狂喊一聲：「你這狠心腸的小鬼，連我也一起殺了吧。」一面哭說，忽從地上縱起身來，朝元兒飛撲過去。

南綺見她拚命，恐有差池，一縱遁光，追上去攔在前頭，迎個正著，喝一聲：「休得無禮！」手起一掌，便將榴花打倒在地。榴花還要掙扎上前時，真真已趕過去，一把將她攔住。榴花哪裡敵得過真真的神力，急得雙足亂蹦，哭喊道：「你們還賴，你看我姊姊的元神不是在小鬼的網裡面麼？」

這時南綺方才看清元兒手中所持，乃是那面千年金蛛絲結成的網兜，內中網著一條金紅色似蠶非蠶的長蟲。便問元兒是哪裡網來的。元兒道：「我兩人去到室中閒談，紀弟見我們行裝上插著這個網兜，無意之間取將下來，問有何用。我便對他說起遇見長人兄妹，怪蟒報仇，吐丹敵劍，全仗此網獲勝之事。話還沒有說完，紀弟拿著它一舞，忽見金紅光華一亮，便網住這麼一條怪蟲。適才我看那苗女說湖中下蠱，少時上岸，到處密佈，便猜是那話兒。剛接過來看了看，聞得外面苗女哭聲，正出來想問個明白，給你們看呢。」眾人方才恍然大悟。

真真笑道：「難怪榴花說我背信食言，殺她姊姊。原來是她自投羅網，這也怪人不得。此網非絲非麻，如此厲害，想是多年蛛精吐絲所結的了。」

南綺道：「妹子也不知它的來歷用處，只在得它之時，曾聽一異派中人說此網乃千年金蛛之絲結成。有一次我和元弟遇一怪蟒，口噴丹元，我二人法寶飛劍俱難傷牠，多虧此網網去牠的丹元，才行伏誅，想必有些用處。」

真真道：「這兩個苗女倒也同胞情長。但是此網並無收口，為何玉花元神一進去，便難逃出，二位道友可有甚解法麼？」

南綺道：「此網黏膩堅韌，飛劍難斷。遙網空中飛鳥，無論多高，百不失一。也用不著什麼收放之法，每次網到禽鳥，只須裡面倒轉，便可脫落。且看此女命運如何。」說罷，從元兒手中要過網兜。翻過來，一口真氣噴去，那網便倒了過來。那蠶已是奄奄一息，兀自黏在網上，半晌方行緩緩脫落，蟠伏在地。

榴花忙跑過去，口裡也不知念甚咒語，又不住連連噓氣。又過有半盞茶時，那蠶才一閃一閃地放著光華，蠕蠕蠢動，往玉花身旁爬行過去。榴花忙又跑向玉花身旁，解開她的衣服，露出欺霜賽雪、嫩生生的酥胸，口裡念咒愈急。不消片刻，那蠶爬上身去，蟠在玉肌上面，將頭昂起，便有七根細如遊絲的紅線噴將出來，射入玉花七竅之中。榴花方住口，轉悲為喜，伏在玉花耳邊喊了兩聲姊姊。又從懷中取了一塊丹藥，塞入口內，接著便聽玉花呻吟了兩聲，拉著榴花的手，怯生生坐將起來。

玉花一睜眼，看見那條本命蠶，剛失驚噫了一聲，榴花偷眼看著紀光，忙用土語咭咭呱呱說了幾句。紀光聽出是那蠶已受了重傷，須借人精血培養，在腹中修養數日，方能復原。這種修煉成形的惡蠱，最耗損人的精血，輕易也不放入腹內。玉花因是死裡逃生，榴花怕她難以禁受，意欲代她吞入腹內。正說之間，玉花更不答話，猛將櫻桃小口一張，那蠶身子忽然暴縮，好似長蛇入洞一般，「絲」的一聲，逕往玉花口中鑽去。

榴花哭道：「姊姊你這樣，師父定在路上，我們怎逃得脫呢？就逃出去還不是死麼？我真害了你了。」說罷，又痛哭起來。

玉花雖然醒轉，神氣甚是委頓。見榴花悲哭，便也流淚說道：「妹兒你莫哭，這都是我兩姊妹命苦，才都攤上這等事，說做甚子？我們伎倆已窮，即承人家不殺之恩，總算暫時撿回了兩條命。這裡不是久待之所，醜媳婦難免見公婆，這一耽擱，哪裡還能逃得脫？師娘想必還能恕我，且等見了面，我再代你苦苦求她，饒你一條活命吧。」

榴花哭道：「你難道不知師娘平日的心有多狠麼？一個說不好，連你也是難免一死。死倒不怕，要被她拿去祭了天蠶，休說永世不得超生，那麼久的苦痛怎能忍受？依我之見，還不如求那薄情小鬼，將我兩姊妹用劍殺死，還少受許多罪呢。」

玉花略一沉吟道：「我兩人雖九死一生，難得倖免。三妹義兒如在此時逃走，還來得及。幸而我來時指給她好幾條路，叫她見機行事。最末一條路，便是如果我過時不回，堂前神燈不滅，便是敵人畏懼師娘，聽了我們的話，相約同逃。只一聽見我假裝命她通靈求救的傳音信號，即時收了法壇，帶了我二人的神座，速往東北連夜遁走，投奔瞎婆婆那裡，安身躲避，我們隨後自會尋去。師娘即使聽見我們傳音，必要等義兒通靈告稟，萬不料是緩兵之計，我們正可藉此逃走。

「這原是行時偶然動念，明知決無這等便宜的事，不過稍作萬一計算，不料居然用上。我兩人命運難測，義兒當可活命。如今時機緊迫，且等我將她引走，保全一個是一個，再打主意。省得過湖一個不巧，遇上同門姊妹兄弟們，再想支她走，就來不及了。」說罷，披散秀髮，兩手撐地，倒立急轉，口中喃喃不絕。約有片刻工夫，忽然將嘴貼地咭咭呱呱幾聲，然後與榴花一同向地下偏頭貼耳靜聽。又過有一頓飯光景，方行起來，互相低語了幾句，愁眉淚眼地走向真真面前。方要張口道別，真真已搶口說道：「你兩個想走哪裡去？過湖不遠便是個死。你看你們的來路上，那是什麼？」

玉花姊妹起初急於行法傳音，使義兒遁走，等到用地聽法一聽，義兒已在如言辦理。她們不知義兒另有能人解救，聽時適逢其會，還以為義兒機警，動作神速。直聽到她收法從容遁去，才放了點心。打算匆匆向真真等告別，過湖冒死逃命，沒有注意到別處。

聞言才往來路上定睛一看，入湖的那一座狹谷，連同其他兩面，都遠遠有金星飛舞。知天蠶仙娘已然下了辣手，行使最惡毒的法術，恰好將這湖洲三面出路全都封鎖。若不是怨恨到了極處，不會這等施為。想起前年親見惡蠱嚼吃生人慘毒之狀，不由嚇了個心膽皆裂，一同「哎」了一聲，半晌說不出話來。隔了一會，玉花微一定神，眼含痛淚，抱著榴花說道：「看神氣，師娘已然怒發難解，我等生望已絕。好在法壇已撤，我們雖死，不會害人。且待我囑咐他們幾句，依你所說，一同死了倒也安心。」

眾人先見她二人抱頭痛哭，相依為命的苦態，早就動了憐憫。只因真真在前，又知事情須得由她發落，方免後患，不便開口。及見真真頗有相救之意，自是贊同。尤其南綺童心猶盛。先因榴花不顧羞恥，執意要嫁元兒，本甚厭惡。後見她姊妹同命慘狀，漸漸轉憎為愛。一聽她們要尋自盡，忙攔道：「你們不要驚慌尋死，這位畢仙姑的道法高深，必能救你二人活命。」

真真也接口道：「你二人一念情癡，卻也可憐，我做好人做到底。你們過湖固然難於倖免，如若在此暫避，還怕怎的？休看天蠶妖女厲害，也未必能是我們對手；即使萬一我們敵她不過，也帶了你二人同逃。如何？」

榴花聞言，自是驚喜交集。玉花卻慨然道：「我本不願求活，實因我妹子慘死，無以對我死去的親娘，不得不苟延殘息。起初元神不傷，尚可逃走，此時過湖不遠，定遭羅網。適才看出諸位仙姑法力，就以擒我元神的寶網來說，天娘雖然厲害，已難近身。明知只有留此不去，或能保全性命。但是以敵為友，從無此理，怎能啟齒？這一來方看出你們漢人到底量大。

「我師娘平日為惡多端，我們每隔三年，便要與她獻上一對童男女。先還不曾在意，自從前年親見她用人餵蠱嚼啃慘狀，已是驚心動魄。她還嫌我姊妹所養之蠱沒有吸過童身之血，不如我們義弟厲害，將來遇見能手，必為門戶之羞，屢次催我們害人，實非所願。加以年貢繁苛，力又不足，既在門下，除死方休，無法擺脫。稍有違犯，便有粉身碎骨之禍，終日愁慮，莫可如何。此番蒙諸位仙姑相救，固是感激。幸得活命，情願拜在仙姑門下，改邪歸正，不知可能允否？」說著，早拉了榴花一同跪下，拜謝不已。

真真忙拉起道：「只要你二人能改邪歸正，不患不得善果。我們自己功行未完，怎能收徒？且等事完之後，遇機給你們引進便了。這半日工夫，你們已飽經憂患險難。桌上現有酒食，可隨便飲用一些，到室中歇息歇息，再來相助我們除害吧。」

玉花道：「仙姑賜我們飲食，自然拜領。如與師娘為敵，休說不是對手，即便知道一些破解之法，她雖為惡，既是我姊妹義母，又是師父，寧死也難奉告，望仙姑寬恕才好。」

真真道：「這也難怪，隨你們自便吧。」玉花姊妹一些也不作客套，就桌上設的酒食用了些。便請紀光指一僻靜所在，暫作隱身之用。眾人俱不知何意，見隔岸金星飛舞，猶如繁星，漸飛漸近，相隔至多不過一二十里。算計強敵將臨，一心觀變，準備迎戰，也未管她們，逕由紀光領她們去訖。

一會，紀光去了回來，說玉花姊妹神情很是害怕，連引她們走遍各室，都說不能作藏身之用。可是每去一間，必從身上抓一把灑向室內，只看不出是什麼東西。若問她們，便滿面驚慌，哀求勿問。自己雖久居苗疆多年，頗知巫蠱之事，也不知是何用意。最後把她們引到那昔日藏紀異胞衣，曾被毒蛇盤踞，現已長滿毒菌，潮濕黑暗，叫人無法存身的岩洞以內，才面有歡容，不住稱謝地躲了進去。因她們舉動詭異，不知她們居心好壞，意欲請大家去往各室查看有無奸謀。

真真笑道：「這兩個丫頭不但處境可憐，神態也甚光明。她們此時不過畏那妖女過甚，避禍心切，恐毒蠱厲害，我們防禦不了，故布疑陣，以為免害之計，決無暗算之心，無須多慮。倒是她們已知我們能力，還要如此驚慌，其中必有原故。她們尚念著母師之情，不肯洩漏機密。聞得凡能通風之處，惡蠱便可侵入，無聲無形，常人遇上，非到受了害才行知覺。尤以她本門中人心神相通，受害更甚。妖女到來，我們固然無妨，萬一她姊妹二人已投在我們護翼之下，仍是受了侵害，不特這口氣不出，豈不叫人笑話？」

南綺聞言，本想將那彩雲仙障放出，去將玉花姊妹存身的岩洞護住。因真真言語動作俱是獨斷獨行，一些也不客氣，安心要看看她的本領如何，只留神保住元兒一人，自問綽有餘裕，懶得再管閑賬，話到口邊，又復忍住。

花奇也是早料出妖女來者不善，善者不來。真真道力高強，法寶厲害，素所深知。南綺、元兒既和妖女會過，也能應付。但是這裡還有紀光、紀異祖孫，到底比平常人強不了許多，小有妨害，便首當其衝。紀異是骨肉之親，平時情感極厚，比起尋常姊弟要勝得多。既然護他，勢不能不管紀光。於是便打算動手之時，由真真、南綺、元兒三人前去應敵，自己保護紀光祖孫。她卻未料到南綺存有私心，不到真正有了敗意之時，決不認真上前。

以真真、南綺等四人的能力，合敵妖女本占上風，只緣真真遇事驕敵，目中無人，把四人分成三起，結果雖然獲勝，可是出了好些亂子。如非呂靈姑和女崑崙石玉珠趕來解圍，紀異必身受重傷，玉花姊妹幾乎身遭慘死。真真鬧了個沒臉，看出南綺先時有些袖手旁觀，直到惡蠱傷人，方才出力，分明要看自己的笑話。因此啣恨南綺切骨，成了不解之仇，終於誤人誤己，墜入情網，阻滯正果，皆緣當時一念之差，悔已無及了。

這裡人各一心，玉花姊妹卻在後岩洞中戰戰兢兢地受活罪，俱都放過一旁。

且說真真因自從以前下山以來，除了犯規受禁外，仗著自己苦心修為和乃師韓仙子所賜法寶、飛劍，一直快心善惡，為所欲為，輕易不曾遇見對手。隨師學道之時，偏又在無心中問起各種惡蠱，學了專門克制的法術、法寶，以前就想拿玉花姊妹試手，為紀光所力阻，這一來正可人前施為，智珠在握，可操必勝之券，不覺目中無人。眼看對岸惡蠱如繁星飛舞，萬螢起落，仍是談笑從容。滿擬以逸待勞，惡蠱飛來時，一舉手間便成虀粉。真真適才雖因玉花姊妹是妖女門下，難免心神相應，略有顧慮，也只口邊一說，通沒放在心上。

時光易過，不覺交了子時，對岸惡蠱放出來的星光越來越近，彷彿已離湖邊不遠。

元兒早恨不得早些過湖迎敵，俱被南綺以目制止。這時再也忍耐不住，忿然道：「妖人要來又不來，只管在我們面前鬧鬼。今天早上也是坐在那裡，裝模作樣，吃南姊一團火便即燒跑，有甚了不得的本領？似這樣等到幾時？難道要等她尋上門來才動手麼？」

真真笑道：「你哪裡知道，這蠱火妖光乃是幻影，看去雖近，相隔卻遠，因現時月被雲遮，光更明顯，格外覺得近些。其實她不過是在那裡想下辣手的佈置，準備大舉而來，人還沒有動身呢。這等虛張聲勢，適足示弱。家師曾命我姊妹二人脫困以後多建外功，以贖前愆。這金蠶惡蠱橫行苗疆，為禍無窮。當初綠袍老祖所煉最為厲害，第一次被極樂真人李靜虛在成都碧筠庵大施仙法，誅戮殆盡。第二次他又就當年遺留的一些蠶母重新祭煉，又經三仙二老和峨嵋門下幾個有名的後輩一同下手，火煉妖幡，才行消滅。聞得當時已然絕種，不知怎的又會在此出現。聽家師所說，證以今日所見，這裡惡蠱尚非綠袍老妖之比。定是種子不同，功候也必然未到。如不將牠除盡，異日又是貽禍無窮。所以非等牠全數飛臨湖邊，才能一網打盡。」

元兒自問目力迥異尋常，惡蠱妖光雖然時近時遠，分明近在對湖岸邊，真真卻說是相隔甚遠。正在心疑，猛聽一個幼童的聲音接口道：「丫頭少說大話，看我親娘一會就來取你們的狗命！」言還未了，真真知道自己疏忽，敵人業已深入，尚未覺察，不由又驚又怒。早把左手一揚，一團清光皎同明月，疾同電閃，立時飛起，照得沙灘上人物林石清澈如畫。接著右手中又是一條梭形的碧光，朝那發聲之處打去。眾人順那發聲之處一看，一個粉裝玉琢的小孩手持長叉，正從室中飛出。想是隱身而來，被真真光華一照，現了身形。南綺、元兒認得是早晨站在天蠶仙娘身後的幼童。真真碧光將要飛到他身前，忽聽「哇」的一聲長嘯，響震林樾，一團金光爆散開來，轉瞬消滅，幼童業已不知去向。

真真見幼童漏網，未免慚愧，正待飛身追去，忽聽紀異喊道：「畢姊姊，你看那是什麼東西？」

這時對岸繁星業已全數隱去，天上烏雲密佈，星月之光全被遮去，四處黑沉沉的，只有湖面上的一片水光在暗影中閃動。仗著眾人慧目能以及遠，還看得出遠近景物。如換常人，十步以外便難見物。眾人順著紀異手指處一看，來路谷口上飛來了一樣東西，似蛇非蛇，長有丈許，周身通紅，光焰閃閃，正凌空蜿蜒而來，只是飛得甚為遲緩。花奇道：「這般蠢物也來現眼，待我給牠一劍。」

真真畢竟道力較高，忙攔道：「奇妹且慢。你看這東西如此長大，可看得出牠有口目頭尾麼？」一句話把眾人提醒，定睛一看，果然那東西雖然長有丈許，卻是無頭無尾，通體俱有金碧星光閃動，直似一根能屈能伸的火棍一般。方在注視，那東西將近湖岸，未容眾人動手，便即回身，繞著那一片林木緩緩飛翔起來。飛沒多遠，便從那東西身上流星也似落下三五點星光，色彩甚是奇麗。

真真到此，再也忍耐不住，大喝一聲：「妖女怎敢如此歹毒，今日叫你知道我的厲害。」說罷，左手一揚，一團青光立時升起天空，將湖洲一齊照得明如白晝。右手二指往外一彈，便是一個霹靂，夾著一大團雷火，照準那大蛇一般的妖物打去。聲到雷到，迅疾非常，只一下便打個正著，立時震得爆散開來，化為千萬點繁星，在對岸飛舞，又和先前所見一樣。眾人這時方才看清那妖物竟是成千累萬的蠱光妖火凝聚而成。經了真真這一霹靂，除將牠震散外，好似並未受著什麼傷害，只管上下飛躍，疾如流星過渡，風捲殘雲，頃刻之間佈滿對岸，都不飛過湖來。真真見一雷不曾奏效，連連把手連彈。

那栲栳大一團團的雷火，夾著震天價的霹靂，只管打個不住，震得山搖地動，聲勢甚是浩大。似這樣打了有好一會，對岸林木山石盡被震成粉碎，火光四起。可是那些蠱火妖光仍如無覺一般，一雷打過去，看似消滅了些，一會忽又繁盛起來。

真真滿擬先用太乙清光照影之法將惡蠱照住，使其不能逃脫。再行使法力，一網打盡，獨建奇功。一見神雷無用，才知不是易與，心中雖未著忙，已不似先時高興。偶一回頭，見南綺正與元兒並肩而立，朝著對岸觀望，神甚暇逸。看出是觀察自己能力，坐觀成敗，不禁怒從心起。一發狠，便將滿頭秀髮披散開來，用手攢住髮尖，含在口內，咬下寸許長一大把，一口真氣朝對岸噴去。噴時在黑影中看去，只略微看見千萬縷發亮的烏絲一瞥即逝。及至飛落在螢火叢中，紅火光中黑光如雨，分外明顯。這一來才見了功效，那千萬螢火立時一陣大亂，紛紛竄落，唧唧之聲四起。

真真見法術奏效，方才有些心喜。忽又聽對岸一聲極清脆的長嘯，適才逃去的那個小孩重又出現，身上背著一個大青竹簍。才一照面，便喝道：「叫你在家，偏要跟來。如非我趕到，險些斷送了娘的天蠶，這不是自找苦吃麼？」言還未了，紅光烏光飛射中突現出一個赤著上身的妖人。那妖人身材甚是高大，頭被一口小缸般的東西套住。下半截濃煙圍繞，背朝著湖，看不出是男是女，才一出現，真真頭髮變成的飛針全部打中在他那白肉背上。同時千萬螢火俱都爭先恐後飛入小孩身背竹簍之中，轉眼收盡。只剩一些受傷未死的惡蟲散落地上，一閃一閃，發著餘光，啾啾唧唧，叫個不已。那小孩左手持叉，右手拿著一個革囊，口朝地下冒出一股子彩煙，正待收拾殘蟲。

真真見天蠶仙娘仍還未到，那太乙清光照影之法並不能禁制敵人出入，一個小小妖童這般來去從容，早已又愧又怒，如何容得。左肩搖處，劍光先朝那小孩飛去。接著右手一彈，又是連珠也似的神雷打到。那小孩來時，仗有妖女準備，見了這等聲勢，卻也驚心。先將手中飛叉一擲，化成一溜火光敵住，身形一晃，避開連珠神雷，手中革囊所發出來的彩煙早把殘蟲吸收了去。就地一滾，拉了赤身妖人，一聲長嘯，清光之下只見一條白影往來路上飛去，轉眼出了清光所照之處，依舊無影無蹤。

這一次除惡蟲略有受傷外，敵人並未有甚吃虧之處。尤其是首惡尚未露面已這等猖獗，雖然真真仙法、異寶尚未盡數施為，敵人不是易與，已可概見。氣得真真滿腔忿怒，半晌作聲不得。

又過有片刻工夫，已是子末丑初，天蠶仙娘才行來到。這回竟是明張旗鼓而來，聲勢比起日裡要煊赫得多。先是谷口來路上冒起兩股數十丈高的銀花，滿空飛灑。接著便聽蘆笙、皮鼓吹打之聲響了一陣，那兩股銀花漸漸往前移動。等到轉過山角，才現出一隊妖人。為首的是兩個頭戴銀箍，耳墜金環，秀髮披肩，赤臂赤足的苗女，手中各托一架蓮花形的提爐，那金花便從爐口內噴射出來。噴出時只有碗口粗細，一過三尺以上，便和正月裡的花炮相似，蓬蓬勃勃，直沖霄漢，銀雨流天，更無休歇，把山石林木都幻成了一片銀色，倒影入湖，奇麗無侍。托爐苗女身後，跟著一群彩衣赤足，頭挽雙髻，形狀與畫上哪吒裝束相似的小童，各持著大小皮鼓、蘆笙之類，吹打不停。小童身後是一匹川馬，馬上坐著才逃去的小孩，仍背著那個青竹簍，手持長叉，一路抖得叉環噹啷啷亂響，一團團的火焰圍繞全身，上下飛舞。

小孩身後，方是南綺、元兒日間所會的天蠶仙娘，赤足盤腿，周身煙籠霧罩，坐在一個竹輦之內。那輦是用整株帶葉綠竹編成，上有頂篷，左右方格欄杆，只空著正面。輦底和船一般平伸出七八尺長短。輦頭上一邊一個水晶短壇，形式古拙，遠遠望去，微微有紅影閃動。後左右三面俱是綠竹枝葉繞護，翠潤欲滴，上面盤伏著許多紅黃色的蟲蛇，蠕蠕蠢動。輦中心懸著一團銀光，正照在天蠶仙娘的面上，越顯得顏比桃穠，色同玉秀，芍藥籠煙，美豔絕倫。眾人大半俱是慧眼，又是光華照耀，看得甚是仔細。

這時真真已看出來者不善，不似以前自恃，未等敵人到來，早將太乙清光收回，行使師傳禁法，又將身旁所帶法寶一一準備停妥。直等谷口銀花飛起，笙鼓交作，妖女大隊緩緩行來，暗中雖恨得咬牙切齒，表面仍然不動聲色，靜待敵人來到湖邊，便要給她一個驟不及防，猛然下手。雖未必一舉殲滅，也決不致像適才那般任其來去從容。

她這裡只管打著如意算盤，旁邊南綺因見銀花笙鼓一起，紀光便嚇得容顏慘變，兩手直抖，情知有異。一看真真手中掐訣，全神貫注對湖，不曾留意身後，便踅近紀光身去，悄聲問道：「老前輩何事如此驚慌？」

紀光低聲答道：「此乃妖女發動七惡神蠱，厲害無比，非有絕大深仇，不會如此。這七惡神蠱輕易不能同時發作，發將出來，不能害人，勢必害己，輕則所來妖黨無一倖免，重則行法之人也要身受其蠱。敵與我已成勢不兩立，有敵無我，有我無敵。信香已焚，無名釣叟不至，我們生死存亡決於今晚了。」

南綺聽出言中之意，好似不甚信任真真。紀光與別的常人不同，不特走江湖多年，見多識廣，所遇能人甚眾，而且對苗疆蠱情更是熟悉。真真在此日久，能為不會不知，想是看出難操勝算。聞言不禁也有些驚心，益發注意元兒安危，阻止妄動。自己卻在暗中準備，等真真一敗，即行出手，免得貽誤全域。

這裡真真眼看對面妖人裝模作樣，慢慢行來，已離湖岸不遠，心中雖然忿恨，算計她必定先要驅遣惡蠱，只得耐心等候。那提爐二苗女行離湖岸約有半里之遙，便即止步，連同身後持蘆笙、皮鼓番童，分兩行八字排開，露出天蠶仙娘坐的竹輦。起初眾人只看輦動，不見抬輦之人，還以為是行使妖法，凌空而行。輦停後，才看出輦下面有四隻磨盤大小的大龜抬著，難怪行得那般遲緩，不禁好笑。

真真暗罵：「無知妖孽，這般虛張聲勢，原來只有驅遣蟲介毒蛇的本領。適才稍不提防，被小妖逃走，今日如不將你全數誅戮，誓不甘休。」正在懸想，輦停後，天蠶仙娘嬌聲咦了一聲。那騎著白馬的妖童早將身後所背竹簍放在輦前，一抖手中長叉，帶起滿身火焰，紅人也似飛馬往湖邊跑來。大喝道：「紀光老鬼冒犯仙娘，已然罪該萬死；還敢邀約一干小鬼放火行兇，藏匿玉花、榴花兩個罪女。快快將早晨放火傷人的童男女連同玉花姊妹獻出，過湖請罪，還可饒你孫兒一條活命，如若不然，休看你們施展禁法封鎖全湖，須知我仙娘所煉天蠶七神厲害，無孔不入，稍一遲延，飛過湖去，叫你們一窩子都遭慘死。」

言還未了，真真因見來的正是適才漏網的妖童，早已按捺不住，不等話完，忙即發動埋伏，左手一指前面，那妖童存身的一片湖岸倏地裂開一大片，與岸分離，載著妖童，連人帶馬，疾如雲飛，往湖這面駛來。真真更不怠慢，同時左手又復一揚，右手從懷中取出一物，緊接著打將出去。妖童正在口發狂言，得意洋洋，猛覺身子略微一閃，坐下白馬忽然長嘶起來。低頭一看，存身所在的石上忽然離岸崩裂，晃眼工夫，已駛出十丈遠近。知道暗算，欲待逃遁，又捨不得坐下那匹白馬。口叫一聲：「仙娘快來！」方要策馬回頭，往來岸縱去，真真的神雷、法寶已接踵而至。

妖童只聽霹靂之聲大作，接著又是一片網狀的碧雲，夾著刀一般的無數紅白光華迎面飛來，危機一發，轉眼便成虀粉，哪裡還能顧得了那匹愛馬。急中生智，用那柄火焰叉護住頭面，身子往後一仰，兩隻白足一蹬，慌不擇地化成一溜火光，斜退著往後遁去。

逃時雷火飛雲均離面門不遠，饒他能和先前一樣能避過神雷，也避不過飛雲中那件異寶，真個生死呼吸相去一線。妖童身才脫險，便聽驚天動地連聲大震，那匹心愛的靈馬連同載馬的一片湖岸，早已血肉橫飛，泥石粉碎，晃眼沉落湖底，無影無蹤。同時真真又從法寶囊內取了許多東西出來，四外往空中亂擲亂灑，手揚處，便有千萬點青絲拋向空中，不消片刻，便織成了一張天網，青濛濛懸罩當天。算計封鎖完密，已將妖蠱全數籠罩，無法逃遁，這才對眾說道：「這一干妖孽已被我行法封鎖，如今好似網中撈魚。待我一人過湖，前去誅滅醜類，趕盡殺絕，免留後患。」說罷，一縱遁光，便往對岸飛去。

真真連施雷火法寶，只傷了敵人一匹好馬，那妖童並未受傷，又復逃去。她這裡儘量施為，滿天青絲交織如梭，頃刻之間布成密網，敵人方面竟如無覺。妖女端坐輦中，連身都未抬，只管摟著那逃回去的妖童親嘴撫愛，滿口苗語，黃鶯噪晴也似，咭咭呱呱說個不住。等到真真行法已畢，才從身上取出一物交與妖童，附耳說了幾句。妖童跳下身來，轉過輦後，便即不見。

妖女見真真已然起身飛來，從從容容，將手一擺，身側立的幾名苗女便奔過來，各扳住竹輦一拉，那輦上半截立時拆去，像屏風一般拉開來。妖女仍然端坐位上不動，等到真真快要飛臨湖岸，才從腰間繫的一個紫絲囊內放出一條金光燦爛，狀若輕絹的東西，拿在手裡，往前一抖，立刻化作一片高約十丈，長約百丈的金絲透明彩障，橫亙面前。

真真眼看飛到，忽聞一股子奇腥之氣，妖女放起一片金絲阻住去路。知道這東西便是金蠶惡蠱吐絲所結，不禁大吃一驚，忙將遁光按住，暗忖：「師父曾說，昔日三仙二老火煉綠袍老祖，不特能吐金絲的金蠶已然絕種，連用來餵蠶的幾種毒草也都斷絕根株。此蠶繁衍極速，所食毒草又須許多人獸蟲蛇之血澆溉培養，才能生長。妖女所居雖稱苗疆，仍算是南服內地，不是瘴嵐濃匝洪荒未闢之區。平時所聞，除了命手下妖童妖女勒索苗人貢獻珍奇牛羊，好作威福外，不喜殺害生靈。即便當時金蠶誅戮未盡，猶是遺孽，照此說來，也無法豢養。並且真正金蠶，看似身形不大，兩翼鼓動飛鳴起來，宛如疾風暴雨驟至，往往聲震天地。適才所見螢火妖光，先是緊而不散，彷佛一條火蛇，已與師言不類。隨後被自己用雷火震散，飛鳴之聲並不甚巨，分明是另一種類，怎麼這面絲障卻和綠袍老妖煉的惡蠱吐絲所結相同，還未近前，便聞著奇腥之味？這東西如真是惡蠱吐絲所結，那便異常汙穢惡毒，倒不可大意呢。」

就這一停頓尋思之際，妖女已嬌聲喝道：「賤丫頭叫甚名字？今日不將你們一齊殺死，餵我天蠶，誓不為人。那放火暗算仙娘的小狗男女，為何不敢前來？」

真真怒喝道：「你家仙姑我乃岷山白犀潭韓仙子門下畢真真。無知妖孽，昔日東海三仙、嵩山二老在苗疆火煉綠袍老妖，沒將爾等這些小丑誅盡，僥倖漏網，不知隱跡改悔，竟敢在此害人。我奉師命積修外功，誅除妖孽，今日你大限已至，還敢口出狂言。適才用太陽真火燒你的，便是矮叟朱真人門下弟子，你試問可是對手？如果見機，速將所養的惡蠱交出，將牠火化，從此立誓洗心革面，念在你雖妖邪一流，平日惡行未著，還能饒你不死；否則，禍到臨頭，悔之無及了。」

妖女先聽真真說出姓名來歷，也頗動容。及至聽到末幾句，略一尋思，不禁勃然大怒，喝罵道：「我藤家在這苗疆為神，收伏百蠱，已歷五世。自從你仙娘得遇仙師，重立規條，煉成天蠶，為我土族延福旺財，不受你們漢人欺負，也不許無故傷人，原是好意立教，幾曾與綠袍老祖一黨？怎能誣衊你仙娘是他的漏網餘孽？那綠袍老祖是我仙師洞玄仙婆之友，雖是你仙娘的前輩長老，只是他所煉金蠶乃是百毒精魂，經八十一年苦煉之功，化育而成，慣食人獸之血，無惡不作。後為二仙、二老、紅髮老祖、天靈子等所滅，咎有應得。你仙娘雖受百人供奉，所煉天蠶乃是原生神物，經我修煉養育而成，從不輕易傷人害命。近來連每年春秋大祭，兩次打食，如一時尋不到仇敵，都用牲畜替代。這幾年你們漢人不問是醫生行販，或是客家寄戶，只要不害我土族，一任他山行野宿。除了遇見天災和土人、毒蛇猛獸外，絕少遇見蠶神蠱仙送了命的，都能安行樂業，所以你們漢人和這九百里方圓的數十種奉我教的子女們往來日多，彼此越發親密，自問待你漢人不薄。

「尤其是紀老狗父女祖孫三人，在此寄居已有多年，因他會開些草藥方，能販些漢貨，教內外的土族對他是何等敬重，一遇有事，個個爭先恐後奉承應役。因為有病求我，有許多規例要納，不如找他省事，你仙娘不知還少受了多少香煙供奉。念他境地可憐，又不好意思過分取利，白救人時多，總算為我子女好，俱不計較於他。

「玉花姊妹自幼族少人單，常受人欺，才行投到我的教下。你仙娘愛她們聰明，收為義女，哪個不看我的情面，對她們格外尊敬？老狗不是不知道來歷，竟敢一次兩次再三地上門欺人，破人家的婚姻。末了她二人上門辯理，又被用邪法困住，欲待害死。你仙娘得信，趕來興師問罪，又遣出一對小狗男女，乘我不防，用邪火暗算。末後榴花私犯教規，來引那小狗男女，趁未到以前逃出境去。玉花也跟蹤追到。老狗又不是不明白我教下規章和我的脾氣，既然擒住，正是一個免死的良機，就該綁了兩個賤婢，帶了兩個小狗男女，送上仙山跪門領罪。你仙娘見自己子女這等不孝，其勢難怪外人，必將兩個賤婢先正家法，稍微責罰來人，便罷了手，決不致再要他四人狗命。誰知他卻鬼蒙了頭，反勸兩個賤婢叛教。

「你仙娘見兩個賤婢說是在家設好了壇，再來仙山隨侍同行，準備討了仇人心血，祭奉壇神。因許久不來，派我兒仙童前來察看，正遇你們這夥業障談說此事。他算計賤婢必在室中，用本教隱身之法潛藏，必不敢出面見我。仗我教下仙法，入室查看，原想殺死賤婢，以消憤恨。誰知賤婢早料到此，故作隱身，暗用捉影代形之法，只略傷了幾根頭髮。仙童雖受了一時矇騙，卻瞞不過我。少時你仙娘必叫兩個賤婢身遭惡死，與你們看了，再報此仇。

「你們原不在劫內，偏偏仙童出來時，聽見你們口出狂言，想給你們一點厲害。剛一出聲，還未動手，便被你這賤丫頭破了他的隱身仙法，並用雷火傷他。真是仇上加仇，恨上加恨。適才你說這些話，明明見我天絲寶障，知是綠袍老祖金蠶吐絲所結，心中害怕，卻拿三仙二老等人嚇我們。連我來歷都認不清，還敢逞能。聞得仙師說韓仙子頗有名頭，你不是新收毛徒，便是冒名招牌，來此狐假虎威。

「實告你說，你仙娘已是九死不壞之身。這面天絲寶障雖非我天蠶所結，卻是當年仙師所賜，正是得自綠袍老祖未被極樂童子劍斬半身以前金蠶吐絲所結，比後來重煉金蠶所吐之絲厲害十倍。又經我們洞玄師煉過多年，能大能小。任你法寶飛劍，也奈何你仙娘不得。用此攔你上前，並非懼你，只因你仙娘要將爾等全數誅戮，使我所養各種蠶神蠱仙打個牙祭，不叫一人漏網。現已命我兒仙童持寶行法，片刻之內，叫你們這群業障知你仙娘厲害。適才你用妖法將四外封鎖，我也斷了你們出路。今日之事，不是你死，就是我亡。我和你說這麼多話，便是為了混亂你的耳目，分你的心神，使你不得覺察，我兒才好下手。」說罷，又復獰笑道：「我兒仙童真個乖巧。你那些狗黨，已有一個中了我的道兒了，你聽見嗎？」

真真原因妖女放出的絲障厲害，有的法寶不敢妄用。見妖女只管絮絮叨叨說個不休，正好表面上故作問答，暗把韓仙子所傳厲害禁法施展出來，制敵人的死命。一經聽到妖女所煉天蠶並非金蠶一類，方才快意。正待施為，聞言側耳一聽，身後湖洲上果有紀異喊痛與紀光驚呼之聲。才知敵人也和自己一樣，先用天絲障防身阻敵，再借著說話緩兵，下手暗算。自己一時不察，反被她先占了上風，憤怒已極。恰好這時禁法已準備完竣，當下把心一橫，怒喝道：「大膽妖孽，休得猖狂，看我飛劍誅你！」言還未畢，左肩搖處，一道光華飛將出去，越過那五色彩障之上，再往下落，直取妖女。

天蠶仙娘見劍光飛來，疾如電掣，忙把手一招，面前彩障如輕雲舒卷，飛揚起來，罩向石上。然後仰面指劍笑罵道：「我只在此坐定，暫時不值與你動手，且看你有何伎倆，只管一一施展出來，叫你仙娘見識。」說時，甚是意得志滿，以為真真法寶飛劍必怕邪汙，決不敢於輕易下落，誰知也有失算之處。真真早知她必使妖障護身，故作聲東擊西之計，見絲障飛起，忙將劍光止住，手揚處又是連珠雷火打將出去。天蠶仙娘未始不知真真要上下夾攻，一見雷火打到，把手一招，那片五色彩障便像簾幕一般，彎曲著垂了下來，雷火打到上面，立即消滅。天蠶仙娘仗著後有竹屏，前有彩障，甚是心安，全神只顧注視著當前敵人的動作。卻沒料到真真機智非常，看出勁敵那片彩絲難以攻破，特意捨近求遠，一面手中神雷連珠也似發出；一面早用太乙分神之法，在雷火光中遁出了元神，繞向敵人身後，將乃師韓仙子所傳異寶「盤極五行珠」擲到地下，然後飛神回轉。

天蠶仙娘正在抵禦雷火之際，似覺身後微有響動，連忙回頭從竹屏孔中看去，彷彿似有五色微光一閃，猜是敵人暗算。心想：「自己原無所畏。門下子女雖然力薄，不是來人對手，但有了這兩樣法寶護身，也不足為慮。」暗笑敵人在用心機，靜等仙童將玉花姊妹擒回，蠱陣排好，便即與敵人交手，一網打盡。

正打著如意算盤，真真元神業已遁回。大喝一聲：「妖邪賤婢，死在目前，還敢猖狂麼？」隨說，右手掐著靈訣，往前一指。左手揚處，早有千萬絲數寸長短的紅光飛起，散佈空中，待要下落之狀。

天蠶仙娘哈哈笑道：「我當你這丫頭有何本領，原來力竭智窮，拿一些障眼法兒在你仙娘面前賣弄。任你使盡法寶，只要穿得過我這天絲寶障，便服你本領高強。」言還未了，忽聽地下炸音，轟轟響成一片。暗忖：「這些小狗男女詭計多端，莫非真是韓仙子、矮叟朱梅等得了傳授的門人？不要中了她的道兒。」

天蠶仙娘忙要行法防禦時，真真禁法業已發動，存身之處那一片十多丈方圓的地方，四邊已起了裂痕。被人占了頭籌，倉猝之間無法施為。心還不知真真另有辣手，以為情急無聊，和先前收拾仙童一般，打算將自己陷落地底，反倒放了點心。暗罵：「無知賤婢，這等禁法，只能欺那法力較淺之人。你至多將這塊土地陷落，難道我不會飛起身來？反正你法寶、飛劍俱都不能近身，索性賣一手，使你見識見識。」方想到這裡，那一圈石土已齊著絲幛竹屏的邊沿裂開，突的一聲，便緩緩往下落去。那些隨侍的苗女俱都是天蠶仙娘門下，個個都會邪法妖蠱，見狀難免驚慌，只因平時規條嚴厲，不奉命，不敢妄動。想是劫運該當，天蠶仙娘見土往下沉陷，手取一方素帕，正要使用席雲之法，將自己和一干手下托起，大禍業已臨身。

真真在對面看得清楚，一見地層裂陷，妖女取出羅帕，待要往下抖去，知道分神之計已成。忙掐靈訣一彈，那一片地土如彈丸脫手，直落無底。天蠶仙娘手中席雲帕還未及施展，一見敵人行法迅速，不由又好氣又好笑。知道此時用席雲帕脫身已經無及，剛發一聲號令，吩咐隨侍諸子女急速上升。自己也一展妖光，飛身而起。那塊地土業已落下一二十丈。

天蠶仙娘二次拿著席雲帕，正待施為，不料真真的法寶早從地底入土穿將過來，乘著她和一干門下子女倉猝飛起之際，突然發動。只聽叭的一聲爆音，地底飛起一團銀光，才一閃，便爆裂開來，聲如地陷，萬千銀彈上下橫飛，震得四外山嶽一齊轟轟作響，半晌不歇。那些苗女妖童，連同竹屏上許多蟠伏的蛇蟲惡蠱，以及那四隻抬輦的大龜，俱都炸得斷頭裂膚，粉身碎骨，殘血零肉，飛灑如雨。只有天蠶仙娘一人仗著化身神妙，見機迅速，一見地裂以後，下面還有埋伏，銀光乍現，便知中了敵人暗算，顧不得再救門下子女，忙即化身遁起空中，將手一抬，仍用那面天絲寶障先護住全身，飛出險地。只因一念輕敵，想快心意，眼看帶來的手下子女遭此浩劫，自是憤怒填胸，咬牙切齒。總算天蠶童子帶著天蠶，偷偷過湖行法，不曾遭到慘禍。七神惡蠱也帶在身旁，尚無受傷，還可和敵人拚個死活。

天蠶仙娘便在煙霧護擁之中，指著真真怒罵道：「狗丫頭，下此毒手，少時擒到了你，如叫你好好地死，誓不為人！」真真見妖女仍是漏網，好生可惜。聞言方要回答，天蠶仙娘已恨到極處，顧不得等妖童布完妖陣發動回來，再行下手，好在帶來子女死完，自問無須過分防護，打定了拚命主意，早一指那面天絲寶障，一片輕雲淡煙疾如飄風，朝真真飛來。真真知道此物厲害，妖女有它護身，決難誅除。哪知妖女另有詭計，巴不得她離此障，才好下手。拚著損卻一件法寶，喊一聲：「來得好！」從囊內取出七根細才如指，長約數寸的玉尺，往上擲去。一出手便化作七道白光，琤琤幾下鳴玉之聲，各自交叉，將那天絲障撐起，落下地來。真真也不管它，接著身劍合一，連同手中雷火，連珠也似朝前飛去。天蠶仙娘勢似不支，一晃身形，化作一溜金紅色火花，繞湖而逃。

倉猝中真真不知適才封鎖已為敵人暗中汙毀，還當妖女在法網籠罩之下，無法往外逃竄，伎倆已窮，又敵不過自己的法寶、飛劍，故此沿湖上空飛逃，遁不出圈子外去，網中之魚，不久就戮，好生欣喜。耳邊雖不時還聽到紀異呼痛，心想：「南綺等縱然不幫自己，只作旁觀，難道花奇也不知將護？且待除了妖婦，再去救他不遲。」

真真一面發著雷火加緊追趕，一面暗中行法將四外封鎖收緊。雙方飛行迅速，轉眼工夫已在湖空追了兩圈。真真眼看前面妖女越追越近，幾次雷火打上身去，並不奏效。方在詫異妖女既然不畏雷火，何故逃走？百忙中猛覺封鎖並未往中央收攏。抬頭仔細一看，適才放出去那萬道煙光，已不知何時被人破去，恰似殘雲斷縷，嫋蕩空中，心中一驚。略停頓間，前面妖火倏地撥頭，迎上前來。剛揚手雷火打去，猛又聽腦後嬌叱道：「狗丫頭，死在目前，還敢行兇麼？」

真真知道不好，連忙先用飛劍防身時，一片彩煙和先見一樣，業已當頭罩到，要躲已經無及。還算久經大敵，見機神速，覺出禁網已破，立起戒心。再一聽妖女化身從後面襲來，益發知道不妙，連忙收轉劍光，剛把身子護住，天絲寶障業已當頭罩到。明知毒障汙穢，飛劍必要受傷，但是實逼處此，縱有一身本領，無用武之地。一看被自己用法寶打落地上的那面毒障受陷以後，便被妖女收去，才知那毒障乃是雙層，可分可合。

自己一時大意，中了妖女暗算，枉自後悔發急。正打算將劍光放大，使毒網罩不上身來，以便另用法寶，力圖脫困，叵耐妖女甚是惡毒，早料到此，又將收去的另一面毒障放將起來。雙層毒障，益發添了威力，不消一會，飛劍光芒漸有衰退之勢。一任真真雷火連發如珠，劍光倏大倏小，上下左右，此衝彼突，那麼細如遊絲的毒障，竟緊緊將劍光裹住，燒斬它不斷。劍光呈現弱勢，更不得不極力運用玄功支持，哪敢忙裡偷閒，再有施為！

天蠶仙娘將真真困住以後，怒罵道：「你這狠心毒腸的狗丫頭，饒你詭計多端，今日也難逃活命。我且先弄一個榜樣兒與你看。」說罷，又高聲大喝道：「我兒何在？」

連喊兩次，不見應聲，心裡一驚。正要開口連喊，猛聽對湖一聲嬌叱道：「燒不死的妖孽，竟敢在此猖獗。你那兒子連他那一簍子妖蠶，俱已被我弄死了，你還喊魂啥子？」

天蠶仙娘聞言，心還不信，連忙一按靈光，果然天蠶童子和那萬千天蠶俱都入了敵人羅網。這一驚真是非同小可。平日縱橫苗疆，自問無敵，不想一旦遇見能手，所帶門下子女十九傷亡，僅剩下這麼一個愛子，眼看成功頃刻，竟會人不知鬼不覺地被人擒去，真是痛心已極。

說時遲，那時快，話到人到，南綺已從對湖飛來，手一指，劍光當頭飛到。天蠶仙娘忙取出一柄小叉擲向空中，化成一溜紅光，敵住劍光。見來的正是日裡發火傷人的少女，知道厲害。想了想，只得強忍急怒喝道：「那丫頭且慢動手，容你仙娘一言，說完再比鬥高下。」南綺喝道：「妖女又要使緩兵之計麼？今番不容你了。」說罷，一指劍光，來勢愈疾。

天蠶仙娘怒罵道：「我只投鼠忌器，你當我怕你麼？如今我兒被你擒去，你那同伴姊妹也被我用天絲寶障困住。你如放了我兒，我也放了姓畢的丫頭。今日暫且甘休，改日再各報仇怨，拚個你死我活。你看如何？」南綺早見真真被困彩絲之中，不能脫身，心中暗笑。雖頗願意彼此交換，又恐妖女無信。便喝罵道：「畢仙姑妙法通神，變化無窮，不久便能破除你妖法。你如真個洗心革面，須先將你那個妖網撤去，當天立誓，從此永不出頭，痛改前非。我便釋放妖童。否則休想。」天蠶仙娘同眾人已是仇深如海，所說並非出於真意。聞言越想越恨，不禁把心一橫，怒喝道：「我今日和你們拚了！」

一言甫畢，倏地將頭髮披散開來，身子一搖，滿身都是火煙紅光圍罩。唧的一聲尖銳長嘯過處，忽從身上飛起一條紅蛇般的東西，直朝南綺穿來。

南綺估量妖女之伎已窮，將本命東西施展出來。心想：「那怪網兜現在留給元兒護衛家人，不便取用。且放出神火試試，如若無效，再假作敗回，將惡蟲誘往沙洲，用網兜收牠。」當下手一按葫蘆，便把神火放出。天蠶仙娘早接著放起許多惡蟲，有的像蝦蟆，有的像蜈蚣，有的像守宮蜥蜴之類，約有七八種之多，個個身帶烈焰，金星亂迸。

最末後將口一張一吐，吐出紅光燦爛的一條蠶形惡蟲，初出現長才數寸，迎風暴長，長約丈許。十來條惡蟲同時身上一陣爆響，立即分化開來，其數何止千百，滿天空俱是各種毒蟲惡蟲，齊聲怪叫，張牙舞爪，分作三路，一路向著南綺，一路向著沙洲，一路向著被困的真真，如飛蝗過境般飛湧而來。

# 第八章　輕舟兩岸

話說這時南綺的神火已發將出去，一見妖女混入蠱火妖光之中不知去向，滿空俱是蠱火金星，毒蟲飛蛇，神火燒將上去，眼看燒化了些，叵耐惡蠱數目太多，分化又快，隨消隨長，越聚越眾。又都不畏死傷，前仆後繼，有的竟從神火中越過，直朝自己迎面飛來。若非葫蘆在手，防衛得快，立即發火將牠燒死，幾乎受傷。那撲往真真的一路，已然密集在毒障之上，只不知真真如何抵禦。另一路也將飛達沙洲上空，就待下落，不由大吃一驚，恐元兒等在沙洲上有了差池，不敢戀戰，竟自捨了真真，一縱遁光立即飛回。

到了一看，已有好些惡蠱飛到。元兒和花奇二人一個手持網兜，和先前一樣往空便撈；一個等惡蠱墜落，不等入網，用劍光一繞便即殺死，正在起勁。南綺落地，見那些惡蠱落地以前還長有數尺，一經殺死，便只剩寸許長短。再往天空一看，想是那些惡蠱已知網兜厲害，離地有十丈高下，密密層層，簡直斷不出有多少數目，恰似一片火雲，籠罩當空，將沙洲上石土林木俱映成了紅色。

南綺估量妖女必有奸謀，方將身旁寶障取出準備萬一，忽聽空中惡蟲唧咕怪叫之聲如同潮湧，轟的一聲，天塌一般往下壓來。南綺見來勢凶惡，那網兜雖然神異，到底未經法術煉過，不知妙用。妖女既敢驅蟲群拚命來襲，定有可勝之道。還是先護住了人，再打主意。

於是南綺忙將葫蘆往上一甩，放出一團烈焰火球，直往空中蟲群燒去。緊接著手揚處，一片五色煙雲飛起，將沙洲罩了個嚴嚴密密，料無妨礙，才放了心。一問眾人，除原受傷的紀異、花奇外，這一次尚未受著傷害。眼望空中，那團烈火飛上去時，雖將惡蟲燒化了許多，轉眼便都飛落煙雲之上，亂啃亂叫起來，唧咕之聲震耳欲聾，甚是浩大。

約有半盞茶時，南綺看出惡蟲厲害，似這樣相持下去，時候一久，萬一仙障為惡蟲損壞，飛了下來，自己和元兒雖有法脫身，豈不害了紀家祖孫的性命？有心想將身帶的一件至寶取出一拚，又恐事如不濟，白白喪失了一件至寶。而且惡蟲蔽空，本欲乘隙飛下，萬不能收回仙障，再行施為，勢必由仙障下朝上發出，一個弄巧成拙，不但二寶俱喪，還要引火焚身，自取滅亡。好生委決不下。

正自愁思無計，忽見天空兩道光華似閃電掣了兩掣。接著便聽霹靂般的炸音連珠爆發，與滿空中惡蟲怒嘯怪叫之聲匯成一片。耳聽元兒連喊：「南姊快看！」南綺自過湖以來，因為自顧不暇，始終注視當頭惡蟲動作，一直沒有想到去看真真在困中能否脫險。及至聞聲回頭往對湖一看，適才真真被困的所在，不如何時已為百丈清濛濛的煙霧層層罩住。

霧影中先只見兩道白光，一團碧影，帶著無數金星，在那萬千蠱火妖光叢裡飛舞起落，轉眼間又多出一道劍光，頗似真真所為。南綺忙問元兒：「那青霧是何時降下來的？」

元兒道：「我本想和方才一樣，拿網兜網那惡蠱。自你一回來，將仙障放起，不多一會，便見對湖飛來兩道白光，現出兩個道裝少女。內中一個手裡捧著一個尺許大的紅盒，一到便從盒裡飛出一個渾身碧綠，滿帶金星，形如蜘蛛，兩翼六腳的怪物。這時滿空惡蠱俱密壓壓圍在畢道姊身外那團彩煙上面，見有人來，剛飛了些上去，立刻炸聲大作，從怪物口中噴出十七八個碗大的綠煙球，一晃眼爆散開來，化成綠色濃霧，將對湖罩住了。」

正數說間，忽又聽花奇喊道：「惡蠱怎都要飛去了？」言還未了，對湖那個綠蛛倏地沖霧而出，往沙洲上空飛來。後面緊跟著一個手持紅盒的道裝女子，仙幛上面群蠱剛剛飛起，兩下裡迎個正著，眾人在下面看得甚是清楚，見那綠蛛只有拷栳般大小，一雙碧眼，闊口血唇，滿身都是金星，六隻長腳，一雙小翼，爪利如鉤。頂上似繫有一根彩線，長約數十丈，一頭在那道裝女子手裡。

綠蛛口中怪嘯連連，聲如炸雷，與蠱群相隔約有十丈左近，怪口張處，又是十七八個綠煙球噴出，晃眼爆散，化成數十丈濃霧，崩雪飛灑一般自天直下，將所有惡蠱全數罩住。頃刻之間，那霧越布越遠，與對湖連成一片。除了惡蠱悲鳴怪嘯之聲外，只見一團碧影，幾道光華，在萬千蠱火妖光之中往來馳逐，人的面目已難辨出。碧影所到之處，蠱火便似隕星一般紛紛墜滅。

約有刻許工夫，蟲火漸稀，想是知道厲害，幾次三番似要衝突出來。叵耐在霧的中心還可往來飛撲，一經飛到邊沿，便似昆蟲入網，被霧黏住，停在那裡動轉不得。再被那團碧影飛將過來一掃，立即消滅無蹤。似這樣前後經過有個把時辰，適才那麼凶惡繁密的滿天蟲火，竟然消滅無蹤。只剩下一條火龍般的東西，與七八個滿身火焰金光，大小長圓不等，頗似妖女初放惡蟲時所見的妖物，在霧影中與那三道光華，一團碧影還在惡鬥馳逐。

這時綠霧益發濃密，除那火龍敢於上前外，那蜈蚣、蛇、蟆等七八種惡蟲，俱圍在那綠蛛的四面，欲前又卻。末後一條蛇蟲忽然飛近綠蛛身側，不知怎的一來，竟被打落下去。接著又將一條蠶形惡蟲打落，帶著一溜火焰飛墜。

元兒見大小惡蟲紛紛傷亡，妖女已如網中之魚，料來的兩個道裝少女必是真真好友，打算飛入霧中助戰。南綺因不知綠蛛的來歷，所噴之霧未必無毒，不但不許元兒妄動，連那仙障俱不許撤去。元兒無事，見花奇跌坐在地，懷中伏著紀異，還在緊按著他的後背。紀光老淚盈盈，滿臉猶帶憂色。便問：「這會工夫可好些麼？」

花奇答道：「他身上疼痛已止，雖比先時好些，仍是有些昏迷。好在畢姊姊已然脫困，妖女滅亡在即。只要她回來，有我師父的劫還丹，想必不妨事吧？」說時，又聽紀異呻吟之聲。

紀光愀然道：「小孫之傷，如非天生異稟，換了常人，早已當時毒發身死。幸得二位靈丹與花姑冒險相救，為他拘住毒血，暫時雖只疼難忍，尚不致死。可是畢仙姑再不將妖女除去，時候一久，這左肩必廢無疑了。」

元兒聞言，回看山石旁被南綺用禁索綁住的妖童緊閉雙目，嘴皮儿自不住亂動，怒罵道：「你這不知死的妖孽，到了這時，還敢弄鬼麼？」越說越氣，走上去照著妖童肥幫子就是一腳。妖童驟不及防，口裡滋的一聲，那白裡透紅的小嫩臉蛋，竟被元兒踢了個皮破血流，牙齒斷落了七八個。

紀光見元兒動武，猶存投鼠忌器之心，忙奔過來勸阻，已經無及。再看妖童，已然痛暈過去，口角血流，似有半截數寸長金黃東西顫動，低頭一看，乃是一條天蠶蠱。想是啣在口中，欲出不出之際，吃元兒這一腳，被妖童咬成兩段。紀光見妖童身上仍藏有蠶蠱，知有惡毒作用，心中大驚，忙看紀異，並無甚別的徵兆。方在疑慮，忽聞女子呼救之聲從屋後傳來，聽出是玉花姊妹，喊聲：「不好！」忙請元兒拿了網兜，速去施救。南綺不甚放心，估量目前無事，便也相偕同往。

到了崖洞中一看，玉花姊妹俱都用幾根頭髮懸身洞頂，地下屈伸著一條天蠶惡蠱，雖然斷成兩截，那上半截兀自幾番作勢，往上飛撲，相離玉花腳底不過尺許。元兒有了先前經歷，上前舉網便撲，一下罩住。再放出聚螢、鑄雪雙劍，在網中一轉，立即粉碎。榴花喜道：「真好寶貝，這狠毒的小鬼，今番死也。」

元兒問故。榴花道：「我二人自從知道師娘二次親來，識破小鬼毒計，冒著大險，到前面送信。回來後仍恐小鬼放我二人不過，難保不在被擒之後，暗將本命蠶神放出，尋我二人晦氣，時刻提心吊膽。果然他拚著兩敗俱傷，用了隨影搜形之法，驅遣一條惡蠱搜遍沙洲，尋到此地。幸得我姊妹方一覺察，便被諸位將他本命蠶神斬為兩截，法力消弱。我二人已然叛教，不敢和他為敵，出洞逃往前面，必被追上，咬上一口，必死無疑，只得懸身待救。

「二位恩人再如慢來一步，這東西勢必越縱越高，也難倖免。這本命蠶神一經滅亡，妖童此時決難活命了。不過他敢拚死前來，定看師娘勢敗，不能救他生還，方會出此下策。畢仙姑想已轉敗為勝了。」

南綺此時對她姊妹早已轉憎為憐，便把外面情勢說了。並說妖女迴非適才得勝光景，已成網中之魚，早晚伏誅，要她同出觀看。玉花姊妹還是膽寒，禁不住南綺強勸，便一同出來。行至妖童被困之處，人已不見，只剩下禁索和一堆血肉留在地上。一問花奇，才知元兒、南綺去後，妖童便即回醒，滿臉憤恨，咬著殘牙，嘴皮剛動了兩動，忽然慘叫了兩聲，身體立時支解破碎，化為一灘血肉了。

原來天蠶童子先奉妖女之命，帶了那一簍天蠶，由竹葦後潛隱身形，偷偷飛往沙洲，擺佈毒陣，暗放惡蠱，準備將眾人一網打盡。彼時真真剛過湖去，眾人俱都注視對湖，誰也沒看出妖女暗使聲東擊西的毒計，繞著遠道由後面抄來。紀光雖知蠱情，畢竟還淺，明下手還可看出，似這等無聲無形，隱秘險毒的邪法，休說看它不破，就是仍用先天易數，擺設陣法，也防止不了。南綺又因真真一說，未將仙障展開防護。所以天蠶童子一些沒費力，便將惡蠱布散沙洲之上。等陣法布好，前去殺了玉花姊妹，便即發動。

也是紀光祖孫命不該絕。天蠶童子因為上一次前來被人看破，幾乎受傷，來時頗知戒備，除帶了隨身法寶、飛叉外，還帶了妖女的遁符。準備萬一看出不濟，一面放惡蠱飛回，自己先用本門靈感搜形之法，尋著玉花姊妹，將其害死，以免事急之時，洩漏本門許多禁忌，貽留隱患。

及至他到了沙洲，見進行如此順利，大出意料之外。但以為能人只有真真一個，餘人無甚出奇，既然無覺，正好從從容容嚴密下手。左右方圓數十里均下有封鎖，玉花姊妹無論藏在何處，均可按圖索驥，不怕她們逃上天去。妖女原囑他先殺玉花姊妹，他卻報仇情急，以為玉花姊妹已成網中之魚，不足重視，於是鬧得一敗塗地。

當他陣法尚未布完，正在暗中行法之際，南綺忽然想起玉花姊妹可憐，適才妖童從室內出來，必是尋她們為難。後來追逐妖童，一忙亂也無人提起，不知受傷也未。回顧元兒手持網兜，面向對湖來回走著，神態甚為無聊，大有英雄無地用武之狀。暗忖：「那榴花雖然臉厚，卻也情癡，如叫元兒前去查看，必稱心意。」便對元兒道：「適才妖童想害玉花姊妹，這半天無人去看，你去看看受傷也未？」

元兒臉嫩，恐榴花糾纏，不願前往。南綺童心未退，說了便要做，非叫元兒前去不可。元兒拗她不過，只得答應。還未抵後面崖洞，便聽路旁樹上有一女子喊道：「你身後有蠱，快使你那寶網啊。」

元兒聽出是那兩個苗女的口音，料無差錯，不問青紅皂白，舉網四面一陣亂摸亂撈。網過處，竟有數十點蠱火妖光飛落網內。接著從樹梢飛落兩個女子，正是玉花姊妹，已嚇得芳顏無色，渾身亂抖，悄聲低語道：「我師娘已命天蠶童子帶了萬千天蠶過湖佈陣，只有此網可破。快到前面，遲恐眾人受了暗算，來不及了。」

元兒聞言，喊一聲：「我看不見這些妖蠱，你們快隨我去指點。」慌不迭一按遁光，便往前邊飛去。玉花姊妹也跟著飛起。相隔甚近，轉眼到達。一落地，玉花姊妹便悄聲說道：「快使你那寶網，順著眾人身後網去，不可出聲。此時妖童定在東北方震地上行法，尚未看見我姊妹，正好躲過一旁，免隨在你身後累贅。等他來到，我們再指給你去擒他。」說罷，各人咬破中指，彈了兩滴鮮血在地上，便往眾人身側一塊磐石下鑽去。

南綺見元兒同了二女飛回，滿面驚惶，竊竊低語。剛近前去要問。元兒忽然縱起身來，舉網往南綺身後一撈。悄喝道：「妖童帶了萬千惡蠱來此暗下毒手，南姊不可出聲，免得妖童驚走。」言還未了，南綺見元兒手起處，已有四五條周身火焰金星的妖蠶入網。南綺悄問：「你怎知破法，可是玉花姊妹對你說的？快說出來，我好準備，單擒是無用的。」

元兒匆匆略說經過。心想：「紀光有醫病之德，這麼大年紀，莫要將他傷了。」想到這裡，一縱身便往紀光身後飛去，一網撈去，又是幾條惡蠱入網。緊接著飛到紀異、花奇身前，把網一舉。猛聽紀異一聲怪叫，便即倒地。同時元兒網過處，又網了十來條。

南綺也已飛到，低喝道：「大家快隨我聚到那塊磐石旁邊，網只一面，惡蠱太多，一則便於防護，二則也可兼顧兩個苗女。」

花奇一見有警，就地下抱起受傷的紀異，一同隨了南綺往磐石旁飛去。剛一飛到，便聽玉花在石下低語道：「天蠶童子已知就裡，正遣無數蠱群飛來。可用寶網四處亂舞，最好不使我師娘看出破綻才好。天蠶不能飛近十丈以內，決難傷人。但是你們看不見，也是無法。待我冒險，用化身引牠前來殺害。你們如見附近有兩團茶杯大小的血光出現，可用你們的法寶、飛劍照準當中，分上中下相隔五尺以內發去，必能奏效。」眾人依言，由花奇、紀光醫治紀異，元兒舉網四外亂舞。

南綺因二女說最好不令妖女看破，早在暗中行使禁法，將湖邊一帶掩蓋。一面端整法索、寶物，靜等血光一現，即行下手，剛剛準備妥當，忽見身側有兩團血光一上一下，並往一處，星光電駛，往左側飛去。剛飛出不遠，似被什麼東西暗中阻住，倏又折轉，變成一左一右平飛回來。

南綺更不怠慢，手中法索、寶物、飛劍同時施為，照著預定計策，往兩光之中發去。眼看數十道白光紛紛落地，知道法索業已奏效。忙將法寶、飛劍收回，將手一招，白光便從地上滾來。耳聽玉花道：「妖童已然擒到，昏迷過去。趁他受傷未醒，天蠶無人駕馭，這位仙姑能發神火，只須用火從他身上燒過，人蠱立時便現形了。」

南綺剛要依言行事，紀光因這回事敗了固是屍骨無存，即使大獲全勝，也不好辦；況加愛孫受傷甚重，一個醫治不了，解鈴還須繫鈴人，所以到了此時，仍不願把事鬧得太大，弄到無法收拾，傷了這附近千百里內苗人的情感，日後不好託足，正在為難，一聽南綺要用火攻，連忙拭淚過來，再三攔阻，不到萬分破裂，實難兩立時，千萬不可傷害妖童的性命。

南綺見他老淚縱橫，神情惶急，知道紀異身受蟲咬，他有些投鼠忌器，應道：「惡妖四處密佈，不使現形，隱患甚大。看在老先生份上，暫留妖童活命，等畢道友回來再行法處置便了。」說罷，先對那數十道白光組成的一團空圈施了禁法。然後將葫蘆蓋揭開，往外一甩，一團火光飛將上去，只繞了兩繞，便即收回。火光中一片彩煙冒過，妖童立時現出身形，只胸背衣服被火燒焦，餘者並無傷痕，口中微微呻吟，尚未醒轉。

南綺再回頭順妖童來路一看，那萬千天蠶惡蟲似飛蝗一般，成團成陣，在相隔十丈以外飛舞上下。每條俱長有數尺，金星閃閃，妖火焰焰，舞爪張牙，勢甚凶惡，因被元兒網兜阻住，不得近前。南綺忙施禁法，暗中將蟲群圍住，以免逸去。然後請花奇保著紀光祖孫，自己同了元兒手持網兜，飛身上前憑空便撈，相隔四五丈間，一撈就是一滿網。二人再指著劍光飛入網中二繞，立時寸斷粉裂。倒將出來，重又如法施為。那麼厲害的惡蟲，似這樣，不消片刻的工夫，便都化為烏有。

二人耳聽玉花姊妹在石下說道：「天蠶已全數除盡，此刻我師娘正用天絲寶障將那一位仙姑困住。此寶厲害，專汙法寶、飛劍，一被網住，便難脫身，快去接應才好。紀異雖受傷，服了你們丹藥，命已保住。只須將他傷處的毒制住，不令化開，少時事完，我姊妹便能想法救他。只要師娘不勝，大家都不妨事。妖童因我洩機，益發恨如切骨，趁他未醒，我姊妹仍回原處暫避，以防他以死相拚。」說罷，只見兩條紅光隱現著兩條人影，向後崖蜿蜒而去。

南綺再看對湖，真真果為一層五色彩絲罩住，暗自吃驚。心想：「真真如此，自己也未必能夠取勝，幸得擒到妖女的愛子，畢竟總算有些可以挾制。」便囑咐元兒好好防守妖童，自己飛身過湖，會那妖女。

這其間最難過的，就是花奇一個。因知真真性情古怪，本領高強，又得過師父制蠱的傳授，先以為必能獲勝。誰知真真過湖，起初還占著上風，後來被那一團彩絲圍住，方覺不妙，不消一會，紀異便被惡蠱所咬。花奇和紀異雖然聚首無有多日，一則二人天性俱是極厚，二則又是骨肉之親，休戚相關，不由心痛已極。

慌急中，隨定南綺、元兒飛身磐石下面，聚在一處。忙將身帶靈丹咬碎了兩粒，撬開紀異嘴唇，塞了進去。又照著玉花所說，兩手緊緊按住傷處周圍，運用真氣阻住蠱毒行化全身。自知真真如果真敗，自己過湖也是無用。一心只在救護紀異，不特未顧及真真，便是南綺過湖，身側不遠現倒著一個被擒未死的妖童，也還以為元兒既能擒住，有他在側，想必無礙，未放在心上。於是幾乎害了玉花姊妹性命。

南綺剛一過湖，天蠶童子便已醒轉，知道功敗垂成，身入羅網，皆玉花姊妹洩機所致，氣得滿口的牙亂錯，越想越恨，早打點好了與玉花姊妹拚命的主意。準備天蠶仙娘如能全勝，或將自己救出，固不與這些敵人甘休；如是敗了，也決不容玉花姊妹活命。表面上裝作重傷難支，呻吟不已，暗中卻在運用邪法，將本命惡蠱驅遣出來，去害玉花姊妹。

那蠱還未飛出，不料被元兒無心一腳，將妖童腮幫子踢碎，那條本命惡蠱恰在嘴裡，妖童驟不及防，一護痛，將牠咬作兩段。兩下裡原是性命相關，當時妖童雖然疼暈過去，仗著平日修煉功深，一靈未泯，仍照原定主見，化身去尋玉花姊妹的晦氣。

那本命惡蠱經煉的人心血培養，最為厲害，未出時甚是脆弱，只一出現，便能大能小，變化隱現。玉花姊妹原是此中人，早就防到此著，幾經行法抵抗，怎奈妖童自知難活，存了兩敗俱傷之心。如非南綺一時動念，命元兒前去看視，再等片刻，玉花姊妹力既不敵，又無法逃出求救，勢必也將本命蠱放出，與妖童同歸於盡了。

南綺見地下血肉狼藉，甚是汙穢，意欲行法將它化去，流入湖內。玉花忙攔道：「這個萬使不得。蠱雖死去，餘毒猶重。便連適才死的那些蠱，也須等事完之後，由我姊妹將餘燼收拾在一處，想法封藏，放在深山窮谷幽僻之處，堆埋地底，方免害人；否則日久得著日月雨露滋潤化育，其數太多，散佈開來，不特紀家不能在此居住，附近數百里的人畜也無有生理了。」

南綺聞言大驚，忙命玉花姊妹急速行法集在一處，用瓦罈盛起，事完再去埋藏，免得隨風吹散，遺禍無窮。玉花對榴花道：「看神氣，師娘縱能逃走，也無能為力了。此時我已悟出因果，索性就這樣的做吧。」榴花猶自有些畏怯，遲遲不敢下手。

南綺剛要催促，忽聽遠遠一聲慘呼。玉花流淚道：「師娘死了。」

這時天空蠱火業已消滅淨盡，只見碧森森的濃霧和海中波濤相似，齊往那綠蛛身邊湧去，漸漸四外露出天光。不多一會，碧霧收盡，現出真真和那兩個道裝女子。托盒的一個早將盒蓋揭開，眼看比拷栳還大形如蜘蛛的怪物倏地縮小，飛入盒內。

眾人見真真臉上似乎蒙著一層油光，等到碧蛛收後，真真和那兩個女子俱伸手向臉上一揭，才知三人臉上俱蒙著一層薄如明絹的面網。這一現出原來形貌，南綺首先一看那兩個女子，一個著黑衣的不認得，另一個正是乃姊舜華的好友縹緲兒石明珠。不禁大喜，不等近前，便飛身上去迎了下來，接了來人一同飛下。

南綺手拉著縹緲兒石明珠，正要和眾人引見，石明珠忙道：「南妹先不要忙，你們禍患尚未除盡呢。」說時目注玉花姊妹，似有疑異之容。南綺已猜知就裡，便道：「石姊姊是說這些妖蠱的劫灰麼？」

石明珠道：「這些惡蠱雖然伏誅，但是牠受過妖女多年心血祭煉，其毒無比。如被風吹散去，得了日月培育，雨露灌潤，變化出一種毒蟲，雖不似以前通靈厲害，常人遇上，便即遭殃。且其為數甚多，不知化生幾千萬億。此時不設法消滅，一旦蔓延，這附近千里以內生靈無噍類了。這兩個苗女身上也蒙有這類惡蠱，怎會在此？」

言還未了，南綺搶答道：「姊姊放心。這兩個苗女姓聶，一名玉花，一名榴花，原是妖女的門人義女，被逼來投，如今已改邪歸正。她們也說是惡蠱劫灰久必為害，正想法聚在一處，用罈子裝好，尋一隱僻處所埋藏呢。」

石明珠道：「你將牠埋藏地下，年代一久，縱不被人發現，倘如遇見地震山崩，陵谷變遷，仍要飛散為害，終是不妥。幸得帶有金蛛在此，除牠不難。只是收集這東西，卻非她本門的人不易收得乾淨。可命她姊妹二人先助一臂之力，我自有用處。」

玉花忙道：「我姊妹劫後餘生，此時正如大夢初覺，此事當得效勞。」說罷，先在地下畫上一個大圈，然後將頭髮披散，禹步立定，兩手連招帶舞，行起法來。只見四面八方那些五顏六色的灰星彩光耀日，齊往玉花姊妹所畫的圈中飛落，不消頃刻，成了尺許方圓一堆，丈許以內，奇腥刺鼻欲嘔，眾人俱都掩鼻退避不迭。

玉花姊妹收蠱之際，眾人已分別引見。那手持朱盒的女子，乃黔邊臥牛峰苦竹庵鄭顛仙的得意門徒呂靈姑，因奉師命，拿了朱盒中的神物金蛛，去往巫山牛肝峽下吸取金船。路遇縹紗兒石明珠，互說師門淵源，結了姊妹，相偕來此驅除惡蠱。

紀光見愛孫兀自呻吟未醒，知是兩位仙人，忙上前伏地求救。呂靈姑忙將他攙起道：「我這盒中金蛛食量甚大，今孫所中蠱毒非牠不救，但是用牠一次，須給牠一些吃的。難得有這一大堆惡蠱的屍屑，且等她們收集齊了再作計較。」紀光稱謝不置。

一會，玉花姊妹說是蠱已聚齊，並無遺漏。石明珠和靈姑略一商量，從身上取出一疊薄如蟬翼，形似輕紗的面罩，分給眾人，吩咐蒙在臉上避毒。眾人才往臉上一蒙，便即貼皮黏肉，和生成的一般。石明珠等眾人蒙好，又給紀異蒙上一片，將餘下的藏入懷中，才請呂靈姑行法施為。

靈姑先對玉花姊妹道：「你姊妹身藏有蠱，金蛛出來，大為不便。苗疆養蠱的人何止數十萬，大都與命相連，誅不勝誅。我也許還要大用你們，不願將你們所煉之蠱除去。欲教你們暫時避開，偏生這些蠱灰是你們行法聚攏，如由外人將禁法破了，你們也要受傷。說不得只好冒點危險，仍由你們自禁自開。少時見了金蛛不可害怕，有我們在此，決不傷及一根毫髮。不過退身要快，只要我的劍光一經飛起，急速抽身，自無妨礙。」玉花姊妹慨然應允。

靈姑請花奇抱著紀異，相隔那一堆蠱灰十丈遠近，尋一塊山石坐下。又囑咐紀光退往遠處觀看。真真、元兒、南綺、石明珠四人各自準備飛劍法寶，等靈姑一聲招呼，速將劍光飛上前去阻住金蛛，以防萬一傷了玉花姊妹。

分配定後，靈姑一手持朱盒，一手掐訣，走向紀異身後。命花奇將手放開，頭偏一旁，露出紀異受傷之處。靈姑將手一指盒蓋，喝一聲：「開！」蓋略微升起，飛出適才所見渾身碧綠，滿是金點，形似蜘蛛的怪物，大才如拳。一出盒，先在靈姑頭上盤飛了兩轉。靈姑口誦咒語，一指紀異的傷處，那金蛛便落在紀異的背上，一口咬定受傷所在，略一吮嘬。傷處原本紫腫，墳起如桃，立時消平下去。

靈姑知道毒已被吸盡，忙噘口一嘯。金蛛聞聲立即飛起。花奇早有準備，更不怠慢，將口中噙化好的丹藥吐在手中，往紀異傷處一按。接著一縱遁光，抱了紀異便向真真等身旁飛去。

那金蛛飛起，見靈姑手上並未備有牠的食物，再見人已飛走，口裡連連怒聲怪嘯，身子便長大了好幾倍，張牙舞爪，待要往下撲去。靈姑早取出一根纖光射目的紅針指著金蛛喝道：「前面那一堆，不是你的犒勞麼？再向我發威，看我用火靈針刺你。」

玉花姊妹聞言，忙將禁法一撤，那金蛛逕隨靈姑手指之處飛去。禁法撤後，那堆蠱灰靠前的一面，被風一吹，剛剛有些蕩漾散動。恰值金蛛飛到，相隔十丈以外，便即停飛不動，只把血紅怪口一張，箭也似噴射出數十道綠氣，將那堆蠱灰罩住。只數十道綠氣，化成一條筆直斜長的濃煙，裹住那五顏六色發光的灰星，像雨雪一般，往怪物口裡吸去，轉眼淨盡。

玉花姊妹知道這東西是蠱的剋星，厲害無比，再一親見這等凶惡之狀，益發有些膽怯。那金蛛一口氣將蠱灰吸完，意猶未足，一聲怪嘯，便朝二女當頭撲去。

二女喊聲：「不好！」剛待逃命，靈姑早將劍光發出追來，眾人的劍光也相繼飛起，阻住金蛛去路。

玉花姊妹驚魂乍定，耳聽靈姑大喝道：「餵不飽的孽畜，難道今日你還不足意麼！」隨說，將手中火靈針一揚，針尖上便射出千百點火星，將金蛛裹住。嚇得金蛛連聲怪叫，電也似往靈姑手中朱盒飛來。靈姑連忙收針，將朱盒一舉，盒蓋微微升起；等那金蛛飛入盒中，才行合攏朱盒，上前與眾人相見。

真真不意遭此挫敗，來救的人又是南綺舊交，老大不是意思。南綺也未做理會。大家一同相率進屋落座。紀異人已醒轉，傷癒腫消，只創口有些麻木。石明珠說：「再服一次丹藥，便可痊癒。」大患已平，紀光從此可以高枕無憂，自是欣慰。

眾人落座之後，玉花、榴花忽然雙雙走來，朝著明珠、靈姑、真真、南綺等跪下，含淚說道：「弟子幼喪父母，受人欺凌，一時氣忿，投入旁門。雖然不曾居心為惡，卻已造孽不少。此番自投羅網，多蒙諸位大仙不殺，又加護衛，才得免死，恩同再造。只是弟子等無心遭此大難，師娘和一干同門、許多後輩俱都遭了大劫，無一倖免。各地養蠱之人甚多，知道此事，必要為仇。弟子等力薄道淺，怎能抵禦？現已迷途知返，務懇格外施恩，准許弟子等拜在諸位仙姑門下，有生之日，皆戴德之年。」說罷，痛哭起來。

石明珠道：「你姊妹兩個起來，我有話說。」二女仍是哀求收容，堅執不起。石明珠道：「我等俱有師長，正在奉命下山積修外功之際，怎能妄自收徒？如向師長門下引見，又不敢冒昧請求。聞得苗疆百十種土人，養蠱之人甚多，一有不合，便用以害人。土人任性，大抵無知，不教而誅，固是有傷天和；一一曉諭，非特難服其心，而且費時費事。惟有因勢利導，使有一二人為其主宰，訂立規章，監製惡行，以期一勞永逸，混絕禍患，乃為上策。

「適才見你二人資質心地均屬不惡，我已再四熟思，意欲令你姊妹繼汝師娘，為苗疆百蠱掌教之主，仍用你法鋤強扶弱，去惡濟人，使養蠱之人有所歸屬，不敢胡作非為，多行惡事。好在你師娘和眾同黨已伏天誅，未必有人強似你們。只要好自修為，我等當從旁隨時相助，料無妨礙。你們之意如何？」

二女聞言，驚喜交集道：「諸位仙姑不肯收錄，弟子等自知愚昧，想是無此仙緣，何敢再三瑣瀆。只是弟子等平日因不肯多殺生靈，雖得師娘真傳，同門中煉蠱之人勝過弟子等的有四五個。除已死的天蠶童子等外，內中還有一個最厲害的，名叫火蜈蚣龍駒子，因奉師娘之命，領了七個道法高強的同門，用師娘新煉成的鐵翅蜈蚣神蠱和四十九條天蠶蠱，前往竹龍山桐鳳嶺，去尋無名釣叟的晦氣，一則為報師娘當年在八角沖牛眼壩一劍之仇，二則除卻這裡的救兵。

「也是無名釣叟合該有難，偏在這兩日煉就嬰兒，神遊三島，一些未有準備。龍駒子等一到，使用蠱將他困住。雖仗他幾個門下弟子拚命支持，也非對手。弟子等來時，他師徒雖還未死，卻也危急萬分。師娘等一死，他已煉到心靈相通地步，自知不敵，不問已否將無名釣叟師徒害死，必然逃去。因弟子等是起禍根苗，日後定要前來報仇加害。死不足惜，如被此人奪了掌教，他比師娘為人還要狠毒上十倍，那時真貽禍無窮了。」

呂靈姑接口道：「你說那個龍駒子，可是一個頭大頸胖，面赤如火，髮似硃砂，身背黑竹筒的矮子麼？」

榴花道：「正是此人，仙姑怎得相遇？」

靈姑微笑道：「不但他一個，他還帶有五高兩矮，身背竹簍，手執火焰長叉，形容醜怪的七個赤足苗裝同黨，俱都死在我火靈針下了。」

紀異忙搶問道：「照此說來，你定是從桐鳳嶺來的了，但不知無名仙師可被惡蠱所傷了麼？」

靈姑道：「我們如不打桐鳳嶺來，還不知你們在此有難呢。其實那無名釣叟也並非真敵妖孽不過，也非不知趨避，只因正當嬰兒煉成之時，數中該有此一劫。如真個事前毫無準備，不等我們去到，他師徒已早膏惡蠱饞吻了。如今八惡伏誅，他師徒俱都脫難無傷。玉花姊妹繼為教主，決無人敢為難，多慮則甚？」

石明珠又道：「來日甚長，事固難料，只是我們還可為你二人佈置好了再去，目前實無他慮。」說罷，便命玉花姊妹近前，指示機宜，吩咐急速回至天蠶仙娘巢穴，如法施為。等到佈置已定，召集百苗之後，再去暗中相助。玉花姊妹聞言大喜，感激自不必說。忙在地下朝上叩了幾個頭，匆匆起身而去。

玉花姊妹領命走後，縹緲兒石明珠和呂靈姑因為要暗助玉花姊妹為百蠱之長，使得養蠱的苗人有統率規條，以免恣意妄為，橫行無忌，須得留住幾日。大家說起來，又都有些師門淵源，雖是初見，頗為投契。真真與南綺有隙，並未形於顏色，故此談笑甚歡。紀光祖孫又去備辦了極豐盛的酒食，出來款待。

這時又當圓月初上之際，碧空雲淨，湖水波澄，比起前昨兩晚月色，還要皎潔清明。眾人圍坐在湖岸磐石旁邊，對月飛觴，越說越高興。南綺又是喜事好問，大家談來談去，漸漸談到呂靈姑的身世。才知她也是一個先朝逸民之女，老父身遭仇家慘害，身負戴天之仇，尚未得報。如今剛剛學成仙術，此番回山覆命，便要去報父仇。眾人聽到她那淒苦慘淡的經歷，俱都忿慨不置。

原來呂靈姑的父親名叫呂偉，四川華陽人。自幼好武，內外功夫俱臻絕頂，尤其是打得一手好鏢和家傳的白猿劍法。當明末之際，真稱得起威震江湖，天下無敵。因他生就虎臂熊腰，紫面秀眉，專好行俠仗義，賑恤孤窮，不畏強暴，故此人送外號「紫面俠」。

當時敘府有一張鴻，也是武藝高強，豪俠正直，與他齊名，江湖上又稱他二人為四川雙俠。張、呂二人中年以後，因為彼此傾慕，情感投契，便結為異姓兄弟。

當明亡前數年，官府暴征，稅課繁重，豪紳惡吏互相勾結為好，民不聊生。二人屢次路見不平，在川西南一帶連殺了好些貪官汙吏、惡霸土豪，事情越鬧越大。自知都存身不住，回轉自己縣內，定要貽禍家小。雙雙避出川東，準備過上幾年，事情平息了些，再行回來。先間關到了重慶，再雇上一隻木船，由巫峽溯江而下，到了漢陽，再打主意。

誰想船行到了灩澦堆，那裡有好些險灘，照例要請客人趕一截旱路，以免危險。依了張鴻，自己既是精通水性，天氣又好，又是下水大船，可不必上去。呂偉卻因連日在船上思念愛女靈姑，心中煩悶；再加舟中酒已飲罄，前面不遠竹場壩，有一著名賣酒人家，以前曾經過，欲待借著起早，繞路買它一醉，順便帶些好酒回船同飲。張鴻也是好酒的人，便依了他。

這時已當三月春暮，沿江兩岸景物原本雄秀，再加上到處都是雜花亂開，紅紫芳菲，越顯得雄秀之中又添了幾分奇麗。二人又是捷如猿猱，力逾虎豹，無險可畏。一時走高了興，索性吩咐船夫子只管放船前行，無須等候，等興盡時自會趕上前去。

二人除思家外別無甚事，船縱去遠，也不愁趕它不上，只管賞景閒遊，沿途流連。等到尋著那個酒家，已是日暮猿啼，東山月上了。仗著那開酒店的向么毛是個熟人，叩門進去。二人素常慷慨好施，義聲遠播，認得與不認得人，俱都異聲尊敬。向么毛見是他兩個，不禁喜逐顏開，接進去，喚出家人店夥，爭先恐後地承應。

二人道了來意，見店外高崖臨江，月色甚好，便要么毛將酒菜搬在江邊危石之上，準備對月暢飲。荒山野店雖無什麼佳餚，但是那時還是張獻忠之亂以前，蜀中物產殷阜，人民都養有雞豚，種有新鮮菜蔬。么毛一面端整酒飯；一面令伙房蒸隔年存放的肥臘肉釀腸、血豆腐等類，做下酒菜；一面又命家人往菜圃裡去採嫩豌豆，殺肥母雞。忙亂了一陣，將酒菜先端上去。

呂、張二人斷岸飛觴，豪吟賭酒。下面是江流有聲，月光皎潔，滾滾銀濤一瀉千里。再加上野肴園蔬，無不可口，益發興高采烈，憂慮全忘。迎風賭酒，酒到杯空，不覺飲醉。略吃了些飯食，便命撤去。給了加倍的錢，又買了幾瓶好酒，準備少時帶回船中去喝。因戀著月色波光，江景幽麗，不捨上路。知道山中人起早，吩咐么毛將酒擱下，自去關門安睡，自己還要多坐一會才走。

么毛屢受呂偉施與，哪裡肯聽，直說：「想見二位還見不到，今日不知是哪陣風吹來，怎捨得離去。已命屋裡燒水泡山茶，與二位醒酒解渴。情願陪著二位談一整夜。山裡人也好長長見識。」

呂偉知他雖是鄉民，人卻不討厭，又見其意甚誠，便依了他，命他同坐敘談。么毛知道二人俱都脫略形跡，告聲得罪，便自坐下。呂偉無心中問么毛：「近來各地盜賊蜂起，川江中行旅商船還有往時多麼？」

么毛道：「你老人家不提起，我還忘了說呢。自從湖廣山陝到處有了流寇，川江中行旅商船，本就一天少似一天，前些日這裡出了好幾樁怪事呢！」

張鴻忙問有甚怪事，么毛道：「川峽中常年陰霧，極少晴朗。只我這裡是個山缺口，江面又寬，得見天日。上月有一天，太陽正出得大大的，我下崖去網魚，先見下流有兩隻大白木船往上走來，見慣的事，沒有在意。晚來收網回家，忽見那木船又隨波逐浪漂了下來。春潮正漲，水勢正急，沒法將它鉤住。只見船上人七橫八倒，俱已被人殺死，箱櫃全都劈開。那船一會工夫便被浪催著，往下流漂去，知是江船遇見水寇。

「正要回去，忽又見上流頭有一個兇神惡煞般的道人，身披八卦，一手持劍，一手拿著一片槳，也沒坐船，竟從水波上箭射一般飛來。先以為是妖怪，等到晃眼過去，才看出那道人腳下踏兩片木跳板，身上還有血跡。幸虧我網魚的地方有個崖窟窿，沒被他看見，心裡嚇得直跳。

「由此每隔幾天，常有死屍船隻從上流漂來。事後必見那道人踏著木板，順流而下。卻未見他踏水往上流去過。我想那必是個有本領的強盜，在下流頭假裝搭載。混上客船，等到船到了上流頭險僻去處，然後將人全都殺死，再踏木隨波往下流去，等候有錢的行舟，再去劫殺。這時已有四五天不見他走過，想必今日傍晚時節定要走過。二位這等英雄，何不將他殺死，也為江中行旅除去一個大害。」

呂、張二人聞言，甚是忿怒，正要往下盤問，么毛忽然一眼看向上流，低聲疾語道：「上流有點黑影，說不定便是他來了，二位快看。」不一會，便離岸下不遠，果然是兩片木板，上面站定一個道士，身材高大，相貌凶惡，頭卻不大。額前長有七個核桃大小的疙瘩，襯著一張黑臉、濃眉、鷹鼻、暴眼、闊口，愈加顯得醜怪猙獰，令人厭惡。

道人身上穿著一件大紅平金八卦道衣，腰繫葫蘆兜囊，大約盛的是什麼暗器之類。背後插著一口寶劍，空著兩手。只見他兩腿微微往下一頓，腳底下那兩塊木板便似脫了弦的弩箭一般，在駭浪奔濤之上，往下流頭飛駛出去數十丈遠近，眨眨眼就沒了影子。

呂偉正尋思這惡道曾在哪裡見過，猛聽張鴻道：「原來是他。」呂偉忙問他是何人。

張鴻道：「這廝名叫毛霸，便是惡道陳惟良的心愛徒弟。大哥可還記得那年成都花會，惡道師徒自道姓名，擄掠孕婦，想探紫河車，煉迷魂散，遇見獨霸川東李鎮川，路見不平，打將起來。惡道一身妖法，李鎮川一時仗義，哪裡是他對手。我二人因他雖是綠林中人，平日卻喜行俠仗義，正要上前相助，不料從碧筠庵內縱出一個小道姑，一照面便將毛霸打倒。

「陳惟良正取出法寶要放，忽又從人叢中跑來一個持朱紅葫蘆的窮道人。你我分明見他乘李鎮川發鏢之際，從手上飛出一道白光，刺中陳惟良的要害，死於就地。旁觀的人齊誇李俠客的神鏢，沒有把窮道人看在眼裡。那窮道人笑了一笑就走。只我二人留神，去追了他一陣，也沒追上。

「回來一打聽，說毛霸見師父被人殺死，便朝那小道姑苦苦求命。那小道姑見地方過來，怕惹人命，踢了他一腳，逕自回庵。李鎮川先是不便上前，見小道姑回了庵，還想殺了他，再去投案。這廝腿快，業已溜走。

「你說斬草沒有除根，小道姑庵中遲早難免生事，還約我多住幾日，每晚去至庵前庵後守望，始終未見動靜。直到有一晚，遇見一位老前輩，說出庵中人的來頭甚大，一百個陳惟良師徒也非對手，用不著我們操心，才行罷手。這才不滿十年的事，就忘懷了麼？」

呂偉想了想，答道：「我們快追下去，這廝定在前面劫殺行旅。適才過去時，彷彿還見他回過頭來對我們怒目相視，頗似含有惡意。我因他頭上七個肉包眼熟，正想是在哪裡見過。那年我們雖未及上前，惡道便已伏誅，但已喊出聲來，那位窮道人又從我二人身後閃出發的飛劍，說不定這廝把我們當作窮道人一黨，記恨前仇。他劫了人回來，還許到此地來尋仇呢。」

張鴻聞言，忙道：「大哥之言一些不差，我也曾見他發覺我們在此，目露凶光。與其他來，不如我們迎頭趕上，省得老么他們見了害怕。」說罷，二人匆匆起身，辭別老么，又丟下一錠銀子，便施展輕身功夫，步履如飛，順山路往下流頭趕了下去。

老么拿起銀子，還待謙遜幾句，見石上的幾瓶酒和一些瘦臘肉巴二人尚忘了帶去，連忙邊追邊喊道：「二位爺快請停步，你老買的酒還沒有帶走呢。」

呂偉高聲答道：「暫存在你那裡，我們有事，改日再取吧。」說時腳步未停，未容老么二次開口，人影越來越小，轉眼變成兩個黑點，疾如星駛，沒入叢莽林海之中，依舊是荒崖寂寂，江聲浩浩，哪裡還看得見一絲蹤影。

老么因以前屢受呂偉周濟，苦難盡心，好容易盼他到來，本打算強留二人盤桓上一二日，多煮一點醃臘雞肉，送給二人帶往路上食用。不曾想走得這麼快，好生後悔自己不該多嘴。當下喚出兒子向三毛，收拾安睡不提。

且說巫峽沿岸除有的地方略有一點船夫子的縴路外，大半俱是陡壁絕巘，危崖峭阪。那極險的去處，便是猿猱也難飛渡。二人因自己沿途耽延，舟行下水相隔已遠。適才惡道踏波，其行甚疾，必有變故。明知這一帶山徑崎嶇危峻，但是志在救人除害，刻不容緩，仗著一身內外功夫均臻絕頂，便不管三七二十一，逕往下流頭追去。

走約有數十里遠近，行至一處，上面是絕壁參天，無可攀附；三面是江流百丈，灘聲如雷，眩目驚心。僅半中腰上有一條極窄的天生石塊，形如棧道，紆曲盤空，一起頭埂路尚寬。呂偉因是生路，又在夜間，恐行至半途石埂中斷，折回頭來反倒費事。不如攀崖直上，繞道山頂而行，比較穩妥。張鴻性急，說：「看前面石埂甚寬，定是舟人縴路，何必捨近求遠？況且月色極佳，正照其上，即使萬一中斷，再行攀蘿捫葛而上，也不妨事。萬一真個失足，彼此俱都精通水性，難道還怕失事不成？」

呂偉也是一心求速，便依了他。誰想前行不過半里之遙，剛轉過一處山角，那石埂便窄了起來。漸漸擦壁貼崖，人不能並肩而行。所幸那條石埂繞著峽壁，上下盤旋，還未中斷。

呂偉正怪張鴻說：「這麼提氣貼壁走路，多麼費勁。上面又陡又突，揚頭仰望，看不到頂，無法攀援。萬一前途路斷，縱不致折回原起腳處，也須退回老遠，才可攀上崖頂。欲速反緩，有多冤枉？」

說著說著，張鴻在前，猛覺腳底一軟，知道有異，欲待後退，呂偉緊隨身後，勢必雙雙一同撞落江中。急中生智，也顧不得細看腳下是什麼東西，兩腿一拳，往前直縱出去，落在石埂之上，腳踏實地。同時呂偉也覺腳底踏在軟處，並非石埂，見張鴻忽然縱起，便跟著縱了過來。

二人手挽著手，低頭一看，經行之處石埂中斷了五六尺，月光底下只見灰濛濛的一段東西，嵌在石埂中間，與埂相平，恰好不大不小，接住兩頭。細一看，頗似一大麻布口袋，包著一個似人非人的怪物，手腳俱被麻布包住，看不出真形來。

張鴻估量這等荒崖斷徑，定是山魈木客之類的怪物。也沒和呂偉商量，忙取一支鏢，從呂偉肩後，照準那怪物身上打去。鏢才出手，還未打到，便聽哈哈一笑，那怪物忽往江中墜落下去。緊跟著從斷石埂中間衝出一個怪物，碧目閃光，闊口噴血，似蟒非蟒，粗約水桶，長只四五尺，只有前足，身子齊腰中斷，並無尾巴。那鏢正中在怪物前額，好似通未覺察。一聲兒啼般的怪叫，也往江中墜去。不一會，便見下面江濤飛湧，壁立數十丈，聲如雷轟，喧鳴不已。又聽猿聲四起，與之應和。

二人抬頭一看，兩岸崖上，也不知哪裡來的成千累萬的猿猴。有的縱躍崖嶺，歡呼跳蹦，有的攀蘿鉤石，朝著江中長嘯，作出奮身欲跳之勢，意似與江中怪物助威一般。暗忖：「巫峽啼猿甚多，這一路上不見一隻，這時怎的這般多法？」再看江心，先落下去的怪物已看不見。驚濤駭浪中，只見半段黑東西張著血盆大口，伸出兩隻鳥爪般的前足，不時隱現。

二人先當是二怪相爭，這絕壁洪流，存身之處絕險，如果兩敗俱傷還好，要是一勝一敗，勝者縱了上來，怎生應付？便是這麼多猿猴，也惹牠不得。二人俱都不敢逗留，略看了看，正要乘牠們鬥勢方酣之際，沿埂走去。見江波漸平，雖仍洶湧，已不似初見時那般猛惡，飛濤中隱隱似有一道白光掣動。二人也不去管牠，加緊腳步，不時回頭，以防不虞。

剛走出去半里之遙，二人忽聽兩岸萬猿齊聲歡鳴。江心波濤高出處，一道長虹般的白光飛湧水面。一個矮老頭，一手提著水淋淋的麻袋，一手夾著後落下去的怪物，一出水便往對崖頂上飛去。這時寒光朗朗，照得他鬚眉畢現。那裡忽又現出一個中等身材的紅臉道人，迎了上去，說了聲：「多謝師兄，將牠交與我吧。」聲如洪鐘，回應山峽。兩岸猿猴下拜歡嘯中，道人早從矮叟手裡接過怪物，兩道長虹經天，一閃即逝。

二人闖蕩江湖已有半生，從未見過這般奇景。身在隔岸，無法飛渡，仙人咫尺，無緣一面，好生可惜不置。怪物就擒，仙蹤已杳，兩岸猿群也已分散，二人便往下流頭趕去。見前路漸寬，不時發現朽索斷埂，這條石埂果是當年天然縴路。想因年久崩削，越來越窄，又出了怪物，漸漸便荒廢了。

二人由此走不多遠，忽見下流頭有幾隻大小船隻，船頭俱有多人，篙撐櫓搖，奮力逆流衝波而上。浪猛流急，看出甚艱，互相交頭接耳，手忙腳亂。船艙中客人更不時探首艙外，詢問催促，狀甚惶速。川峽中水勢猛激，險灘到處都是，上下行舟，大半都是早行夜宿，似這樣黑夜行舟，極為少見。看船人來路，條條俱是正經商船，猜知下流頭必出了事故。

二人正想高聲詢問，忽又有一隻輕載的船撐來，近前一看，正是自己所雇的那隻木船，二人便喚停船。偏生那一段水勢太急，船夫略一緩手，便被浪打下去老遠，無法拋縴。

張鴻喝問：「叫你們順流而行，為何往回路走？」

船夫子聞言，不敢高聲答話，只把手連擺。

呂偉見那船直往後退，船夫子個個累得氣喘汗流，知道這般喝問，必定不敢回答，便從岸上往水邊縱去。一落地，便喊船上人將縴繩放了過來。

船夫子不知二人姓名來歷，說水力太大，兩個人絕拉不住縴，還在遲疑不肯。惱得張鴻性起，兩足一點勁，平空橫飛十數丈，直往船頭上縱去。落地捧起那一大圈重逾百斤的縴，喊聲：「大哥接住。」便似長虹一般，往岸上拋來。

呂偉接住，兩手交替著一收，那船衝波橫渡，驚濤怒捲，船側的浪都激起丈許高下。幸是川江船夫舵把得好，沒有翻沉。等船攏岸，船上人已嚇得目瞪口呆，向二人跪下，直喊菩薩。

呂偉問船人，何故半夜回舟，不在下流停靠。船老大道：「下流頭出了截江大盜了。二位尊客沒見那些船都連夜往前趕麼？」

張鴻問：「大盜今在何處？可是一個穿紅八卦衣的道人？」

船老大驚道：「正是那紅衣賊道。近半年來，原本川江生意清淡，行旅甚少。自從前月出了那個賊，他能踏住木板，飛渡長江，晃眼工夫就是幾十里水路。也不帶夥伴，就憑著他一個人，在這川峽江中上下流截殺行舟過客。無論是哪路的船遇上他，便算晦氣。但只一樣。每次打搶，搶一不搶二。他必先在下流頭船多的地方，擇肥去瘦挑上一隻。那船只要被他挑中，就沒有活路。有時候借附載為名，有時是在山崖上趕，直等船行到了上流灘多浪急之處，才行下手。

「船上人如容他附載，雖然被他搶去財物，還不致傷害人命；如若看出他不是好貨，不允附載，下手時定殺個雞犬不留。風聲傳播，漸漸知道的人多了。那看出他行徑的客人，有的仗著帶有保鏢能手，和他動武，自然死得更快；有的膽小，一見不對，自然回船頭想逃，任你船行多遠，決逃不脫；如以為往下游好逃得快，更是錯了主意。

「近日川江中船夫子差不多都知道他的脾氣，又知他腳踏木板，並非什麼法術，只能往下流走，不能衝波上行，所以遇見他時，便和客人說明，自認晦氣，裝作不知道。等他要來附載，便恭恭敬敬請上船去，好好款待。雖說不能免禍，他也有個面子，看你款待得好，有時竟只取一半，人卻不殺。

「這樣過了十來天，有一次不知怎的，竟劫了兩隻船，這一來，船夫子益發害怕。因為顧著衣食，恐斷了生計，不到事急臨頭，誰肯向客人說起？只得大家商量好，除了那被惡道相中的船，照例不敢離開，得裝作沒事人一般，迎合他的意思，任憑處置，以求一命外，別的船隻他沒打記號，便連夜往上流開行，須過了前面燕兒灘，方算是出險。

「今日傍晚黃昏時，我們不敢在他時常出現的羊角壩停靠，特意把船停在柿子堆。一共是三隻白木船，五隻紅船。大家原都是同行熟人，正在飯後談閑天，說起近來峽中船不好走，大半都是回家的空載，沒有生意。不想他忽然走來，挨船細看了看。想是看出沒有帶得銀子多的，不曾看中了意。

「眼看他要回身走去，偏巧下流頭來了一隻官船，也不曉是哪裡上任的知府。那船夫子又是漢陽幫中新出道的毛頭，不知道厲害，他上船附載，不但不允，反轟他下來。待不一會，便見船頭上有粉漏子印的七個骷髏，那就是他打的記號。我們知那船今晚不走，惡道定是就地下手。因那年輕船夫不懂事，自己闖了禍，還見人就打招呼，說長問短，我們怕淌他的渾水，大犯不上，假說乘風還趕一站上水，都開了上來。所說都是實情，二位尊客不信，等船開到前面，一問便知。」

呂偉道：「哪個不信？你與我仍將船往下流頭柿子堆開去，如在那官船出事以前趕到，加你五兩銀子。」

船夫子遲疑道：「二位客人想和那惡道打麼？聽他們說，有本領的人也不是沒和他交過手，因他不但武藝高強，一口寶劍使出來，周身都是電光圍繞，更發得好幾樣厲害暗器，凡想除他的，從無一人活著回去。哪個不想銀子？我們先時見了他不開船，裝作不知。二位尊客走了，我們偷偷報了信，只要不被他看出，勝敗或者與我們不相干，這去而復轉，就不惹他，也明明是瞧他不起，肯放過麼？其實出了事，我們推說是路遇客人強逼著連夜開來的，還可以脫身。二位尊客如若打他不過，卻是苦啦。」

張鴻聞言，兩道劍眉一豎，正要發話，呂偉知道船夫膽小，明說不行，忙用眼色止住張鴻。喝道：「他是我們多年未見的老朋友，此去尋他相會，誰和他打？」船上人因為適才說了幾聲惡道，聞言想起二人獨挽逆舟，飛越江面的本領，怎會不信？不由嚇得屁滾尿流，慌不迭地諾諾連聲，一面開船順流趕路，更番來陪小心。說家中俱有妻兒老小，適才無知發昏，說錯了話，務請不要見怪。見了那位道爺，千萬不要提起，多多美言兩句才好。

二人只管分說，決不見怪，船夫仍是不放心，只管不時進艙絮聒。惱得張鴻興起，喝道：「對你說是不會，偏來咕嚕。再麻煩時，我便不饒你。」船夫才行嚇退。

因二人催快，把吃奶的力氣都使出來，船行下流急浪之中，真個似箭脫弦，疾如奔馬。只見兩旁危崖樹石飛也似順船旁倒退下去，迎著半江明月，習習清風，煞是爽快。

張鴻道：「人怕凶，鬼怕惡，真是不差。以前我見川江船夫勒索舟客，好些惡習，還打過不平，不想出了一個毛賊，就這麼害怕，真也可憐。」

呂偉道：「他們整年在驚濤駭浪之中，拿性命勞力換飯吃，遇見險灘，一個晦氣，身家全喪，怎不想多賺客人幾個？如今又是世亂官貪，年景不好，正不知怎樣過日子呢。

「你只見他們畏盜如虎，到底他明知有盜，還敢載客往來，不過多加小心罷了。還沒見他們遇見貪官時，畏官吏更有甚於畏盜呢。惡道所劫官船，不知是好是壞，我們到了那裡，不可莽撞。那官如是個貪的，索性讓惡道殺了他，再殺惡道，以便一舉而除雙害。不除了惡道，不過多每隔三五日喪些人命財物，有時還可傷財不傷人，受害者還較少；如是救了一個貪官汙吏，走一縣，害一縣，留著個不操戈矛而操印筆的親民大盜，那才是貽禍無窮呢。」張鴻點頭稱善。二人又商好下手時步驟。

下水行舟，不消個把時辰，已達柿子灘。還未靠岸，船夫便來報信，說官船還在，船頭上七個骷髏粉印也未塗去，道爺已走。看神氣，船中的人尚未覺察，道爺少時必來，問將船停靠在哪裡。這時已是半夜，呂偉命將船靠上游一箭之地的一個山窟窿裡，滅了燈光，少時若有響動，不可出聲張望，天明必有好處。船夫子留神二人話語神氣，不似和惡道是舊交，不禁心裡又打起鼓來。不敢再問，只得各人聽天由命，如言辦理。

呂偉囑咐已畢，便同張鴻不等那船停好，便雙雙飛身一縱，到了岸上。細看了看岸上，只幾戶賣酒食的人家，業已熄燈關門，靜悄悄地不聞聲息。惡道也不如何往。再看官船頭上，躺著幾個船夫。船艙內燈光猶明，側耳聽去，似有咿唔之聲。二人施展飛行絕技，如鳥飛墜，縱落船上。

二人就舷板縫中往裡一看，靠窗一張條桌旁坐著一個丰神挺秀的青年，不過三十左右年紀，秉燭觀書，正在吟詠。那邊設著一具茶鐺，茗盤精緻。鐺旁一個垂髻童子，手裡也拿著一本書，已是沉沉睡去。細看那少年，眉目清俊，神采秀逸，並不帶一毫奸邪之容，衣飾也樸實無華，不像是個壞人，只是文房用具、茶鐺茗盌卻甚是精美，頗有富貴人家氣派。呂偉暗忖：「這人相貌不惡，如此年少，千里為官，卻也不易。一旦死在惡道手中，豈不冤枉？」

剛剛有些憐惜，猛一眼看到船榻旁高腳木架上，堆著十幾個上等木箱，外籠布套，看去甚是沉重，分明內中裝著金銀珍寶貴重的物品，落在久走江湖人的眼裡，立時便可看出。再加箱外俱貼有湖北武昌府的封條。艙外官燈又有新任雲南昆明府字樣，料是由湖北武昌交卸下來，轉任雲南昆明。箱中之物定是從任上搜刮來的民脂民膏，無怪惡道將他看中，不肯放過。

呂偉正在尋思，忽覺張鴻扯了自己一把，便一同飛回岸上。張鴻道：「這明明是個貪官汙吏，管他閑賬則甚？樂得假手惡道殺了他，我們再來計較。」

呂偉道：「這官所帶行李箱筐太多，雖然可疑，看他舉止端詳，眉宇英朗，不似惡人。我們還是摸清了底為是，不要誤殺好人。」

張鴻道：「大哥的心太慈了。你想天底下有從家裡帶著二十幾箱金銀財寶出來做官的麼？」

呂偉道：「箱子固然沉重，萬一我們看走了眼呢？反正時已深夜，他這船也沒法開走，我想趁惡道未來以前，進艙去盤問他一回如何？」

張鴻道：「天已不早，該是惡道來的時候了。這等貪官汙吏，見我們忽然進去，必要做張做致，拿出他那官派來，叫人難受。雖說他死在眼前，誰耐煩去看他的鬼臉子？」呂偉因張鴻執意不肯，只率罷休。二人便向船旁高崖尋了一個可以避眼的所在坐好，靜等惡道回來發動。

等了個把時辰，眼看參橫月落，官船上燈火早熄，仍不見惡道回轉。正猜惡道許是先打下記號，明日開船以後，再跟往上流頭下手。忽聽身旁土坡後面虎吼也似有人大喝道：「左近人們，各自挺你們的屍，不許亂動。你老子七首真人毛霸來啦。」人隨聲到，早從土坡上縱落一條黑影。二人定睛一看，正是晚來川江中踏波而行的那個惡道。一落地，朝著大船略一端詳，便拔出寶劍，往船上縱去。真是輕如落葉，連一點聲息全無。

惡道並不進艙，朝著船頭上睡著的僕人、船夫，一腳一個全踢醒，可憐那些人睡得正香，哪知就裡。內中有一個原是官船中聘的鏢師，被惡道一腳踢傷，疼醒過來。看見一人手持明晃晃的寶劍，認得是黃昏來求附載的道人，知道來意不善。剛喊得一聲：「有賊！」要站起來抵敵，被惡道反手一掌，逕自打落江中，逐波而去。

呂偉見毛霸傷人，對張鴻道：「官縱是個貪官，這一船二十多口，就沒一個好人？」一句話把張鴻打動，二人便縱下崖來。船頭上人見素稱本領高強的鏢師還未與人交手，只一照面，便被人打入水中，餘人哪裡還敢抵抗，各自負痛跪在船頭，紛紛哀求饒命。

這時中船後艙中還有數人，俱都驚醒。因為船停離岸不遠，有兩個剛從船窗爬出，連滾帶跌逃向岸上。被惡道看見，一聲斷喝，縱向岸上，一把抓住後頸皮，似拎小雞子一般，往船上擲去。然後大喝道：「你們哪個敢動，休想活命！快將狗官連那小鬼崽子捉來，所有箱篋行囊一一搬出，待你老子自己搜檢。」說時指定四名船夫連喝：「快去，惹得老子生氣，雞犬不留！」

那四名船夫一進艙，首先將那少年官用索綁了出來，毛霸戟指喝罵道：「你這狗官，你老子日裡看見你兒子生得有點鬼聰明，好心想收他做個徒弟，留你們一船人的活命，上船搭載，你們一個個俱都瞎了他娘的眼。現在且不殺你，等將你貪囊取出，查問明是怎樣來路，照你害人的罪孽，一樁樁教你好受。」

那少年官已嚇得渾身抖顫，只見嘴皮亂動，像是求告，又像分辯，只是聲音甚低，聽他不出。毛霸也不去睬他，逕坐在船頭定錨樁上，看船夫們搬取箱筐。一會，二三十口又大又沉的箱筐俱已搬出。

呂、張二人一見這等情形，早住了步。暗忖：「這惡道行劫頗有條理，倒不像隨便冤枉殺人的神氣。既未再下手妄殺，樂得看明再說。」便躲在離船不遠的一株大樹下面，看他如何做作。

只見箱筐搬完以後，毛霸喝問：「狗官之子為何不捉出來？」

那四名船夫戰戰兢兢地答道：「我們到處都已搜遍，不見小少爺蹤影，想是適才害怕，投水死了。」

那少年官聞言，痛哭起來。

毛霸也暴怒道：「你這狗貪官，也不該有這等兒子，死了也好，免得你老子親自動手。哭啥子，還不將鑰匙獻出來麼？」

那少年官帶哭答道：「這裡頭並無甚金銀珠寶，全是我祖父遺留下並不值錢的東西。你不信，只管打開來看。那鑰匙藏在鄭鏢師身上，已被你打下江中去了。」

船上人也異口同聲說是實情。

毛霸怒喝道：「你說的話老子也信，等我看明了，再來慢慢宰你。難道你老子沒有鑰匙，就打不開，還會看走了眼？」說罷，照準一隻大箱的鎖皮上就是一劍，立時連銅削去一片。

伸手扳起箱蓋一抖，嘩啦啦散了一船。低頭一看，大大小小，粗粗細細，俱是些硯台與石塊、小刀之類。

毛霸接著又連打開了幾隻，箱箱如此。毛霸怒喝道：「你們這些酸人，都有癖好。莫非你刮來的地皮，都換了這些廢物了麼？」

少年官哭訴道：「哪裡是搜刮百姓的錢買的？這都是我家祖傳，三輩人都喜刻硯，越積越多。我更愛它如命，嫌家中無人料理，走到哪裡，帶到哪裡。除第七口木箱中略有幾塊家藏端溪古硯略微值錢外，別的拿在市上，每塊俱值不了一二錢銀子。」

言還未了，毛霸獰笑一聲道：「老子問你別的箱子是不是盡這些殘磚亂石，哪個管你這些閑賬？你簡直把老子哄苦了，我殺了你這狗官再說。」

毛霸開箱之時，呂偉一眼看見船篷上伏著一個小孩，正是適才艙中茶鐺旁隱几而臥的童子。手裡像拿著東西，伏身往下偷看。剛訝這孩子真個膽大，見毛霸越說越有氣，舉劍朝那少年官要砍。張、呂二人已看出少年官不是貪官一流，見惡道傷人，喊聲：「不好！」正待赴救，那小孩突然在篷上一聲不響，左右手連連發出兩件暗器，對準毛霸面門打去。

毛霸劍還未下，忽覺冷風劈面，料是有人暗算，忙將頭一低，第二件暗器又到。毛霸事出意料之外，小孩又早料到他要往下低頭，第二下又來得低些，想躲已經無及，只見眼前黑影一晃，正打在毛霸額當中肉包之上，若稍下一點，必將雙目打瞎無疑。那暗器滾落船板之上，卻是兩塊三角石頭。

毛霸不由怒發如雷，口中大罵：「何方小輩，敢傷你老子？」隨罵，正要往篷上縱去，張、呂二人已雙雙飛到，各舉兵刃便砍。

毛霸也久經大敵，先時受傷，不過一時疏忽大甚。一見兩條人影飛到，懸空舉劍一轉，便是一團劍花，恰巧將二人兵刃格住。只聽噹啷金鐵交鳴之聲，三人各就手中兵刃一格之勢，縱落地面，動起手來。

雙方通名之後，張鴻喝道：「無知毛賊，這裡太窄，敢隨我往岸上交手麼？」毛霸正因船上逼窄，不好施展暗器，喊一聲：「好！」一個解數，拔地十餘丈，往岸上縱去。

身子還未落地，早將暗器取出。料定敵人必要跟蹤追來，腳才著地，一回頭，乘著敵人身子懸空，不易躲閃，將手一揚，便是五隻連珠飛鏢似流星趕月，一個緊似一個，朝張、呂二人打來。

張、呂二人已是成名多年的大俠，見毛霸縱得甚遠，疑他要使暗器，身雖跟蹤縱起，暗中早有了防備。呂偉當先，他那九十三手達摩劍，原經過異人傳授，變化無窮。見毛霸一回首，便有幾點塞星連珠飛到，喊聲：「來得好！」懸空一橫手中寶劍，往前一削，劍鋒正對鏢尖，錚的一聲劍鳴之音，恰好借著來勢，將那頭鏢劈為兩半。

頭鏢甫破，接二連三的飛鏢又到。後面張鴻連手都未動，便被呂偉不慌不忙，緊接著幾個勾、挑、劈、削，錚錚錚幾聲響過，都墜落地上。快落地時，相隔毛霸約有丈許遠近，正值毛霸末一鏢打到。呂偉喝道：「毛霸留神，看我回敬。」說時遲，那時快，早把劍一偏，劍背朝外，對準鏢尖，用力往外一碰。那鏢倒退回去，直朝毛霸胸前打到。

毛霸剛用劍撥過，張鴻已將連珠袖箭取出，喝道：「無知毛霸，沒有你的廢鐵，也招不出我的真金。躲得過，算你本領。」說罷，揚手一按弩簧，那十二支袖箭，便分上中下三路連珠發出。

張鴻當年外號活李廣神箭手，他這弩箭，俱有極巧妙的章法。無論敵人往哪邊躲，早已算就，由你身法多麼敏捷，善於接讓，也休想逃得過去。毛霸也是內行，一見箭來的異樣，情知不妙，如果胡亂閃避，稍一疏忽，定必打中要害。豁出糟卻珍貴道袍，連忙用劍護住頭臉，一用氣功，周身除了眉目眼口和那七個額前的肉包外，俱都堅如鐵石，箭打上去，只能透袍，不能穿皮傷肉。

張，呂二人見箭發出去，除上路的被毛霸用劍擋開，餘者支支打中，知道他用了氣功，再發無用。正待停手上前，忽聽毛霸喝道：「兩個老賊，枉稱四川雙俠，卻憑四手來敵雙拳麼？」二人哪知毛霸是想匂出手來暗使邪術。

張鴻剛喊了聲：「大哥！」意欲上前獨戰，呂偉已看見妖道不是易與，張鴻本領究不如自己，惟恐萬一失敗，傷了他一世英名，忙喝：「老弟且慢上前，你的手辣，我要生擒他問話呢。」說罷，不俟毛霸還言，縱上前去，當胸一劍刺到。

毛霸見那劍寒光耀眼，知是一件寶物，不比弩箭可以硬抗，忙一閃避開，一擺手中劍，架住說道：「老子和你交手，你那同黨可不要鬼頭鬼腦，暗箭傷人。」

呂偉怒道：「無恥毛賊，未曾動手，自己先放暗器，反道別人暗算。此賊既然嚇破了膽，張賢弟可去船上，將少年官兒的綁解開，安置他們，不要害怕，待我生擒此賊。」說罷，雙方各將手中劍一舉，又動起手來。

呂偉暗中留神一看，毛霸的劍法竟是武當派內家傳授。呂偉當初原也是武當門下，再加先聽船夫說，毛霸劫殺行旅也還分人，並未犯有淫過，不由動了惺惺相惜之心。這一念仁慈不要緊，竟給日後惹下殺身之禍。這且不言。

二人動手，約有數十個回合。彼時毛霸初拜妖人為師，剛學會了一點粗淺法術，用起來頗費些事，不能隨手施展。加上他為人好勝，雖用話激開張鴻，以便少去一個敵人，容易乘隙下手，可是不到有了敗勢，仍不肯使將出來。

毛霸先見呂偉劍法雖然精奇，自己還可應付，打個平手。鬥到後來，呂偉那口劍竟是出神入化，一劍緊似一劍，只見寒光閃閃，上下翻飛，漸漸只有招架之功，不禁心寒膽怯起來。暗忖：「這廝真個不負他多年盛名，再打下去，定然凶多吉少。自從前師死去，隱跡苦煉多年，如今剛剛出道，準備孤身一人橫行東西水旱兩路，創立一些名頭威望，要敗在這老匹夫手內，日後何顏立足？」想到這裡，連忙改招換式，轉攻為守，一面謹慎防衛，一面暗中行使妖法。

呂偉見他忽然轉攻為守，並不知他另有詭計，還在暗笑，以為毛霸無非是又想抽空施放暗器。借著一個閑招，把自己拿手暗器月牙刀也取在手中。然後喝道：「毛霸，你打不過時，急速跪下伏輸，還可饒你不死；要是在我面前賣弄，簡直是自找晦氣。」言未了，毛霸已發出一道灰濛濛的光華，帶起一股子黃煙，朝呂偉當頭飛來。

呂偉何等眼疾手快，見毛霸忽然縱出老遠，將手一揚，只當是件暗器。心想：「今番且給你嘗點厲害。」當下便將三把月牙飛刀分中左右也發出去。那飛刀由呂偉費了無窮匠心打造，形如月牙，裡外開鋒，上有三個鎖口，三把刀算做一套。發起來，中左右三把，連珠斜列同進，名為三環套月。在敵人發暗器時發出，更有妙用，無論你是飛弩鏢箭，只要與月牙上的鎖口一碰，便被鎖住，真個巧妙非常。

呂偉三刀剛剛出手，一眼瞥見對面飛來的是一道灰光黃煙，知道不是邪法，便是散佈毒煙的暗器。暗道一聲：「不好！」正要往後縱開，那當中的一把月牙刀原是對準敵人暗器來路而發，恰好迎個正著，一碰便斷成兩截。光外黃煙反倒爆散開來，如飛射到。

呂偉眼看危機頃刻，猛覺眼前一亮，一道銀光自天直下，看去甚是眼熟。圍著那道灰光一繞，黃煙散處，銀光捲起灰光，逕往斜刺裡高處飛去。側眼一看，高崖上站著一個人，正是川峽中所見道者，一晃便不知去向。再看毛霸，業已倒在地上，正待爬起欲逃。

呂偉連忙一個箭步，縱上前去，飛起一腿，先踢落他手中寶劍，點了穴道。解下帶子捆起一看，才知毛霸雙臂俱受刀傷。暗忖：「自己月牙刀雖準，毛霸也非等閒之輩，怎會兩刀俱中得這般巧法？」心中很是奇怪。情知異人不肯相見，助了一臂之力，便自飛走。遂提了毛霸，逕上舟去。

這時那少年官兒已被張鴻解了綁索，手攜著那個發石頭打毛霸的小孩，同了船中諸人，正在船頭等候。一見呂偉擒寇回來，便都轉憂為喜，紛紛上前下拜，叩謝救命之恩。

呂偉見張鴻不在，船夫說是上岸解手，猜他定已發現異人，前去追趕。呂偉和那少年官一談，才知他姓陳名敬，還是同鄉，本為四川巴縣世族。新由漢陽知府卸任，轉任雲南。小孩是他兒子，名叫陳正。父祖三輩俱精篆刻，收藏奇石古硯甚多。又喜收買書籍，愛之如命，行必隨身。此次打算繞道回家，接了妻女，同去赴任。不想因這二十多箱硯石書籍，幾乎斷送一船性命。

久走江湖的人一看人家行囊，便知有無黃白之物。惟獨箱中藏有石硯，卻分不甚清。在旱路上走，如是高眼，由馬蹄輪腳上帶起來的塵土，仔細分辨，還可略微看得出來。偏偏是個船行，世上有幾個帶著一船硯石走的？休說新出道不久的毛霸，連呂偉、張鴻那等多年慣走江湖的大俠，俱都猜是金銀貴物。陳敬又是個轉任的知府，彼時正當亂世，有吏皆酷，無官不貪，落在盜賊的眼中，哪裡還肯放過。

呂偉見陳敬言談氣度溫文爾雅，雖然茗盌精良，文具精美，有些士習，可是那些箱篋行囊，因張鴻說先時自己也錯看了人，都經他命人打開，與張鴻過目，三年知府所剩俸銀，不過五六百兩。船中僅有一名鏢師和三四個家丁，餘者都是些窮官親和船夫子們。略一觀察，便知是個清廉之官。

那陳正年才十二三歲，不特相貌清俊，二目有光，不類常童，最難得是那般膽大心細，沉著勇敢，不由越看越愛。差一點就被張鴻疾惡之心太甚所誤，害了他父子，想起前情，好生慚愧。

呂偉回望毛霸，綁在一旁一言不發，一雙怪眼紅得都要泛出火來。呂偉頗惜他那一身本領，再加劍法學自武當，和自己多少必有點淵源，念頭一轉，便起了釋放之心。喝問道：「你這廝一身本領，甘為賊盜，豈不可惜？我見你是條漢子，如能改行歸善不再劫殺行旅，我便放你如何？」毛霸聞言，低了頭只不作聲。

陳正在一旁答話道：「恩公，這強盜萬放他不得。適才恩公和我們說話，他咬牙切齒，把恩公恨透了，放了他，不怕報仇麼？」

毛霸大喝道：「如不為你，老子還不會跌這一筋斗呢。姓呂的，這小畜生有些鬼聰明，話說得是，你放了我，雖不會再在川江中打劫，做沒臉的事，讓江湖上人笑話，可是今日吃了你的大虧，也決不甘休，早晚終須尋你算帳。省得到時你又賣口，說我忘恩負義，還是殺了我的了當。」

呂偉聞言，喊得一聲：「好！」琀的一聲，拔出寶劍，朝著毛霸頭上便砍。毛霸自知難活，剛把雙目一閉等死，忽聽呂偉哈哈大笑道：「我縱橫天下三十餘年，江湖上的英雄豪傑也不知會過多少，十有八九是敗在我手內，從來不曾怕過有人報復。你既說出這樣的話，足見你還有這膽量，我倒是非放你不可了。但只一節，陳朋友是個清官，你已目睹。今日之事，只算你眼力太差，時運不濟，該當好人有救，須怨不得他父子。你如真是個英雄，只管去尋名師，練了藝業，前來尋我報仇。如等我走後，再偷偷去尋人家的晦氣，那便下作了。」

毛霸一則看出呂偉心性，二則認錯走去，面子難堪。拚著冒險，特他說出那一番話去激呂偉。先見呂偉真個拔劍來砍，好生後悔，知再求饒，已是無及，索性強硬到底，一聲未出。萬不料呂偉竟為他所動，暗自心喜，沒有倒了架子，哪敢再生別的枝節。忙大聲答道：「呂朋友，你放心，冤有頭，債有主。陳官兒父子文弱無能，我也不再去尋他。便是你今日放了我去，總算你手下留情，他年相遇，我一樣也有補報你的去處。」

說時，呂偉早解了他的綁索，把穴道拍活。答道：「盛情心領，但願你有志竟成。如覺本領勝得過我時，入川打聽我的行蹤，敢說無人不知，我在哪裡，自有人領你前去相會。否則便在雲貴苗疆山中寄跡，只管前去尋我就是。你身上還有兩處刀傷，我身旁帶有好的金創藥，一發做個整人情，送你一包，你自己醫治去吧。」說罷，取出一小紙包藥粉，遞與毛霸。

毛霸適才性命呼吸，也忘了兩臂刀傷疼痕。被這兩句話一提醒，才覺出兩臂有些麻木，微一抬手，疼痛非凡。低頭左右一看，兩臂雖然未斷，業已切肉見骨，滿身血污淋漓。兩條袖子已斷，僅剩一些殘布餘縷掛住。心想：「自己一身內功，刀槍不入，他這暗器怎這厲害？」暗中把牙一咬，也不作客套，伸手接過藥包。正待往岸上縱去，倏地一條黑影躥上船來，落地一看，正是張鴻。見面一橫手中劍，照準毛霸便砍。

毛霸此時兩臂和廢了差不多，手中又無兵刃，怎敢迎敵。剛將身一躲，呂偉已將張鴻一把拉住道：「由他去吧，我已放了他了。」張鴻因呂偉話已說出，不便反悔，只得恨恨道：「我遲來一步，大大地便宜了你這瞎了眼的狗賊！」說時，毛霸早雙足一縱，到了岸上。回向張鴻道：「姓張的，休要狐假虎威，他年相見，也是短不了你。」說罷，拾起地上寶劍，如飛而去。

張鴻悄聲埋怨呂偉道：「大哥真是糊塗，大惡就擒，為何又縱虎歸山？我二人這多年來極少遇見敵手，適才你同他打，論真實本領，還不易勝他，何況又會妖法，如非異人暗中相助，恐還要吃他小虧呢。」呂偉忙問他下船去可是追那異人。

張鴻道：「誰說不是？你和毛賊才打二十多個回合，我便見他二人站在崖上。我彼時見毛賊只守不攻，只當他是想班門弄斧放暗器呢。知你足可應付，並沒在意。一心還想用甚法兒，去與那異人相見。誰知毛賤已將迷魂化血刀放出。這東西我曾見人用過，甚是厲害。休說被它砍上，難以活命；便聞見那股子毒煙，也是昏迷不醒。

「正在著急無法解救，你那三環套月也將發出來。我明見毛賊左邊一刀業已避開，那廝內功必好，正拿右臂去擋右邊的一把，矮的一位異人忽說一聲：『刀歪了，也砍不進去，我幫他一手。』那兩把刀忽然自己往正中一擠，正砍在毛賊雙臂之上，倒於就地。同時那位穿道裝的手一揚，便飛起一道銀光，將毛賊的飛刀裹走。

「我站那崖和你們交手處斜對著，看得甚是清楚。我知你必勝無疑，又見那異人神氣像要走去，顧不得招呼你，假說解手，縱上岸，悄悄繞向崖後，想冷不防跟上去見面。矮的一位已在崖下相等，見我一去，撒腿飛跑。我不該存心以為上面還有一位穿道裝的，他二人是一路，在川峽中誅怪時已然見過，只要見著一位，那位也好見了。身剛往上一起，不料這位更不客氣，便是一道光華升空，晃眼不見蹤跡。再看矮的一位，仍在前面行走，連忙拔步就追，當時錯過，哪裡還追趕得上？可是相隔又並不甚遠，害我追出二十多里地，好容易看他伏在前面山石上用手亂畫。等追近前，忽然沒了影子，那石上卻給我二人留著這一紙條。」

呂偉接過一看，一張白紙上，也不知用什麼顏料，寫著幾行紫色的狂草。二人雖通文墨，卻不甚深，只認出張、呂等七八個字。斷章取義，猜是為己而書，不能成文。只得請過陳敬一看，才認出是「有緣者呂，無緣者張。靈娃歸來，莽蒼之陽。冤孽循環，虎嘯熊岡。勿昧本來，吾道鴻昌」八句。下面寫「書寄靈娃」，款落「矮師」二字。

猜詳了一會，呂偉猛想起愛女名叫靈姑，又有「有緣者呂」字樣。聞得雲南有一莽蒼山，洪莽未闢，方圓數千里。自己已久有卜居苗疆之念，莫非女兒異日還有一種仙緣不成？想到這裡，心中便打了一番主意，暫時也沒和張鴻說。放了毛霸，天已將明，呂偉原想同了張鴻回轉自己船上，略微歇息，進點飲食，便即開船，往下游頭駛去。

陳敬因感二人救命之恩，又萬分佩服二人的俠義，死求活求，再三要在前途擇一村鎮，留住盤桓些日。張鴻也說：「毛霸那麼凶橫狠毒，心術不正，保不定前途又來加害。」力主護送一程。陳正更是跪地苦求，不應不起。

呂偉一則難卻陳氏父子盛情；二則又愛陳正小小年紀，天資穎異，聽陳敬說他自幼愛武，想借船中數日勾留之便，給他一番造就。便笑對張鴻道：「那毛霸雖然凶惡，決不至如此下流，作那沒廉恥的事。如真前途加害，除非我二人永遠不離陳兄父子，才得保住，否則即使我們護送到了任上，只一離開，仍是無用。此層盡可無慮。既承陳兄不棄，我等出川本為閒遊，原無甚事，哪裡不可勾留。依我之見，也無須在前途覓地停船，官船仍走他的，命我們的船隨在後面，送陳兄一程，藉以盤桓些日，省得誤了任期。」張鴻自無話說。

陳敬父子連忙謝了。

當下吩咐好了兩船的船夫子。陳敬早命下人端整好了酒飯，入艙飲用。一面是襟度開朗，儒雅謙沖；一面是豪情勝概，俠氣干雲；彼此越談越投機。

陳敬問起二人出川原由，便說：「川中當道是年誼世交，盡可斡旋，使所犯案情平息。二位恩公既喜山水，雲南雖然是個瘴雨蠻煙之域，聞說山川靈秀，岩谷幽奇，更有八百里滇池之勝，何不同往一遊呢？」

呂偉知陳敬清廉，川中當道大半貪頑，雖有世誼，恐仍非錢不行。自己行賄，既非所願，如累陳敬，更為可恥。便以婉言再三謝絕，說此行尚有多年舊友，打算乘便往晤。出川只恐誤牽戚友，否則官府爪牙雖利，並無如己者。倦遊歸來，定往雲南相訪。此時實無須托人向官府關說。陳兄如為請托，反有不便。陳敬知他耿介，不喜干托，只得作罷。

陳敬又說道：「小兒好武，苦無名師。二位恩公武藝如此高強，可否收在門下，傳授一二？」

呂偉笑道：「令郎不但聰明過人，而且至性天生，膽大心細。論起資質，足稱上駟，怎有不願收他為徒之理？惜只惜行旅匆匆，聚無多日，僅能傳授一些入門的粗淺功夫而已。」

陳正早有此心，不等呂偉把話說完，便口稱「恩師」，跪在地上叩頭不止。呂偉連忙含笑扶起。陳正又向張鴻跪倒，拜了師叔。陳敬也分別向二人行禮稱謝。

因大家一夜未眠，上流灘水多急，船人也須安歇些時，才好著力搶灘，席散之後，各自睡了一會。已牌時分，才行起身，船已開行些時。陳敬嫌適才席間匆匆拜師，不甚恭敬，要在晚間另備一席，點上香燭，重行拜師之禮。呂、張二人攔阻不住，只得由他。

二人便在官船住下，盤桓了三四天。便中傳授陳正武藝，互相披肝見膽，快敘平生，不覺交情逐漸深厚。休說陳氏父子依依惜別，二人也不捨就走。行到第七天上，眼看快到重慶，陳敬重申前請，又請結為異姓兄弟。

呂偉慨然道：「送君千里，終須一別。前面沿途俱為大府州縣，往來人多，有我二人同船，於你官聲大是有礙，彼此無益有損。你我客途訂交，一見如故，雖只數日之聚，情同骨肉，道義與患難結合，原不必拘此行跡。明早便要分別，重逢還得些日月。既然賢弟執意一拜，愚兄等從命就是。」

陳敬大喜。當下三人便點起香燭，結拜了盟兄弟。

第二日早起，呂、張二人堅辭要走，說是趁船未靠岸，船人共過生死，不怕洩露，正好分手；以免到了前途靠岸之所，驚動官府耳目。陳敬再三挽留，還想多聚半日，晚間再行分別。呂、張二人已走向船頭，各道一聲：「珍重！」腳點處凌空七八丈，從驚濤駭浪之上躍向原船。

陳敬見二人朝官船略一拱手，張鴻便走向舵後，相助船夫子將舵一扳。恰巧上流一個浪頭打向左舷，船便橫了過去，頭尾易位。呂偉隨在舵艄出現，船上的篷跟著扯了個滿，船行下流，又是順風，疾如奔馬，眨眼工夫，那船越來越小，僅剩一點帆影出沒遙波，幾個起落便即消逝。父子二人想起前情，宛如夢境一般。呆立出神了好一會，才行回艙，催促船夫子趕路上任不提。

# 第九章　三峽擒寇

話說呂、張二人乘船到了漢陽，上岸會了兩個朋友，便往各地閒遊。名山勝水，到處勾留，高人異士逐地結納，不覺過了年餘。這日行至湖廣地面，聞聽人言，川中當道已然易人，流寇漸有西侵之勢。想起家中婦孺，連夜趕回原籍時，一路上見流寇土賊勢如蜂起。呂偉料出大勢已去，川中不久必遭大劫。再看中原大地，民亂日甚，大亂在即，便是天人也無法遏止。身不在位，故鄉仇家又多，除了離川往雲貴一帶暫避凶焰，更無良策。張鴻家中人口不多，只有一子，年已十三，一招便來。商妥立即約地相會，分手自去。

呂偉抵家一看，病妻業已奄奄一息，正在垂危，待沒兩日，逕自身死。只剩愛女靈姑依依膝下，悲泣不止。呂偉自不免痛哭一場。剛剛殮埋好了，準備上路，忽見張鴻同子張遠急匆匆跑來，說各地烽煙四起，驛路已斷，縱有本領，不畏賊侵，帶著賢侄女在賊盜叢中行走，終是有些不便。陳賢弟現在任上，聞得那裡倒頗安靜。自己因算他尚未起程，特地抄路迎來商量，捨了原約官路，抄川滇山徑野道同行。雖然食糧用具要多帶些，但較少操點心，路程還要近些。呂偉點頭稱善。張鴻見靈姑穿著重孝，含淚上前拜見，問起原由，自不免走至靈前哭奠一番。

呂偉因有許多戚友都須顧到，不忍獨顧自己父女避禍，已然分別通知。村人都是安土不願搬遷，禍不到面前，大半不動。

內中只有一家姓王名守常的，知道呂偉見識高遠，慮患知危；加以人口和呂家一樣不多，除本人外，只有一妻一子，而且都會一點武功，同去並不累贅。原與呂偉約定，回家安置好了田園產業，收拾行李，張鴻到了第二日，準來結伴同行。呂偉便留張鴻住下。

第二天黃昏時分，王守常果然帶了妻子前來赴約。因聽風聲越緊，呂、張二人的行李早就收拾好的了，大家一見面，只待了大半晚，次日天還未亮，便即起程。呂偉素常謹慎，作事嚴密，故鄉戚友雖曾一一苦口相勸，並未說出自己行期。眾人因大幫的流寇相離本縣還有一兩千里路途，官府已曾派兵堵截，以為動身決沒這般快，所以都未來送別。呂偉的產業，在回家的前幾天，推說近年在外虧空甚多，又要備辦妻子身後，早用廉價換了金銀現錢。一行之中，凡是婦孺都騎著一匹上好的川馬，兼帶隨身行囊。呂、張、王三人暫時步行。共是三家七口四匹馬，靜悄悄的，依仗著人熟和素日名望，叫開城門，抄著山徑野路，繞穿苗人居住的區域，往雲南進發。

人強馬健，沿途雖不斷遇見一些剪徑占山的毛賊草寇和那豹虎之類的猛獸，可是有一個王守常便能發付，哪放在雙俠的心上，俱是一見即便敗逃消滅，無甚可記。又是四五月天氣，南方天暖，隨地可以露宿，除食糧較多而外，行李甚少。雙俠均通山情土語，無論苗人土著，只要不遇見那專嗜殘食生人不可理喻的野人，要費手相敵外，餘者均可和他以物易物，投宿借食，親如家人。雖在荒山深谷之中穿行，並無甚阻攔艱險之處。

因為常有一些奇景可看，反倒不忍遽去。各人俱會武藝，不時大家追飛逐走，就地支石為灶，折枝為炊，燒鹿烤兔，聚飲快談。轉覺野趣盎然，比從驛路行走舒服爽暢得多。

老少七人，個個興高采烈，頓忘亂離顛沛之想。

似這樣留連光景，一路無話，行了月餘，方出川境。遙望前路，已入萬山之中。呂偉道：「這些日我們所行之路雖是荒山野徑，一半還能見著人煙，所遇苗人也以土著居多，就有幾處土人，性子也還不甚曠野，如能懂得他們的語言習忌，均可過去。前面不遠，過了南山塘，便是由永寧去木子關、玉龍山的路。這一帶雖是往大理去的捷徑，可是沿途俱是高山峻嶺，亂峰雜沓，往往數百里不見人跡。有人的地方，都是土人的巢穴。

這類土人，天生蠻野凶悍，專以嗜殺生人為樂。個個身輕足健，縱躍如飛，所用箭矛均經極毒之藥餵製。不過他們多半愚蠢，能勝不能敗，敗了拚命逃竄，各不相顧。雖然厲害，憑我七人的本領，力智兼施，尚可應付。但是山中毒氣惡瘴、猛獸蛇蟒到處都是，真個險惡非常。

「我還是在十年前，相助一個姓崔的朋友，由永川保著一趟十萬銀子的鏢，順金沙江水路到大理去。快到牛眼沖，接到他夥友的密報，說大理惡霸屠伯剛與那客人有仇，聽說鏢來，與一姓鄭的土豪勾結好了滇南大盜戴中行，在洪門渡埋伏下數百名水寇，內中有不少能手，準備劫鏢殺人。一則他們有官府暗中助紂為虐；二則那客人共是五隻大船，除銀子外，還有一家妻兒老小二三十口，保鏢的只我們兩個能手，餘者都是鏢夥計，無甚本領。好漢打不過人多，恐到時人貨不能兼顧。又加那客人再三苦心，不願與賊對拚，他雖是商人，上輩原是大理世家望族，只要到了家，仇人便沒奈他何。我當時想了個主意，半夜將船停在離洪門渡百十里外一個不該停船的鎮上，連夜出重資，雇了車轎，將人貨起岸，由我單人帶了四個鏢行夥許，冒著險，繞道抄出太子關，經由玉龍山到鶴慶，才轉入驛路，到得大理。那崔鏢頭坐著空船前進。戴中行為人頗光棍，也素來打劫不吃回頭貨，一見便看出虛實，知道走漏了風聲，也沒動手，逕上船去找崔鏢頭答話。

「問出是我護送的，他冷笑了一聲，說我既稱西川大俠，知他在此，就該公然投帖相見，也沒不招手相讓之理。否則也該明白過手，一比高下，不應作此偷偷摸摸的舉動。崔鏢頭不忿他出語奚落，也還了他幾句。話一說僵，便約我回去時，在洪門渡相待。

「我得信後，過了兩月，逕去赴約。他已盛宴相待，手下和約來的各路朋友何止千百。我們卻只兩人。三杯酒後，各自交代完了，先和他水旱兩路各種武藝一一比罷，再行交手。直打了一天一夜，不曾停手，也未進一點吃食。其實我原勝他一籌，只因愛惜他的本領名頭，不忍下手，他偏不知趣。打到第二早上，他固不必說，連我也累得力乏神疲。我見他還是不肯休歇，才用八九玲瓏手法，在他身上做了三處記號。外人雖未看出，他卻是一點就透，低頭說了句承讓，便即收手，請我二次入席，賓主盡歡而散。別人還只當我們比個平手，彼此愛慕，因打成了相識。誰知他真個好強顧臉，自那次別後，不久就聽說他解散了黨羽，漸漸銷聲匿跡。我只那次走過，也只走得一半的路。那時還是秋末冬初，路上所遇的種種艱難，就不知多少次。何況如今正是夏初之標，瘴氣自必更重，真是一些都大意不得呢。」

眾人行沒兩天，便走入玉龍山裡，層巒疊嶂，高出雲表，山勢益發險峻起來。雲南地面雖然也是民不聊生，盜賊四起，可是有的地方還算平靜，行旅尚未絕跡。眾人出了川境，原可改走驛路，只因呂偉別有用意。心想：「陳敬雖是生死之交，因為路途遙遠，久未通信，不知他還在任上沒有。居官的人哪能看長，即使見面，也不過暫時有一落腳之處，以後仍須別尋適當隱居之所，滇省山中，氣候溫和，景物清嘉，正好趁著行路之便，沿途留意尋訪。」

又想起巫峽所遇仙俠留柬。入山時聽一老人說，玉龍山面積廣大，山中有一風景絕佳之處，名叫蟒當岩。呂偉原只前多年依稀聽人說過莽蒼山，並未身臨，年來逢人打聽，其說不一，也未打聽出真所在來，以為音聲相近，蟒當岩或許是莽蒼山傳聞之誤，打算順便一訪仙人蹤跡，再加眾人多半好奇，荒山穿行，並不怎樣困苦，反有不少野趣。雖然知道前途瘴嵐之毒甚於毒蛇猛獸，但是眾人久在江湖，又有兩位見多識廣的前輩老英雄做識途老馬，知道趨避解救之法，說只管那麼說，均未把前路艱險放在心上，誰也不肯提議改途，逕照原路穿越下去。

剛入玉龍山，除峰高路險而外，還不覺出過分艱難。及至行入山深之處，路越難走，蛇獸也逐漸增多。眾人因呂偉隨時叮囑，也都稍存戒心。這日行經一座高嶺脊上，眼望嶺那邊高原如繡，滿布許多不知名的奇花異卉，萬紫千紅，爭妍鬥豔。那遠的去處更是煙籠霧約，爛如雲錦，加上撲面山風吹來一陣陣的清風，益發令人心曠神怡，目迷五色。

大家原想到了嶺上歇息片時再走，一見下面這般好的景致，俱都忘了疲倦。正等往頂下縱去，靈姑眼尖，猛見最前面花海中那些彩煙蓬蓬勃勃，似有上升之狀。剛喊了一聲：「爸爸快看！」呂偉已看出有異，喊聲：「不好！大家快順回路由這嶺脊往高處跑。前面毒瘴大作，去路已斷，少遲片刻，便來不及了。」

那四匹川馬，在路上業已被蛇虎之類傷了兩匹。仗著都有武功，可以步行。馬行山中，遇著險峻去處，還須費好多手腳才能通過，有時要人抬縋，轉覺麻煩，所以沒有向苗人添買。剩這兩匹，只用來馱行李，極少有人乘騎。靈姑聞言，首先牽馬朝頂上跑去，眾人跟著前進，呂偉殿後。還算嶺巔高曠，路徑斜平好走，眾人不消半個時辰便到上面。

回頭往嶺那邊花海中一看，那些毒瘴已變成數十股彩煙，筆也似直挺立空中，有數十丈高下，一個勁往上升起，毫不偏斜。升到後來，內中有一股較為粗大的，忽然叭地一下，響起清脆無比的破空之聲。那彩煙立時似開花彈一般，爆散開來，化為許多五色彈丸，各帶著一股子彩煙，八下裡飛投。碰到別的彩煙上，也都紛紛爆裂，叭叭之聲連珠般響成一片。

那五色彈丸彼此一碰，便似團團彩雲散開。不消頓飯光景，彼此凝成一片，遠遠望去，密密層層，五色繽紛，橫亙在遙天遠岑之間，浩如煙海，漫無際涯，那彩絲彩彈仍四外飛射不已。真個錦城霞障，也無此宏廣奇麗。

靈姑年幼，直說好看不置。張鴻道：「看倒好看，人只要被它射中一絲，立時周身寒戰，發燒而死，休想活命呢。」

呂偉道：「這瘴一起，往往經月不開，少說須三五日。前面瘴勢蔓延甚廣，看神氣去路已被遮斷。還好瘴頭尚不算高，那一片地方又是低窪之處，還可抄出順風，繞越過去，否則就難說。昔年我走此路，曾聽人說由此嶺往東南，有不少野人巢穴，既有人居，必可繞通前面。

「適見那邊山勢異常險惡，時有腥風刮來。我和你張叔父多年江湖，久慣山行，一聞便知那裡定有猛獸蟲蟒之類潛伏。便是這些野人，也是凶蠻不可理喻。但除此之外，別無道路，說不得只好多少冒一點險。你們可將兵刃暗器取在手裡，小孩子要放機警些，不可再似前些時那般大意了。」說罷，站往高處，仔細端詳好了前途形勢向背，吩咐速速起行，以免少時轉了風向，中了瘴毒。

當下改由呂偉當先開路，靈姑牽馬，與眾人緊隨身後，魚貫前行，朝東南方尋路下嶺，再上前面一座山麓。沿崖貼避，攀越險阻，互助呼應，往前走去。行約數里，轉過山角，進了一條夾谷。那谷兩邊危崖高聳，不見天日。右崖下是一條幽深的澗壑，壑中盡是藤蔓灌木之類遮蔽，時有陰風鼓動，聲如潮湧，望下去黑沉沉不能見底。眾人靠著左邊崖壁行走，路僅二尺，高下起伏，蜿蜒如帶，人馬不能並行，蹄聲得得，山谷回應，益顯險森。

入谷不到半里，路徑雖然寬廣好些，兩崖卻越發低覆起來，勢欲倒壓而下。走了一陣，且喜無甚惡兆，呂偉忽然內急欲解，便命眾人緩緩前行，自己解完了，隨後就到。

一會工夫，誰也沒料會有什麼變故。誰知靈姑在前走出去不過十餘丈遠，手牽二馬，忽然齊聲長嘶，再也不肯前進。靈姑將門虎女，力氣本大，見馬倔強，罵道：「懶東西，好好的路也懶得走麼？」隨說，手中用力一拽。那馬吃不住勁，跟著走出，還沒一兩丈遠，仍是昂首奮蹄，嘶鳴不已。

靈姑著了惱，正要用刀背朝馬背上打去，剛一回身，倏地眼前一花，壑底沙的一聲，拋起兩條紅紫斑駁的彩練，直朝人馬捲來。

那東西頭上各有一個倒鉤子，無眼無口，來勢異常迅疾。靈姑見事起倉猝，左手一鬆馬韁，身子一縱丈許高下，避開來勢，朝那頭一條彩練奮力就是一刀。靈姑的刀新從苗人手中得來，鋒利無比，刀過處，那東西迎刃而斷，削下四尺多長墜將下來，正落在一株斷樹根上，被牠只一舒捲之間，立時纏了個結實。前半一斬斷，後半便自掣電一般收回，灑了一地紫血，腥臭無比。同時那靠邊的一匹馬，早被第二條彩練鉤住馬腹，帶入壑底，只聽一聲慘嘶，便即不聞聲息。那東西退時，後面張鴻等人也都看見，不及使用兵刃，各將隨手暗器發出，件件雖都打中，那馬已自無救了。

後面呂偉剛解完手站起，聽出馬嘶有異，連忙趕來，已然出了亂子。只得把人馬引向比較安全的地方一查看，那匹馬上馱的乾糧、衣服等食用之物。另一匹馬雖然也馱著一些，但是數量無多，只足一二日之用。休說前途茫茫，絕食可慮，就是打算中路折回，也須行上七八日崎嶇的山徑，方能有苗民的寨子。

俯視壑底，陰風怒嘯，藤莽起伏，青枝綠葉，如掀碧浪，杳杳冥冥，不見底際，更不知下面怪物藏有多少。煩惱之中，還得隨時留心著怪物二次出現，這焦急實是非同小可。大家一商量，均主前進，等過了這一段險路，只要遇有鳥獸的地方，便可得食。何況前面還有土人的寨集，無論好說歹說，智取力奪，總可想出法來，也比折回去強些。

# 第十章　奇人神獸

話說呂偉主意既定，因有前車之鑒，越發加了一番戒備，便把另一匹馬上所剩餘糧分將開來，各人帶好，以免再有同樣的事發生，立時斷了糧食。

那怪物身子似蛇而扁，脊上生有倒鉤。上來時，被靈姑用刀砍落的半截，緊纏在斷樹根上，層層膠合，宛如生成，怎樣用樹枝挑撥，皮肉劃成稀爛，始終未分開來。頭上是一個雙叉的卷鉤，已然深嵌入木，無目無口，也不知是頭是尾。連呂、張雙俠那般見多識廣，僅猜是一種極惡毒的蛇蟲之類，也不知牠的名稱來歷。這東西死後力量尚如此驚人，如被纏住，那還了得。眾人都是俠肝義膽，雖然事後思量，猶有餘悸，仍想把害除了再走。屢次提著馬鬃，使其嘶鳴，俱無動靜。估量怪物一條被靈姑所斬，一條身上中了許多暗器，而這些暗器，呂、張二人事先防到，怕在深山窮谷之中遇見厲害猛惡的東西，一時制牠不住，均用極毒之藥餵製過，大半見血封喉，或者下面只有這兩條，全都身死。等了片刻，不見出來，只得起程。

走了一陣，兩崖漸向左右展開，現出明朗的天日。路徑雖然在半山之上，一邊是無底深壑，卻甚寬廣。遙望前面森林高茂，路現平陽，方喜出了險地，忽從林中跑出數十匹花斑野馬，滿山飛逃，俱往高處竄去。末後有兩匹大的已跑出林來，忽又回身站定，朝林內長嘶了兩聲，然後回身，緩步跑去。跑出沒有多遠，忽又從林中衝出八九隻水牛般大小的金錢豹，馬一見豹，四足一起，連躥帶蹦亡命一般沿崖邊跑去，口中仍長嘶不已。

眾人入山以來，還是頭一次見著這般長大凶猛的豹子。經行之處，離崖有二十多丈，正當豹的側面。呂偉因見那豹來勢猛惡，林梢風起，恐那豹是大群出來，為數大多，不便輕與為敵，正命眾人暫避，不可妄自上前。忽見那幾隻大豹出林之後，雖然目泛凶光，口中咆哮，卻不去追那沿崖跑的兩馬，意思想往高處追去，剛轉身縱得一縱，前面馬見豹不來追，二次又回身長嘶，向豹引逗。等豹一追，卻又沿崖跑去；豹一停足，馬又回身來逗。眾人俱知馬非豹敵，追上必死，何故拚命引逗不已？實在不解。那幾隻大豹經兩馬幾番引逗，先時馬群俱已逃盡，一下把豹逗發了急，倏地震山動谷，一聲怒吼，各把長尾一豎，一躍十丈，朝兩馬沿崖追去。馬前豹後，剛剛幾個縱躍，眼看首尾相銜，前面兩馬跑到一處，忽然互相引頸一聲長嘶，將頭一低，四蹄一蹬，箭一般剛平穿出去，後面的豹也齊聲咆哮，一躍數丈，追將過來，兩下裡相差只一起一落之間。

當頭共是五隻大豹，正往下落，倏從崖下拋起三條尺許寬，數丈長的彩練，掣電一般直甩上來，正搭在那些豹的身上，五隻大豹竟被纏住四隻。頭兩條彩練各纏一豹，當時便拖下崖去。還有三豹。內中有兩隻較大的，原是並肩而行，同時落地，第一隻近崖沿的在前，第二隻靠裡在後，相差約有二尺。那第三條彩練一下搭在第二豹的頭頸上，再一鉤將過來，恰好將近崖的一隻攔腰捲住，往下便拖，這條彩練較細較短，所纏的又是兩豹，力量本就稍弱。內中一隻又只纏住頭頸，便於著力，便拚命掙扎，想逃脫束縛，四足據地亂蹬，口裡嗚嗚亂嘶不已。另一隻也隨著狂嘯，亂掙亂抓。爪過處，在地上便是一條條的溝子，後面共還有五隻大豹，也自趕到，一見同類失陷，便紛紛上前，朝著那彩練亂吼亂抓，滿地撲滾。那彩練更是死也不放鬆，越纏越緊。沙石飛揚，血肉紛濺中，再加崖上群豹的怒吼與崖下兩豹的慘嘶匯成一片。只震得林木風生，山谷皆鳴，聲勢真個驚人。眾人才知兩馬用的是捨身誘敵之計，好生駭異。

靈姑想繞過去，給怪物一個毒鏢。呂偉忙攔道：「這般毒物猛獸，俱是山中大害，正好互相火併，同歸於盡。豹有這麼大，恐還有不少同類在後，千萬躲開為妙。牠不來侵害，犯不著再去招惹。這一條怪物，身上業已被群豹抓成稀爛，這半截無眼無口，許是怪物的尾巴，牠吃不住痛，另一半截定竄上來，與群豹惡鬥。先落下去的兩條，也許上來相助。我等縱要除牠，須等二惡交疲之時，方可下手，此時切莫妄動。」

正說之間，那彩練竟被群豹抓斷落了下去。可是那被纏的兩豹身子，被那半條斷彩練越發束緊，兩豹身子差不多並成了一個。束腰的那隻還略好些，束頸的那豹已被束得凶睛突出，血口開張。俱都橫臥在地面上，不能轉動。好容易經那五隻活的又是一陣亂抓亂咬，等到弄成斷片，去了束縛，兩豹早遍體傷痕，力竭而死。這時崖下二豹的慘嘯已歇。兩馬借刀殺敵計成之後，早逃得沒有了蹤影。群豹猶自據崖怒嘯不已。

不到半盞茶的工夫，群豹來路的那片森林中忽然狂風大作，林木起伏如潮。呂、張二人知有大群野獸出現，忙命眾人快快準備兵刃暗器，將馬放在山腳洞內，用石堵上，另覓大樹躲藏。眾人身剛上樹，便聽萬蹄踏塵之聲，千百大小豹子，從林隙中衝將出來。

內中兩隻較大的吼了兩聲，崖口五豹只回應了一聲，便住了狂嘯，迎上前去。這千百隻豹子一出來，俱往林外空地上聚攏，好似受過訓練一般，大的在前，小的在後，數百個一行，排成兩個半圓圈，朝林而立。除了獸爪踏地之聲，一隻也沒吼嘯。眾人在樹上剛才覺著希罕，倏地又從林內跳跳縱縱跑出兩個怪獸來。兩獸似猴非猴，一紅一黑，周身油光水滑，長才三尺，腦披一縷金髮，圓眼藍睛，人立而行，掌長尺許，指如鋼爪，舉動甚為靈活。這兩怪獸剛一出現，千百豹群立時四腳趴伏，將頭緊貼地上，動也不動，看去甚為恭謹。

不多一會，從林內衝出一隻比水牛還大的黑虎，背上坐著一個身穿白短衣，腰圍獸皮，背上插著一排短叉，手執一根兩丈來長的蟒皮鞭，年約十六八歲的英俊少年。出林之後，用手一拍虎項，虎便橫臥在地，少年也改騎為坐。兩個猴形怪獸便迎上前去，舉掌膜拜，分立兩旁。少年口裡吼了兩聲，聲如獸嘯，也聽不出吼的什麼。先前五豹先伏行過去，也朝少年回吼了幾聲，然後立起身來，走向崖口，共同啣著那隻死豹的頭尾，往少年面前跑來。剛跑出沒有幾丈遠，崖下倏又飛起兩條彩練，因為五豹轉身得快，已將死豹啣去，一下落了個空，叭的一聲打在山石上面，恰好將那十餘段怪物屍身搭住，頓時被牠全數捲起，往崖下甩去。那少年見了這等怪物，只把兩道長眉豎了一豎，好似不曾在意。那幾隻豹子將死豹拖到少年面前放下，重又伏地吼嘯起來。少年將手一擺，止住豹吼，口裡作了幾聲呼嘯。旁立的兩個猴形怪獸走上前去，各將死豹提起一隻，帶著那五隻豹子，走往林側山麓之下停住。內中一獸用前爪往地下一指，五豹便順牠指處，各用前爪一陣亂抓，只聽沙沙之聲，塵土揚起多高。等到抓成了一個丈許方圓的深穴，二獸才將兩隻死豹端端正正放了下去。少年再用手一指，嘴皮微動了動，五豹各自掉轉身來，用後腳將前抓出來的泥土往坑中撥去，頃刻工夫，將坑掩好。二獸早各取來兩根比牠身量高出兩三倍的大石筍，照準上面便築，一會工夫與地齊平。仍率五豹往回走來，動用甚是熟練。尤其是那兩根築地的石筍，少說也有數百斤重，二獸舉起來，竟和一根木棍相似。

眾人先見那少年能統率這般猛惡的野獸，覺著希奇，對這兩個猴形怪獸，誰也沒料到有此神力，益發駭異。呂、張二人因一時間還看不出少年的性情好壞和他的路數，眼前吉凶諸多不測，所幸藏身之處掩蔽尚好，忙即示意眾人謹慎戒備，不可出聲。以免被他發覺。正在各打手勢，忽聽少年一聲長嘯，接著便聽群豹騷動起步之聲。再往前面一看，廣原上千百群豹俱都立起，掉轉身軀，仍照以前行列排數，往崖口那一面緩緩進發。

少年騎虎殿後，兩隻猴形怪獸一邊一個。前面豹群行離崖口約有二十餘丈遠近，少年又是一聲長嘯，群豹忽從中間分開，排向兩旁，蹲在地下，讓少年與二獸過去。少年到了群豹前面，將虎項一拍，虎便轉過半邊身子，橫臥在地，依舊改騎為坐。少年才把手一招，那兩隻猴形怪獸便躬身湊近前去。少年只低聲說了幾句，二獸便走向豹群中，挑了兩隻小豹出來，用兩條長臂捧起，給少年看了看。少年又微一低頭尋思，將虎項上掛的刀拔出，站起身來，一個縱步，飛身十餘丈，到了左側坡上面。挑了一株半抱的大樹，齊根砍斷，削去枝幹，弄成了一根四五丈長的直木。用手舉起，縱下坡來，放在離崖近處。然後將手一揮。二獸捧了小豹，飛也似跑到崖前，將豹放在木頭後面的中間，各用前爪，一扯豹耳，兩隻小豹便怪嘯起來。

這時眾人方看出那少年是想誘那怪物上來，為死豹復仇。少年除力大身輕，能役使群獸外，並不似會什麼法術。俱不知他預先砍那大木是何用意，方在猜想，說時遲，那時快，少年站在橫木後面數丈遠近處，口裡一聲低嘯，兩隻猴形怪獸便鬆手跑向兩旁。

兩隻小豹剛拚命一般往回逃竄，同時崖下面彩練也長虹一般飛起，往上搭來。就在這疾如電掣之際，兩隻猴形怪獸已一頭一個，將地下橫木舉起，恰好將兩隻小豹放過，接個正著，那彩練雙雙都搭在橫木之上。二獸再用力往後一帶，益發當作是個活東西，只一晃眼工夫，便纏繞上幾匝。少年早把背後精光耀目的鋼叉連珠般發出，根根都打在彩練身上，深透木裡，釘了個結實。那彩練想是知道不妙，未捲在木上的一段不住往回掣動。

偏生那攀住木頭的二獸力大無窮，一任牠怎樣抖顫伸拱，不能扯下一點。正在相持不下，少年的叉已發出來十把，倏地一聲大吼。二獸也各自發威，身子一抖，腦後長髮似金針一般根根直豎起來。四隻前爪扳住大木，哞的一聲怪叫，往裡一帶，那兩條彩練便似裂帛斷絹一般，隨著二獸緊抱的那根大木，拉向前去十幾丈，直往崖上拋來。晃眼現出全身，乃是兩條怪蛇，先上來的竟是牠的尾巴。

那蛇生相甚是獰惡難看。通體前圓後扁，上半身有小木桶粗細，皮色和爛肉相似，頭如蚯蚓，一張圓嘴噴著黑煙。額際生著七眼，目光如豆。齒如密錐，生在唇上，已有好些折落，血點淋漓。因為下半身纏在木頭上面，全身一上崖，便朝前橫折過去。再將頭左右一陣亂擺，那顆長頭便粗大起來。

少年知牠要蓄氣噴毒，吼一聲，手中又是兩把飛叉照準二蛇頭上打去。眼看打到，二蛇各將頭頸往後一縮，大嘴一張，咬住叉頭，只一甩，那把叉便被甩向空中數丈高下，映著陽光，亮晶晶和隕星一般，直落蛇後絕壑之中。少年見勢不佳，忙吼一聲。扳木的二獸剛才鬆了前爪，往後縱開，那蛇已將身一拱，各順大木的一頭箭射一般穿去。二蛇下半身又纏在大木上，被飛叉釘緊，自然是追趕不上。二蛇一下穿空，益發暴怒，折轉身又朝少年穿去。少年早有防備，已經往後縱開。連那千百隻豹子俱都紛紛後退，讓出一片空地。少年這一次捨了飛叉不用，遥抓起地下石塊，照準蛇頭便打。那兩隻猴形怪獸也跟著學樣，卻比主人還要靈活得多。仗恃縱躍高遠，力大身輕，各捧住大小石塊，存心和蛇逗弄，不時竄東跳西，挨近蛇身，等蛇將要作勢穿來，迎頭就是一石。接著身隨石起，一縱便十餘丈，那蛇休想傷牠分毫。少年手上頗有功夫，石發出去又沉又穩。

饒是二蛇目光銳利，閃躲迅速，也經不起這一人兩獸三下裡夾攻。還算是蛇嘴皮緊肉厚，富有彈力；蛇又心靈，一見石塊打來，知難閃躲時，能用嘴巴拱擋。雖沒有傷中要害，近頭一段已是皮破血流，傷痕累累了。少年見那蛇只能用身子憑空拋甩飛竄，不能順地遊行；而且各不相顧，不能帶著附身大木來追；毒煙不能及遠，立處恰又是上風，益發放心。也不近前去，只管把手中石塊發個不休。那兩條怪蛇也是急怒發威，不肯後退，仍在亂石飛落之中左閃右躲，此穿彼逐，欲得仇人而甘心，兀自相持不下。

這時呂偉、張鴻藏身處正當人蛇相鬥右側的一株古樹空腹之內，離崖不過四五十丈。幾番諦視少年，體格相貌，並非土人種族。生相雖然雄壯，臉上並無戾氣，只是嘯聲如獸。但他率領著這許多虎豹異獸，自己帶有婦孺，如被發覺，好了便罷，一個不好，豈非自取其禍？好生躊躇。後來看出蛇信甚長，蛇頭經打，尤其那七個蛇眼厲害，少年和異獸這般打法，決不易將蛇打死。休說傍晚風勢一變，只要被蛇口中毒氣噴出，凶多吉少。便被它逃了下去，少年又上不似有毒，那蛇如此靈巧，必能拔叉脫身，豈不仍留大害？

想了想，呂偉打算冒險，施展多年藏而不用的絕技，助他將二蛇除去。便悄悄對張鴻道：「今日我等處境頗危，除非蛇死，獸群退去，行動方保無虞，否則吉凶難卜。看神氣，蛇如不死，少年決不甘休，兩下裡相持到晚，於我們大是不利。這次恰好我因恐蠻山多險，將業已收手不用的百步飛星神弩帶了出來。我意欲冒一點險，繞向前面，去打蛇頭怪眼，或者能以奏功。不過這等野性人，終是難測，但能不見為妙。如我形蹤被他發覺，不問他相待好壞，哪怕他錯會了意將我困住，他手下有這些虎豹靈獸，人力決難取勝。我如不出聲招呼，大家千萬不可上前，以免差池。我一個人即使不幸，自信還能脫身。雖不一定便會這樣，總是謹慎些好。煩勞賢弟代我約束他們。」

說完，呂偉便繞到坡上，用手端著百步飛星神弩，略一端詳遠近，朝前比了比，覺著甚為合適。正待遇機下手，那兩條怪蛇連受石塊打傷，勢子業已漸衰，忽然身子往上一拱，直立起來。呂偉見是機會，手中弩箭一緊，正要乘少年發石之際朝蛇頭上的七隻怪眼連珠射去。那蛇倏地同時將頭急擺了兩下，再連身往後一揚，立竿倒地般往崖底直甩下去，那帶著大木的下半截身子，也跟著往崖下回捲。呂偉因想避那少年耳目，略一審慎，弄得時機坐失，那蛇已連身逃走。方在惋惜，不料那猴形怪獸，竟似早已防到，蛇的上半身剛往後一倒，下半身拖著木頭捲走沒有多遠，二獸早一縱身，疾如投矢，飛步上前，伸出那鋼一般的前爪，一頭一個，將那根大木抓牢。只跟著往前滑出丈許遠近，便即收穩勢力停住，一任蛇身扭拱不歇，休想扯動分毫。可是蛇力甚大，二獸也拉牠不上，兩下裡只管相持。

那少年急得無計可施，幾次走近前去，用刀在蛇身上作勢欲砍。想是知道斬為兩截，蛇仍不死，更沒法善後，俱未下手。

過有頓飯光景，呂偉居高望下，隱隱見崖中忽有三四條彩影閃動，猜是那蛇勾來了同類。那等厲害惡毒的怪蛇，休說是多，如有一條竄上來，也非易事。何況今番不比上次，有了防備，並非預先用大木乘勢捲住蛇尾。如任其自在遊行，少年和二獸雖是力大身輕，恐也難討便宜。呂偉正替少年擔心，那大木已被二獸一下拉過來兩三丈遠。少年見狀，方在喜嘯，見崖下彩虹掣動處，四條同樣怪蛇互相盤糾，直甩上來。一上崖便自分開，朝少年和二獸分頭竄去。嚇得二獸丟下大木，回身便縱。少年知道厲害。忙即縱退，一聲長嘯，千百群豹與那隻大虎，立時紛紛逃散開去。

呂偉定睛一看，內中兩條仍是纏在大木上被叉釘住的。其餘兩條，俱只有半截身子。大的一條，正是適才被五豹抓斷身子的那條，近尾一截滿是獸爪抓裂的傷痕。斷處僅去蛇頭四分之一，舉動猶自靈活。另一條比以上的三條要小上三倍，身子已去了一小半，像是齊半腰被人斬斷，血跡淋漓，行動也比較緩慢，不知是否靈姑先前所斬。這四條蛇一上來，那兩條斷蛇俱都將挨近頸腹那一段貼地，豎起下半截殘軀有好幾丈高下。並不頭前尾後順行，乃是尾巴在前，昂首後顧，朝著面倒行，去追那少年和二獸。盤旋滑行於草皮石地之上，疾如飄風，幾次追近少年，便將下半截身子朝下打去。還算那少年縱躍矯捷，又有兩隻猴形怪獸冒險救主，不時拿著石塊上前去打，引牠來追，才得沒打中。

蛇身落處，只聽叭的一聲大響，地面上便是一條印子，有時山石都被打出一條裂痕。少年一面縱逃，一面拔出身後飛叉投擲，無奈近要害處俱被蛇嘴拱開，等到把叉發完，雖然蛇身上中了幾支，除了引得牠益發暴怒，來勢越急外，並不見有甚效用。

同時那被少年飛叉釘纏在大木上面的兩條，正各低了頭，去啣住叉柄，往外一陣亂拔。因為叉上都是倒鬚刺，先時蛇身護痛，那蛇隨拔隨止，時常捨此就彼，中道而廢，一支也未拔出。反因利口將叉柄咬斷兩根，益發嵌入肉裡。內中一條，不知怎的一忍痛，啣著半截叉柄，頭往上一揚；一根短鋼叉帶著一大片血肉隨口而起，拋有數十丈高下。

這一開始，二蛇俱都不再顧惜皮肉痛苦，緊接著又去拔那第二根不迭。

呂偉因四蛇齊上，先兩條有大木絆住無妨，不得不捨緩就急，先除那兩條斷了尾的。

誰知那少年和二獸竟不朝坡這面避來，越逃離坡越遠。弩已多年未用，恐難命中，只得停手等待。正想再不過來，便繞追上去，忽從崖口那一面飛起一柄帶著血肉的鋼叉，映著日光，搖搖晃晃落下來，斜插在前面草地之上。側回頭一看，原來是蛇身上的鋼叉，已被牠用嘴拔起。斷了尾巴的已如此厲害，一被脫去束縛，那還了得。這一驚真是非同小可。呂偉端弩朝二蛇一比，恰好左面一蛇啣住叉柄，正在忍痛上拔，全神貫注在叉上，剛剛拔出半截，頭漸昂起，真是絕好下手的良機，哪肯放過。忙一按弩簧，用十成力，將一排十二根毒藥飛星弩箭朝蛇的七隻怪眼打去。那蛇萬不料到仇敵已被同類追出老遠，還有人暗算。那弩箭俱是純鋼打造，只比針略粗，尖頭上灌著見血封喉的毒藥，發時一些聲響俱無。呂偉因恐蛇身太長，皮粗肉厚，打上去無用，專心打牠的眼睛，只要有一支打中，也難活命，何況十二支連珠發出。左蛇剛一受傷，吱的叫了一聲。右蛇不知就裡，昂頭去看。呂偉正在打第九支箭，準頭略微一偏，右蛇眼中也分別連中了四支。

呂偉還恐藥力不夠，又取出一排安上，準備再找補兩箭時，忽聞虎嘯之聲。回看少年，已被兩條斷蛇追急，又從遠處往回逃遁。兩隻猴形怪獸跟在後面，雖然用石塊去打二蛇，二蛇這一次竟似認準少年是牠仇敵主腦，一毫也不做理會，仍是緊追少年不捨。

二獸見主人危在頃刻，連引蛇兩次未引開，一時情急，趕上前去。為首的一個竟不顧厲害，伸出鋼一般的左爪，照著大的一條七寸子上就是一下。二蛇原是大半身子豎起，用靠近頸子的一段貼地，再將頭部昂起數尺，扭頸反顧。成一L字之形，以後為前，兩下分列盤桓，倒行而追。雖各斷去小半截，也有好幾丈長短。加上是兩下夾攻，遊轉如飛。

所以一任少年身手多麼矯捷輕靈，也是不易躲閃。

那大的一條追離少年最近，身子一拱，正要往下打去，恰值怪獸一爪向要害處抓來。那蛇一護痛，不顧打人，忙即張開那水桶大小，密牙森列的利嘴，正待回頭朝仇人咬去，就在這間不容髮之際，呂偉恰好看到。因見二獸如此忠義，急於相救，慌不迭地覷好準頭，一按弩簧，把剛上好的一排弩箭接連發了四支出去。剛巧那蛇張口回顧，兩支中在眼裡，另兩支俱打在大嘴之中。那蛇覺著嘴裡一陣奇痛，將嘴一閉，將頭一擺，緊接著將豎起的身子往後反打下來，那怪獸原極機警，一爪剛抓向蛇頭，便知危機瞬息，蛇必回頭來咬，並且還要防到那另一條斷蛇；身子又矮，如往上縱，恰好被牠咬著。於是一面收回左爪，一面將身子往下一蹲，避開來勢，準備往側面無蛇的一方縱去。主意想得雖好，無奈那蛇回首也是飛快，眼看雙方相對。這一來，休說被牠咬上，難以活命，便是被牠拱上一口，也未必吃得住。多虧呂偉這四支神箭，那蛇受不住痛，略一遲頓，怪獸已似彈丸離弦般斜縱出去。

就在此時，另一怪獸原向較小這條斷蛇追去，還未下手。少年所騎黑虎先時被少年喝開，只是蹲伏在附近高崗之上，朝著上面眈眈注視，後見少年危急，一聲怒嘯，便從斜刺裡追將過來，正待作勢撲去。那蛇見同類為仇敵抓傷，剛捨少年旋身去追，怪獸和黑虎也雙雙縱到。黑虎先撲上前，身子還在空中不曾下落。呂偉頭四箭得了手，一見小的一條斷蛇也旋過身來，覺著機不可失，當下捨了前蛇，一偏手，又發出三支毒箭。偏巧那蛇聞得虎嘯，便不再問同類死活，正在昂頭張口待敵之際，三支箭連珠中在嘴裡。

一護痛，閉了嘴，將身子一陣亂搖，便朝下一倒，意欲朝虎打去。這時怪獸也自縱起，大約是怕傷了黑虎，趁勢一伸兩條堅如鋼鐵的長臂，就空中抱緊蛇身，拚命往外一拔，然後放手縱落。那蛇驟不及防，不由往外一偏，落將下去。因為身子剛橫過來，正壓在前蛇的身上。

二蛇此時本是急痛攻心，又加這類鉤尾怪蛇照例是身子一落地，只要挨著東西，立時就捲。前蛇是一下打空，怒極奮力上竄，後蛇是怒極奮力下打，都是情急拚命，勢子猛烈；又值藥性發作，神志漸昏之際，這一擊一迎之力何止數千百斤，只聽咣咣兩聲。二蛇身子懸空，略一停頓，又是叭噠一響，兩蛇長身同時落地。互相往回一捲，便糾纏起來。彼此毒性大發，哪還認得出是敵是友，只略微屈伸了兩下，便和大木上兩條死蛇一般雙雙死去，蛇頭搭不上來。

這時那虎和二獸已被少年喝住。少年見四蛇先時那般凶狠，後來竟會無故死去，好生不解。坐在虎背上喘息了一陣，便獨自往大木前去。到了一看，兩條怪蛇的頭都向下垂搭著，只額上七隻怪眼有睜有閉，一時也看不出致死之由，疑是暗中得了神助。因為奇腥觸鼻，不耐久立，正待回身，忽聽二獸悲鳴之聲與虎嘯相應。知道二獸從不輕易這般鳴嘯，不禁大吃一驚。回頭一看，適才用爪擊蛇的一個，用左爪捧住一隻右爪，渾身的毛根根倒豎，由另一怪獸半扶半抱，並肩悲鳴而來，忙即迎上前去。

少年見牠那條抓蛇的右爪業已腫起兩三寸厚，皮色由黑變成了紅紫，皮肉脹得亮晶晶，似要漸漸往臂腕上腫去。知是適才拚命救主，爪裂蛇頸，中了蛇毒。這一急真是非同小可。剛伸手要向傷處撫弄，卻被沒受傷的一個伸臂擋住，不令近前。口裡叫了兩聲，將受傷的同黨放倒在地下，逕去少年身後，將那未發完的短鋼叉抽一支，拉了少年的手，往兩條斷蛇前走去。

少年因自幼生長獸群之中，頗通獸意，知有緣故，以為或者能從蛇身上想出救法，便隨了走去。快到之際，怪獸忽然鬆了少年的手，一步縱向斷蛇身前。先朝蛇身上定睛看了又看，然後用叉尖旁枝照準一隻蛇眼眶上兩邊劃了兩下，再往裡一按，輕輕往外一挑，一顆蛇眼珠便整個挑在叉尖之上，遞與少年。

少年接過一看，那蛇眼眶不大，未死以前，七隻怪眼雖然星光閃閃，都不過和龍眼一般大小。這一挑將出來，整個眼珠竟比鵝卵還大，滴溜滾圓，通體都是紫血筋網包滿。本質為灰白色，和一塊石卵相似。只正中有大拇指大小的一點透明若晶，乃蛇眼放光之處，已不似活的時候那般光明，上面還聚著米粒大小的一點紫血珠。

少年反覆仔細看了兩轉，看不出有何用處。方在焦急，那怪獸忽又將叉奪了過去，將那眼珠甩落地上，用叉尖一陣亂劃亂挑，微聞丁的一響。低頭注視，乃是一根兩寸多長，比針粗不了多少的鋼箭，血肉附在上面，俱成暗紫，這才明白那蛇致死之由。但是四顧山空雲淨，西日在天，只有滿山虎豹憑臨遊散，哪有一點人神的蹤跡。

少年方在愁急尋視，耳聽黑虎嘯聲猶自未息，起初聽出虎嘯與平時不令群豹妄動之聲相同，不似有甚變故。因一心惦著中毒受傷的怪獸，明明自己家中藏有解毒治傷之藥，二獸卻不願回去，只拉著自己手跑，知牠素具靈性，必有所為，無暇再過問那虎。及至尋那放箭來源未得，虎嘯兀自不止，剛猛然心中一動，身旁怪獸忽又拉了自己，縱身越蛇而過，逕朝虎臥之處跑去。少年隨著怪獸且走且看，見那黑虎半趴在那前坡上，朝著一株大樹不時搖首擺尾，作出親熱示媚之狀，口中卻嘯個不住。暗忖：「放箭殺蛇的救星莫非藏在樹上不成？」想到這裡，足下一加勁，只幾個縱步，便離樹不遠。那虎見少年飛跑過來，剛轉身來接，猛聽樹上有人大聲說道：「那位騎虎朋友，且慢近前，老朽這就下來了。」

原來呂偉這些時工夫，越看那少年容貌動作，越不像甚歹人，本就有了愛惜之意。無奈蠻荒遠征，攜有婦孺，終不便和山中野人交往。連殺四蛇之後，雖然自負老眼無花，當年神弩毫無減退，仍本著多一事不如少一事的主意，不願和少年相見。方喜手法敏捷如電，行藏未被那一人二獸所見，四蛇一死，少年必不致久停。正要悄悄繞道回去，與同行諸人相聚，等少年率領群獸走去，即行覓路起身。

念頭剛一打好，忽聞一虎二獸嗚嘯之聲，呂偉以為毒蛇又來了同類。擊蛇救主的怪獸，一隻右爪已然中了蛇毒，疼得亂叫。呂偉原藏身密葉濃蔭之中，又掩著半邊崖角，本極隱秘。誰知往前看時，未受傷的一獸正抬起頭來，那精光流射的怪眼竟與呂偉目光相對。心剛一驚，二獸朝黑虎又嘯了兩聲，回身朝少年走去。同時那隻黑虎卻往坡上走來，先在樹下搖頭擺尾繞行了兩轉，然後伏在坡前，舉頭向著呂偉嗚嘯不止。

呂偉方知黑虎和兩猴形怪獸俱是靈物，殺蛇之時，業已看出自己蹤跡，樹並不高，那般大虎不難一躍而上，見牠神態不似含有惡意，否則休看那麼厲害的毒蛇倒好除去，虎雖一隻，射死極易，可是虎後面還有一人二獸與那千百大豹，卻不是招惹不得。再加那些豹群聞得虎嘯，也漸漸往坡前緩步走來，在相隔一二十丈處散落蹲伏，恰好擋住去路。如果下去，必然驚動這等猛獸，畢竟不妥。呂偉再看二獸相抱，去找少年，並未見有什麼解毒之藥取出應用。自己身旁現帶有好幾種解毒神效之藥，只是這半日工夫，聽少年口音非漢非土，頗與獸嘯相似，是否能懂自己的話，尚說不定。樹下猛獸環伺，相隔又遠，一個不巧，還許為好成惡。

呂偉正在躊躇不決，那怪獸已拖了少年跑來，知道無法隱藏，只得出聲。剛把前兩句話說完，便聽少年用雲南土話答道：「放小箭，幫我們殺七星鉤子的，就是你家麼？」

呂偉聞言大喜，存心賣弄身法，鎮他一鎮，不等少年把話說完，拿出當年絕技，腳抵樹幹，從濃蔭中兩手平伸，往左右一分枝葉，一個黃龍出洞之勢，穿將出去。再用雙足交叉，右腳貼在左腳背上，借勁使勁，用力一踹，身子一繃，懸空斜升好幾丈高。倏地將頭一低，魚鷹入水，頭下腳上，雙手由合而分，直射下來，眼看離地丈許，再使一個俊鶻摩空的身法，微一旋側，便雙足貼地，立在少年面前。這一套身法解數，使得人在空中真如飛鳥一般。

那少年雖然天賦奇資，似這等能手，卻是從未見過。不由又驚又喜，搶步上前，伸出一雙鐵腕，拉著呂偉兩條手臂說道：「那麼厲害的七星鉤子，尋常要殺一條小的，也要費好些手腳，才能整死。被你小小一根短箭就送了終，你家到底是人還是神仙呢？」

呂偉被他一拉，覺著手力絕大，知他質美未學。存心想收服他，忙將真氣暗運向兩條手臂之上，微微往外一繃，少年便覺虎口脹得生疼，連忙鬆手。瞪著一雙虎目，呆望著呂偉，面現驚疑之容。呂偉含笑答道：「哪來的神仙？還不是和你一樣，都是凡人，不過學過幾天武藝罷了。」

少年道：「你說的我不信。這裡方圓幾百里的土人漢家，個個都說我力氣大。我這手要抓住時，休說是人，便是多大力氣的猛獸也掙不脫。前面有一漢家朋友，武藝著實精通，幾次想收我做徒，動真氣力，還是比我不過，至今也沒拜他為師。適才我想試試你的力氣，先怕把你捏傷，只用了三成勁。見你沒在意，剛把勁一使足，也沒見你怎樣用力，我手都脹得快要撕裂了。不是你在使法兒，還有啥子？」

呂偉因內家功夫妙處，專講以輕禦重，以弱敵強，四兩之力可撥千斤，和他一時決解說不清。便岔開道：「那是你自己用力太過，論我真力，決不如你。我看你帶的那兩隻夥伴，有一隻用爪抓蛇，穿透蛇皮，染了毒汁，甚是沉重。這等忠義之獸，你還不想法救牠，儘管說這些閒言閒語則甚？」

少年聞言，方著急道：「我兩個猴兒，並不是真猴子。一個叫康康，一個叫連連，從小和我性命相連。今日連連為救我中了毒，本想帶牠回去，向那漢家朋友求藥。牠想是因見去年我和漢家朋友比力時，有一苗人中了七星鉤子的毒，前去求藥，沒有治好，所以不肯回去。卻教康康拉了我，先尋出蛇眼裡的小箭，然後再拉我來尋你。你如治得牠好時，我洞裡面有的是你們漢人家喜歡的金銀珠子。便是你們愛的那些採不到的藥草，也能叫康康帶你去採下來相送。」言還未了，呂偉忙攔道：「我並不索謝。但是蛇毒恐怕太重，我雖帶著藥，不知能否收效。那邊腥穢之氣太重，我和你去至坡上順風之處相候，可命你那康康，去將牠背了來試試。治好了，莫歡喜；

治不好，也莫怪。去時切莫要沾牠中毒之處。」少年大喜，回顧康康，聞言早就如飛而去。

少年便隨呂偉上坡，席地而坐。呂偉先拾了些枯枝擊石取火，準備烘烤膏藥。火剛點燃，康康背了連連來到。二獸見了呂偉，先一同跪倒，拜了兩拜。連連已是痛得支持不住，倒臥在地，咬緊牙關，哼聲不已。呂偉見牠傷處已然腫到手背上面，亮晶晶的皮色變成烏紫。知道蛇毒甚烈，再延片刻便難挽救。因知那獸力大無窮，自己憑力氣，未必對付得了。忙對那少年道：「此獸中毒不輕，所幸毒只延到手背，沒有蔓延到脈中去。牠又是個靈奇的獸類，我的解藥或者能夠生效，不過這片皮肉須要割去一些。適才見牠甚是勇猛，恐治牠時怕痛，不聽約束，你能看得住牠麼？」

少年道：「這個猴兒比人還要精靈，有我在此，必不敢強，你只管動手便了。」連連也好似解得二人言語，兩眼噙著淚，不住朝呂偉將頭連點，做出十分馴順之態。呂偉終不甚放心，仍命少年緊按牠的肩頭，以防治時犯了性子。一面囑咐，一面早從腰間鏢囊以內將應用物件藥膏等取出。剪了一條粗麻布，比好傷處，將膏藥攤好。又從貼身兜囊內將呂家獨門秘製的清氛散和太乙丹取出，二藥各裝在一個小瓦瓶以內，封藏甚固。

一切準備停當，呂偉猛想起還沒水，仍不濟事。偏巧一大瓶山泉在張鴻身畔帶著。雖看出少年粗直無他，到底還無暇問及他的來歷根腳，暫時尚不願使眾人相見。偏又事在緊急，再延更不好治。想了想，只得對少年道：「現在就缺一點清泉，便可下手，急切間無處取用。我有一同伴，現帶得有，請你喝住這些虎豹，待我喚他前來。」

少年忙問：「你同伴在哪裡？他如害怕，我將這些東西喊走遠些就是。」

呂偉道：「他也和我一般，膽小不會留在這裡。不過怕他性子不好，野獸無知，萬一吃他傷了，當著你覺著不便罷了。」

少年聞言，便引頸長嘯了兩聲。那些豹群自四蛇伏誅以後，便隨少年紛紛往坡前聚攏，各自遊散坐立，姿態原不一致。少年嘯聲甫歇，由那黑虎為首，都立時蹲伏在地。

呂偉知家人現時仍藏原處，只張鴻一人在樹上相候，便高聲喊道：「賢弟張鴻一人，快將那瓶山泉帶來應用。」

原意以為這般喊法，張鴻定然明白單人前來，不會再帶別人。誰知從適才存身的樹上竟飛下來男女二人，一是張鴻，另一個正是靈姑，俱都帶著水瓶，邁步如飛，頃刻便到。那些虎豹果然連頭也未抬。已然露面，呂偉也不便再說什麼，只瞪了靈姑一眼。

見張鴻所帶的一瓶水只剩下一半，靈姑的卻未動過，便將整瓶要了過來，走近連連身旁，放在當地。一面囑咐少年留神；一面先將連連手背挨近腫處的皮，用刀斜割了一個二寸來寬的口子，再用左手備就的長鑷，緊夾上層破皮，在破口前面繫上七根紅絲。

吩咐少年把連連的手腕平伸，傷處橫斜向外。另取一把三寸多長，裝有兩截活柄的玉刀，順著掌背往上朝破口處輕輕一刮。連連儘管疼得毛臉變色，牙齒發顫，竟能瞪著淚眼忍受，毫不動轉，心中益發讚美。那腫處經這一刮，便有一股似膿非膿，似血非血，紅中帶紫，奇腥刺鼻的毒水順破口流出。玉刀刮過數遍，毒水流約碗許，手臂浮腫雖消去了些，可是那破口的皮初割時厚僅分許，此時竟腫有半寸以上。

呂偉忙對少年道：「今番牠更痛了，你小心按牠緊些。」說罷，放了玉刀，將適才小快刀在地上磨擦乾淨，鑷子伸入傷口，挑起上層浮皮，用刀朝前一割，那皮便迎刃而解。兩刀過後，由手背到手指縫為止，一條二寸多寬、尺許長的手背皮便掛了下來。跟著毒水淋漓，灑了一地，皮下面的肉已呈腐狀。呂偉將備就的麻藥灑了些上去，對少年道：「此獸能如此忍受奇痛，真乃靈物。牠周身筋骨多而肉少，稟賦特厚，看去雖然可怕，此時我已能保其無害，並且敷藥之後，痊癒必快，只管放心吧。」隨說隨又用刀將中毒之處存筋去肉，一一用刀割去。放些特製藥粉，和入清泉，將手背一片連皮沖洗乾淨。靈姑忙送上火旁烘好的膏藥，呂偉接過，搭向自己腕上。先灑些清氛散在傷處，連皮用鑷子夾起，將傷處貼好。那片破皮割後已然縮小，三面露著裂口，不能還原。

呂偉就裂處上勻了太乙丹，再將膏藥搭上，齊裂口外蓋嚴，用數十根紅絲紮緊。然後說道：「這等毒蛇，生平未見。適才雖有救牠之心，尚無把握。因想起那蛇以尾取食，逆首倒行，忽然觸機，知此獸利爪勝逾堅鋼，是牠天生奇稟。雖見牠以爪擊蛇，然而指爪前半截不腫，卻從第三骨節往上逆行腫起，必是那一節指骨以上膚紋略鬆，不似前半截堅密，故爾毒透進去。此獸明知蛇毒，敢用爪抓牠要害，也必因此，不想卻上了大當。

「割時見毒頭竟在近破口處，我如照平常治法，從開始中毒處下手，其毒必往上竄。好便罷，不好，毒一侵入腕脈和骨環血行要道，便無救了。如今重毒已去，又敷我秘製靈藥，再稍割治，便竣全功了。」說罷，便命少年將連連扶起，以免腥氣難聞。

連連經過割治之後，過了一會，面上竟有了喜容，迥非適才咬牙痛呻欲絕神態。地方換過，呂偉重取刀鑷，又將連連爪骨皮用刀割開。見那指骨比鐵還硬，蛇毒業已凝成幾縷黑色的血絲，附在筋骨之間，不住往前屈伸顫動，細才如髮，難怪指外不顯甚腥。

暗訝：「這東西真個天賦奇稟，如此重毒，竟被牠本身精血凝煉，逼著順皮孔往上竄，居然沒有蔓延到經脈要穴中去。否則縱有靈藥保得活命，這條爪臂也必廢了。」因那蛇毒凝成的血絲柔中帶剛，鑷子挑起一夾，便扯了下來，比起剛才治掌臂時容易得多。一會便將指爪的毒去淨，敷上藥，包紮停當。

呂偉一切藥和用具還未收拾，剛在山石上坐定，待問少年名姓來歷，連連倏地縱將過來，趴伏在呂偉腳前，口裡柔聲直叫。呂偉知此獸通靈，定是知恩感德。見牠面上苦痛神色俱都消失，只一條前爪還不能隨便舞動。便溫言撫慰牠道：「你因救主情殷，幾乎中毒廢命，幸遇我在此，得保殘生。山野蠻荒，毒物甚多，你生長此間當能辨識。你此時爪臂的毒俱已消盡，至多十日八日便可復原如初，以後須要留神些。」連連彷彿解得人言，不住叩首點頭。康康原蹲伏在側，也跟著上前，跪叫了幾聲，才行走開。

呂偉把話說完，正打手勢吩咐康康站立，一眼望見連連走向放藥具的山石前，伸爪便取。呂偉恐牠無知，拔了瓶塞，灑了靈藥，忙和靈姑趕過去時，康康業已拾起一物，回身走來，口中呵呵直叫。

呂偉一看，正是適才用的鑷子。那血絲附在上面，和蚯蚓一般，還是顫動不休，業已繞成好幾周，纏得緊緊的。呂偉當時因為連連五根指骨上都附有這種血絲重毒，匆匆沒法清洗消毒，一共用了五把鑷子，才算挑盡，隨手放在山石上面，逕去歇息問話，不想這東西活性猶存。先想把它燒化成灰，以免入土成蟲為害。後一想：「天生毒物，俱有妙用。蛇毒本就奇重，再受這靈獸全身精血一凝煉，簡直同活的一樣，異日如有用得著的機緣，靈效必然更大。康康特地趕來提醒，必有原因。」

呂偉想到這裡，一找身旁革囊，恰巧有一個以前裝放毒藥的空瓶。便取將出來，削了一根細木籤，搭在那血絲的頭上，順著它那彎曲之性，如繞線般繞成一卷，放入瓶中。再齊繞處切斷，將瓶口塞緊，放入囊內。再看那五把鑷子，不但血絲纏繞之處變成烏紫色，便是自己捏著鑷柄的兩個手指，也覺有些麻癢，知道毒已侵入，便是火煉水煮，也恐難以去盡。好在囊中還有幾把未用完，便命靈姑用樹枝挑起，連那柄割皮的小快刀，一齊扔入崖底。

那少年看他父女動作施治，一言不發，只管注目尋思。直到呂偉將一切藥品用具收拾入囊，才開口道：「你果然是個大好人，還有這等本事。你將我連連醫好，可肯去我洞中，容我謝你們一謝麼？」這些時工夫，呂偉一面給連連醫治，一面留神少年舉止神情，看出他雖然行動粗豪，卻是滿臉正氣，並非山中土人之類，分明漢人之秀，不知何故流落蠻荒，料他身世必有難言之隱，頗想知其梗概。反正女兒已然出面，餘人也無須再為隱藏，荒山難越，到他洞中暫住，上路時正好相須借助。便笑答道：「謝談不到，到你洞中拜訪，原無不可。只是你我相見好一會，彼此尚不知名姓，豈非笑話？我名呂偉。這是我賢弟張鴻和我女兒靈姑。餘外還有幾個同伴和馬匹行囊。我們是由川人滇訪友。你且把你的名姓來歷說出，再去好麼？」

少年道：「我無名無姓，雖有真名姓，被我藏了起來，還不到告人的時候。這附近還有一個鄰居，手下有幾百人，都會武藝，射得好箭，卻沒你本事大。因我常騎黑虎遊行，又能降伏野獸，都叫我做虎王。你們也叫我虎王好了，就是叫我老黑也很喜歡。至於我的來歷，他們和一位道爺也都問過，你是第三回了。提起來，話太長，這裡離我家還遠著呢，到家再說吧。太陽都快落山了，我走慣了不妨，你帶有女娃子，山路怕不好走。你把你的人都叫來，同我騎著豹子回去吧。」

呂偉心想：「你有降獸之能，生人如何騎得？」見天果然不早，知道群豹不會起立，便命張鴻和靈姑回轉原處，去將眾人和行囊馬匹接了來，一同上路。

兩地相隔原只數十丈遠近，呂偉忽聽張鴻驚喊之聲，知道出了變故，心中一驚，不顧和少年說話，連忙趕將過去一看，見張鴻、靈姑滿臉驚疑之色，正在四下隙望，高聲呼喊。除洞中藏馬、行囊尚在外，人卻一個沒有。問起靈姑，說是因見蛇獸相鬥方酣，早和眾人離開，去至張叔父所待的古樹之上觀鬥。離開以前，還見眾人在洞側僻靜之處取食乾糧，可是一直未曾回看，也沒聽到過一點聲息。一聽爹爹呼喊，便隨著張叔父同去。

呂偉細查地上，並無血跡，石地上又不留腳印。登高四望，崗嶺回環，峰巒雜沓，亂鴉歸巢，夕陽滿山，一片蒼莽之象，並無一絲一毫跡兆可尋。料失蹤已久，眾人俱會武藝，出事時怎會全沒聲息，

正在焦急不解，虎王和康、連二獸也已到，見呂、張三人惶急神氣，便問何故。呂偉猛地心中一動，便和他說了。

虎王聞言，兩道劍眉倏地往上一豎，大怒道，「這裡猛獸只豹子最多，都有我吩咐過，只許吃獸，不許吃人。並且我所到之處，別的野東西全都躲開，此事定是花皮蠻子做的無疑。你只管放心，他們吃活人，都是在半夜有大月亮時候，此時還來得及。你三人只管跟我回家，我叫連連帶幾個大豹前去，將他們背回到家，包還你原人就是。」

呂偉仔細想了想，無計可施，見虎王意誠自信之態，平時必受蠻人拜服，或者有挽回之望，除此之外，又別無善法。只是去的都是野獸，雙方言語不通，總覺為難。張鴻心痛愛子，卻願隨往。虎王道：「你們去一人也好，可騎著豹去，好快些。」說罷，對連連叫了幾聲。

連連將頭一點，逕往豹群中縱去，一會便帶了七隻金錢大豹走來。虎王挑了一隻最大的，走向張鴻面前說道：「這些豹子雖然長得猛些，倒還聽話，你只管騎牠無妨。康康、連連常和我在一起，那些花皮蠻子都認得牠們，天大的事也不要緊。」

張鴻見那豹子足有水牛一般大小，自己當然不能膽怯，道聲：「多謝。」便騰身而上。那豹只微微抖了抖身上的毛，站在當地，動也不動，果然馴服。康康也騎上一隻，又帶著三隻。虎王口裡一聲呼嘯，康康一豹當先，餘下一人四豹跟在後面，便往前面高崗上縱去。只見前途林薄風聲，塵沙四起，眨眨眼的工夫沒了影子。

還剩下兩豹，虎王對呂偉道：「我騎的黑虎要馴善得多，小姑娘一人騎豹恐騎不住，還是你帶她同騎這黑虎吧。那些行囊兵器，可分一多半綁在豹上，省得馬累。」

那匹川馬，先前藏在石洞裡面，本就嚇得戰戰兢兢，連聲音也不敢出。適才被張鴻強拉出來，再一放眼看見這麼多的猛獸，益發嚇得渾身亂抖，拚命想掙脫韁索逃去，不住頓蹄哀嘶。及至三人商定同行，靈姑到石洞內將適才存放的行囊取出，分了一多半與虎王，由他用索去綁在豹上。想把幾件緊要一點的東西，仍是由馬馱著。正待紮放之際，那馬繫在樹上已掙扎了好一會，不知怎的一來，竟被牠將勒口嚼環掙斷，四蹄騰空，沒命一般直往靈姑身後坡下面森林中縱去。呂偉正助虎王往豹身上紮綁行囊，沒有顧到。

靈姑一把未抓住，只揪下幾縷馬尾。那馬一逃，連連左爪捧著那受傷的右爪，正坐在山石上面，早跳下去拔步追去。面前群豹各自昂首吼嘯，大有作勢欲追之概。

虎王和呂偉也趕將過來，虎王問呂偉：「還要那馬不要？」

呂偉先見那馬悲嘶可憐，不由動了惻隱之心。再加跋涉不易，這等家畜決不敢與虎豹同行，本有放牠之意。便答道：「說也可憐。此馬共是四匹，一入滇境，先被野獸偷吃了兩匹，今日又被毒蛇吃了一匹，只剩這一匹。九死一生之餘，見了這麼多猛獸，想必是害怕。適才從高處下望，前途路越難走，留也無用。這一路上牠也是死裡逃生，就由牠去吧。」

虎王聞言，回顧連連不在，笑道：「如今連連已追下去，既是這樣說，索性看你面子，給牠留一條活路。要不的話，這些豹子，因我沒說話，不敢去追，改天遇上，仍是口中之物，放牠白放。」言還未了，便聽馬蹄得得之聲，連連已將馬擒住，騎了回來，交與呂偉。

呂偉見那馬滿口流著鮮血，毛髮皆直，呆呆地站在當地，知已嚇破了膽，竟不顧疼痛，將勒口掙斷。便取了傷藥，與牠敷上。然後說道：「你不必害怕山路難行，今日我放你一條生路。只是這裡不比蜀中有城鎮的所在，就說虎王開恩，手下虎豹不敢傷你，山中別的毒蛇猛獸甚多，望你隨時留意，勿為所傷。你自在山中優遊，以終天年，也不枉我放你一場。」

那馬年口尚幼，通體白如霜雪，行起來穩捷非常。靈姑最愛牠不過，只苦於當時不能帶去。心中忽生癡想，取了一根絲絛，將自己一枚玉環給牠繫在頸上，以為異日尋覓之證。

虎王看了好笑道：「你父女放一匹馬兒，也如此嘮叨。等我招呼一聲，就放牠走吧。」說罷，剛張口一吼，連連想已明白就裡，先指著那馬朝群豹吼了兩聲，又從腦後拔一縷長髮，逕去結繫在靈姑玉環以內，朝馬股上一拍，那馬撥轉身，仍朝坡下面叢林中緩緩跑去，去時回首反顧，竟似有戀主之意。呂偉父女也覺難過。

虎王又將另一小半行囊擇了一隻豹子綁好，才請呂偉父女二人上虎。靈姑因虎王先時頗有小覷女子之意，還想獨騎一豹。呂偉雖知無礙，到底毛面之物，性野難測，愛女年幼，忙低聲喝止。靈姑性孝，雖然不敢違命，終究有些不快。當下呂偉父女同騎黑虎在前，連連騎在綁有行囊的豹上，後面隨著虎王和豹群，一同往虎王洞中進發。

下了坡，走進虎王來路那一片森林之中，林中盡是合抱參天的大樹，雜草怒生，濃蔭蔽日，陰森森的，往往十里八里不透一絲天光，又當落日啣山之際，陽光被來路一片高嶺擋住，越發顯得幽晦。所幸經行之路，叢草已被群豹踏平，人又騎在虎上，還不顯得難走。若是步行，休說叢莽載途，不易通過，那草際裡往來跳躍的蛇爬之類也不知有多少，如若誤踏上去，被牠咬上一口，不死也帶重傷了。

呂偉在虎背上刻刻留神，深恐蛇蟲傷了愛女，命靈姑將佩劍出匣，將足擱向虎項，自己再摟抱著她，以防萬一。靈姑素來膽大，卻是毫不在意，不時回首與老父笑言，左顧右盼，野趣橫生。呂偉想起同伴失蹤，心甚煩憂，深悔入滇以後，不該仍走山路，以致鬧出事來，張鴻此去將人平安救回還好，萬一遭了蠻人毒手，怎樣問心得過？心中只管盤算，忽聽靈姑手指後面喊道：

「爹爹快看！」

呂偉回顧，這一帶林木相隔漸稀，只見千百豹群繞樹穿行，隨定虎王身後跑來。萬蹄踏地，枝葉驚飛，樹撼柯搖，塵沙滾滾，聲如潮湧，真個是生平未見的壯觀。不由雄心頓起，暗忖：「這裡景致雄奇，風物優美，只是榛莽未闢而已。此番如將虎王收服，到了大理，要是尋訪不著陳敬，索性便回到此處隱居。仗著他有這役使群獸之力，任什麼事業興建不起？管保一二年工夫，便能做到安居樂業的地步。那時再招來一些親友，造一個世外桃源，長為避地之人，豈不是好？

不過虎王說他附近還有數十家鄉居，俱是會武藝的漢人，能在此間居處，定非庸俗一流。這西南半壁，三十年來有名的英雄人物，不是好友，也和自己通過聲氣，竟沒聽說有這麼幾十個歸隱深山的人。想了好一會，也未想起，自信是一時遺忘，其中必有熟人在內，就是當面不識，提起來也必知道。只奇怪虎王天真未鑿，看去極易網羅，這些人怎不把他引為同調？且等到了那裡，命虎王領去拜望，看他們佈置設施，怎能與虎豹同處，便知明白。

呂偉一路尋思，那片森林已快走完。康康和虎王在後面忽然對叫了幾聲。呂偉回望，虎王面上似有不悅之容，以為他用獸語責備連連，並未在意。剛一出林，便見前面是一條平坦寬廣的草坪，萬花如繡，雜生在繁花碧茵之間。左面小山頭上立著一夥短衣草鞋，手持弓矢刀槍的漢子，約有八九人，有幾個膀上架有鷹雕之類，正站在一處說話。一見呂偉和虎王先後出林，內中兩三人倏地撥轉身，如飛往小山後跑下去。餘下還有六人，俱向虎王舉手為禮。

虎王喝道：「我對你們說了幾次，不許你們過山南來。我的豹子，要到山北去傷了你們雞牛羊豬，也由你們打死，決不過問。上次你們的人偷偷過山傷了那麼多的豹子，休說他們，康康、連連都紅了眼，向我哭訴，要尋你們頭子算帳。我看在你頭子面上，沒有去說。你們怎這般不知趣，又來打什麼獵？今日沒見你們打死我的豹子，權且放你們回去。再不聽話，我便要你們把上次偷偷過山殺我豹子的捉來，給牠們生吃。如再惱得我性起時，我連山南的虎豹野騾都帶到你們山北去，由你們去殺，省得再偷我的。一句話，看是你們殺了牠們，還是牠們吃了你們。」那六人聞言，俱都羞憤得面紅過耳。

內中一個強顏答道：「上次三當家的殺了你五隻豹子，並非無緣無故。也是你那豹子偷吃了我們的耕牛，又將大象抓傷，我們追下來，才過山界。不然，誰願和你無事生非呢？」

虎王還未答言，連連便怒嘯起來，作勢要朝那人奔去。虎王喝止道：「你說的話我上次已問過，康康、連連牠們都說豹子自被牠兩個嚇過一回，我不帶去，從沒私自過山，你的話我決不信。事已過去，從今日起，除了有時還請你頭子，許你們來外，再如偷偷過山打豹，我也不和你們計較，一任康康、連連牠們隨便處置，傷了人時，休怪我不講情面。」

那六人鬧了個無趣，悻悻然往小山後走去。

呂偉方要問時，虎王一聲長嘯，胯下黑虎早如飛往前跑去。穿過平原，又走不遠，便是一片摩天峭壁擋住去路。虎王在後高叫道：「呂老哥，我的洞就在峭壁頂上。平時只我空身一人和康、連連能夠上下。如騎著牠們時，還得從乾溝子裡跑下跑上。溝邊路大陡，牠們跑起來都要跳，你把小姑娘抱緊，兩腿夾緊虎肚皮，留一點神，看把小姑娘顛了下去。」

呂偉還沒答言，靈姑已回首嬌嗔道：「我只不認得路才騎這虎，別的都不勞費心。」說時，那虎已沿壁跑去。越往前走，路越窄，寬不及丈，排雲高崖，下臨深澗。回顧後面，千百群豹順著圓曲窄徑，大部魚貫貼壁而行，上下盤旋於峻壁危棧之間，和走馬燈相似，煞是好看。繞行里許，路徑漸向低處展開。又行了半里，見前面崖中腰突出一塊怪石，形勢奇峻，約有數十丈高，上豐下銳，宛如一柄絕大的斧子懸空嵌在壁裡，將路隔絕。

靈姑正算計如何過去，那虎忽然停步，連身磨轉，頭朝澗口，蹲伏在地輕嘯了兩聲。虎王帶了康、連二豹同驅，已趕向前面，說道：「呂老哥，我到對岸接你們去。」說罷，雙雙一拍豹頸，兩隻水牛大小的金錢花斑大豹，已離岸往澗底縱去。靈姑低頭往下一看澗中沒有水，這一段地勢又降下許多，由上到澗底最深之處不過三丈高下，對岸比這邊還低得多，加以兩岸相隔十數丈，近岸處還有坡道，看去雖然有些險陡，自問不騎虎也能隨意上下，暗笑虎王太輕視女子，這樣一個平常地勢，也拿來嚇人。方在沉思，澗底一人三獸已連縱帶跳，上了對岸。

虎王點手一招，喊聲：「呂老哥留神些。」黑虎便站起，往後倒退，到將近崖壁的地方，猛地豎起長毛，身子朝下又是一蹲。呂偉方以為牠也和二豹一樣，作勢要往澗底縱去，剛把兩腿一夾，兩腳往下一鉤虎肚，雙手一摟靈姑時，那虎已凌空而起，一躍十餘丈直往對岸縱去。二人在虎背上如騰雲一般，只覺耳際風生，頭眼微暈，身子比飛還快，轉瞬之間，那虎已直落對岸。靈姑原想到了澗底，出其不意離開虎背，一試身手，不料跨下黑虎這般猛力，不由吃了一驚。未得賣弄，只好暗自生氣。

接著，群豹也紛紛由澗底縱上。這次改了虎王當先，繞向前崖，同下坐騎。虎王的洞正當崖頂之中，崖左一片廣場，大有百畝，用合抱的大木做成柵欄，裡面獸骨零亂滿地。崖右是一片盆地，比左面廣場大得多。虎王也不知從哪裡移來千百種奇花異卉，種在裡面。草本也有，木本也有，每種占著一片地，大小不等。崖壁上下也盡是藤蘿佈滿。

萬紫千紅，競豔爭芳，微風一過，繁馨撲鼻。

虎王一到，連連一聲長嘯，豹群便爭先恐後往柵中跑去，一個不留。僅剩那隻黑虎蹲踞崖前奇石之上，雄瞻俊矚，神氣威猛。通崖頂的道路乃是用許多塊大小山石，就著崖這面原有的坡角危磴，沿壁堆砌而成。那石最小的也有三五百斤，重大的竟達千斤以上。

虎王說：「我自幼能沿著光壁攀行，何況滿壁俱有老藤盤糾，足可上下，原用不著這等佈置。只因發現山北近鄰以後，彼此時常用米糧獸角鹿皮交易，日久相熟，不時宴請。自己無處購物，只好用山果野菜鹿肉和猴兒酒做回敬。一則來人到此，無法上來，二則近鄰手下頗有不少惡人。處長了，知道了我的底細，豹群每晚入柵便不准再出；康康、連連雖比虎豹還凶，可是好酒，多飲便醉不知事。於是結了夥來偷殺豹子。有一次，來人被崖前黑虎咬死了兩個，可是有兩隻大豹被來人打死搶去，黑虎也受了點傷。自己去尋近鄰頭子理論，始而推說不知，後來賴不過，又經不起一味軟語陪話，只率罷手。

「從此方有了戒心。豹子死去幾隻無妨，那虎自幼相隨，情如家人，又咬死過兩個對頭，恐暗中尋仇，將牠害死。這才和康、連二獸計議，一同役使群豹，從別處搬運了些石頭來砌成石徑，以便黑虎和來客可以上下。自己每晚一歸洞，由牠和康、連二獸輪流在洞前值夜。近鄰手下又來過兩次，俱都吃虧。如非自己不願傷人，幾乎被康、連二獸抓死，這才不敢再來了。這些話提起來很長，我極想留你們在這裡住上幾天，等我叫康康、連連到山裡去採些黃精藥草，再親送你們過山，這一路的野東西和瘴氣甚多，免得受害。」

說罷，便請呂偉父女上岸。行至崖半，見洞中火光甚亮，一問，才知是連連乘三人說話時跑上去，將火把、石燈一起點燃的。一會到了崖頂，這時日已落山，暝嵐四合，一輪大半圓的明月剛從東面山頭升起，四外猶是暗沉沉的。呂偉因失蹤的人尚無影響，張鴻未回，雖然不算絕望，虎王又說得那般結實，心裡始終在懸念。

剛一張口詢問，忽見虎王和連連指著崖西對叫了幾聲。虎王兩道劍眉倏地往上一豎，對呂偉道：「那花皮蠻子的巢穴，就在西邊暗谷裡面，由這裡去不甚遠。如由來路彎轉過去，差不多要添上半個往返。雖然離這裡遠些，但是他們一出谷，這裡崖高，連連能在黑夜看東西，今晚又有月亮，更是一眼可以看見，剛問說是並無他們蹤影。山周圍數百里，除了近鄰數十家是種地打獵、採黃精藥材與山外交易過日子，從不害人外，只有崖西的花皮蠻子人又野又多，專一劫殺生人。可是那幾個有力氣的頭子，自被我打過兩次，休說我的朋友，連這裡走出去的豹子，他都不敢動一根毛。

「去年雪天，近鄰有一個長工誤被他們捉去。我還沒有打發康康、連連，只叫近鄰來人騎了黑虎去要，立時鼓樂送回，還貼了好些金砂，算做陪禮。今天這事奇怪，要不是他們做的，又是哪個呢，好在月兒未上，等一會，他們如還不回，你父女在洞中等候，留連連做伴，我自騎虎前去，不消一個時辰，定給你將原人找回便了。」

虎王和呂偉正說之間，連連忽然對著山北那一方昂首長嘯，聲音清越，響振林木，四外山谷俱覺起了回音。靈姑聞聲回顧，見山北那面是一道高嶺橫臥，長達百里，中間還隔著一條大澗，離崖不到十里，望過去草木甚稀。戲問連連道：「他們來路在山西，你朝這面喊啥子？」連連用左爪朝西面指了指，再由西往北，畫一個半圓圈，口裡嗡嗡嗡又叫了幾聲。

虎王走將過來說道：「小姑娘你不懂牠的話。牠是說你們那幾個同伴，也許被花皮蠻子劫到半路，被山北近鄰手下人救去。這是他胡猜，如是這樣，更該早回來了。」話剛說完，連連用爪拉了虎王一下，又朝山北指了指。三人猛聽嶺那邊也似有了與連連相同的嘯聲，呂偉父女還當是山谷回音，餘響未歇。後見虎王側耳細聽，月光照在面上，有了喜容。再靜心一聽，竟是越聽越真，料是康康歸來無疑，不由又驚又喜。

一同立在崖頂，向山北注視。接著連連又朝北山嘯了兩聲，益發聽出是兩個異獸互相應和。呂偉問虎王：「嘯聲可是康康？」

虎王點了點頭道：「是倒是牠，不過人沒全回來，這事情還是奇怪，其中必有原故。我雖懂得獸語，無非是從小和牠們在一處長大，見慣聽慣，知道一些，不在面前看牠神氣動作，終要差些。牠在山那邊吼，聽不甚清，反正免不了有事。好在不管是花皮蠻子不是，只有了準實地方，人又好好地留在那裡，便不怕他們敢動一根汗毛。你老哥放心，等他們到來，見面問明再說。」

呂偉這時對虎王又添了幾分信賴，聞言心寬了許多。暗忖：「他說那數十家近鄰，定有江湖上老友，或是彼此知名之人在內。想是適才從蠻人手中救去他們以後，問出彼此交情嚮往，恰值張鴻趕到，想來看望。偏和虎王有隙，不放，又惹他不起。惟恐自己一宿即去，不得相見，故此留下一二人，以便約去一敘。」靈姑因虎王小覷自己，屢想乘機施為，只是不得其便，另是一番打算。

父女二人正在凝望尋思，忽見虎王手指前面笑道：「你們的同伴來了。」接著又道：「這狗東西，也跟來作甚，當真地不怕死麼？」

呂偉父女只聽一聲「來了」，底下的話還未聽清，忙雙雙定睛隨虎王手指處一看，對面嶺脊上跑下來五隻大豹，上面分坐著男女五人。豹行如飛，雖然看不清面目，恰好月光已上嶺脊，已認出康康、王氏夫妻和那個半大小孩，人數恰是五個。正對那一人，當是張鴻無疑。嶺底月光被高崖擋住，來人跑下嶺半，便沒入暗影之中，只微微見著五團黑影繞崖飛駛，耳聽豹蹄踏地之聲，頃刻便越過於溝，到了崖下。呂偉正要下崖去接，忽聽靈姑道：「這是誰？張叔怎麼沒來？」

呂偉聞言，定睛往下一看，果然張鴻未到。五隻大豹，一隻背上坐著王家妻子，一隻上坐著王守常和張鴻之子張遠，一隻上坐著異獸康康，空著一隻，另一隻坐著一人，身材與張鴻相似，卻穿著來時在山南高坡上所遇那幾名短裝壯漢的打扮，年約四十開外。

眾人一到，康康首先朝虎王奔去，口中連聲叫嘯。那人也跳下豹來，未容呂偉說話，便舉手為禮道：「呂老英雄，可還認得愚下麼？」呂偉見那人並不面熟，想不起在哪裡見過。方要答言，虎王已氣沖沖地飛縱上前，口裡罵道：「該死的狗東西，我叫去的人，怎不放回？你還有這大膽子到此麼？」說時，伸手抓將過來。

那人身手也頗敏捷，忙一縱身就是兩三丈。一面避過虎王的手，一面口裡說道：「虎王不要生氣。他們都是我們的朋友，留他並無惡……」底下「意」字還未說出來，不料虎王好躲，異獸難當，連連右爪雖然受了傷不能動，那隻左爪依舊非人力所敵，見主人發怒伸手，早不等吩咐，縱將過去，月光底下，只見一條黑影，如鳥飛墜，倏地騰空下落，早將來人有臂抓住，舉了起來。那人任是英雄，也經不起這等神力，立時覺著奇痛徹骨，如非久經大敵，幾乎痛出聲來。

幸而素常知道這東西的厲害，不敢抗拒，以免自取殺身碎骨之禍。方在膽寒，以為不死，必帶重傷。

幸而呂偉料出來人定是故友，一見情勢不妙，連連手狠，顧不得勸止虎王，慌不迭地縱身過去，大喝道：「連連快放手！虎王也快請息怒。等問明這位朋友的來意之後再說。」連連原懂人意，見是恩人相勸，才行放下。同時虎王也追將過來，餘怒兀自未息。

呂偉再三勸阻，才氣忿忿地停手道：「上次偷殺我豹子，便是這廝為首。今日把你同伴留住，還敢大膽前來。且聽他說些什麼，如傷了張老哥半根頭髮，我叫他整塊回去才怪。」

那人也頗似個漢子，雖然被連連鐵爪一抓，疼得臂骨欲斷，仍然強掙著，不露絲毫。略微緩了緩氣，等虎王把話說完，便哈哈笑答道：「你的豹子過山吃我們豬羊，又傷了小村主的愛狗。他每日吵著報仇，追過山來，又有你護庇，我們不暗下手怎的？這般猛惡的野獸，別人殺還怕殺不完，沒見你成千的招來當家畜養，時常放出，傷人害畜。你不過倚仗養了兩個惡獸做爪牙，有什麼本領出奇？

「今日我們往西大林打獵回來，遇見十多個花皮蠻子，生劫了一對夫婦和兩個小孩，沒有回到他們巢穴，便打算就地先升火，烤吃那兩個小孩。我們原也不願多事與蠻子結仇，無非見被難人都是我們同種漢人，激於義憤，按捺不住，上前將蠻子打走，還傷了一個同伴。身旁都沒帶著解藥，才搭回村去，由村主用藥將他們救醒。一問這位王朋友，才知是呂、張二位老英雄的親友。村主與呂英雄自從當年一別，便隱入此山，享盡清福，常感呂老英雄的好處。難得有重逢之機，怎肯錯過。又知往大理去得心急，恐怕邀請不到，特地將四位親友留在村中，正要派人前往青空洞一帶，尋找呂、張二位老英雄的蹤跡，以便接他二位到村中敘上幾日，再送上路。

「不料張老英雄帶了你的惡獸前來要人，說是呂老英雄助你除蛇，已和你交成朋友。後來知道同伴失蹤，你猜是蠻子所為，先命惡獸同張老英雄去尋蠻子。到了蠻窩，才知人被我們中途救去，兩個蠻頭還要尋找我們的晦氣哩。於是康康又領了張老英雄抄小道近路趕往我村，才知經過。村主本想全數留住，請張老英雄修書來請，你那惡獸執意不肯，一味逞凶胡鬧。村主看你面上，又不好意思傷牠。末後是由張老英雄作主，命惡獸將四位親友護送回來，他本人暫留我村。村主嫌不恭敬，命我前來致意，請你明日陪了呂老英雄與諸位親友同去赴宴。

「原是一番好意，怎麼我一到，不問青紅皂白，便仗著你有惡獸助紂為虐，人獸齊上，算得了什麼漢子？對你說，如要真和我們為敵，我村中也有兩個朋友，同樣養著披毛戴角的異類，明日正好回村，有本領的，明日陪了呂老英雄同往，到時人與人比，獸與獸比，分個高下存亡，豈不勝敗都說得出去，如若只逞強暴的話，我只一個人，天大本領也打不過成千的畜生。想要殺我容易，那你便把收養的虎豹都放出來好了。這般頸紅臉脹，也像是與畜生同了宗，要吃人的樣子，擺將出來能嚇哪個？」

虎王性直，先聽來人口出不遜，兩次要撲了上去，俱吃呂偉阻住。後來聽出是呂偉之友，愛屋及烏，氣方平些。不料來人又說出那一番挖苦話來，自己拙於詞令，無話回敬，只氣沖沖地說道：「老楊你既敢說這話，我容你多活一天，省得說我站在門裡方狠。就依你，明日准同老哥到你村裡去，人和人比，獸和獸比，只是不要說了不算。你仍騎著豹子去，跟村主報信吧。」

那人冷笑道：「來時為的是好與王朋友做一路，否則這些孽畜遇上我便難活命。我自有腳，誰耐煩騎牠？我還沒向呂老英雄致意呢。」

呂偉忙上前，舉手為禮道：「在下實為眼拙，想不起在哪裡和楊兄見過。貴村主既是在下舊交，但不知貴姓高名？還望寬恕愚妄，明示一二。」

姓楊的道：「在下楊天真，與呂老英雄只有一面之緣，當時又未交談，難怪老英雄想不起來了。至於敝村主，他來時曾經囑咐，這廝只知他的假姓，不說出真的，未必能想得起。故意要留個疑團，讓老英雄猜，以博見時一笑。他又不比在下是個無名之輩，說出來也無人知道，暫時未便相告，尚乞原諒一二。張老英雄現在敝村，原意想請老英雄今日便同了諸位高親貴友前往敝村，看這廝神氣，必要堅留。你我俱憑當年江湖上的義氣，無須多說套話。只請老英雄和諸親友明日一早光臨，與敝村主暢敘些時，以解渴望，就便看在下等和這廝一見高下，想是不吝教益的了。」說罷，將手一躬，不容呂偉答話，道聲：「再見。」逕往來路上走去。

呂偉見那姓楊的談吐犀利，言中有物，江湖上的過節極熟，而且毅力堅強，穿山過澗，縱躍如飛，武功頗有根底，料非常人。只是近數十年，江湖上姓楊的朋友雖有幾個，都是熟人，決不會見面不識。除此之外，只當年滇中五虎，有兩個姓楊的弟兄在內。但是前多年自己相助友人保鏢入滇後，便好似沒多聽人說起，以後更不聞五虎聲息。算是聞名，也沒有見過，怎會相識？若說是個無名之輩，又焉能有此身手？尤其那村主，連虎王也不知真姓，更是可疑，料有原故。便詳問王守常夫妻被險遇敵經過。

王守常說是，日裡在觀蛇獸相鬥時，正用乾糧，靈姑因嫌看不真切，剛去至張鴻藏身的樹上，眾人只覺一股香中夾著騷臭的氣味吹來，便失了知覺。醒來人落在一個大村寨內，為首一人年約五旬左右，看去甚是英雄。手下劫人甚多，個個矯健非常。一邊木榻上還臥著一個受傷的，一問才知被花皮蠻子用迷香將人迷倒，準備劫將回去生吃。幸遇見他手下打獵的人救了回來，用解藥救轉。內中一個還被蠻子梭標打傷，蠻子也死傷了好幾個。問他姓名沒說，反問眾人姓名來歷。

王守常先猜他是深山隱居的高人，對人這等義俠，又有救命之恩，因知西川雙俠交情素寬，天下知名，便對他說了實話。那為首的聞言，先似臉色微變，末後又改了喜容，除盛待眾人外，並說呂老英雄是他平生知己之交，難得過此，請恐請不來，意欲眾人暫留，呂老英雄少時失了同伴，必要尋來。

他一面再派人迎上前去，以免迷路，如此方可相見等語。餘人都在交頭接耳，議論紛紛，正不知是何意思。張鴻便同了康康，帶著五豹從蠻窩得信，趕去要人，村王立時恭禮請進。剛商量連張鴻也一同留在那裡，異獸康康便暴跳示威起來，庭前兩根合抱的短石柱吃牠鋼爪抓得粉碎。還算好，沒有真個傷人。張鴻覺著難以為情，忙大聲攔阻，與康康比手勢商量，仍非一同回去不可。最後說好眾人由康康護送回來，只張鴻一人獨留才算完事。那些人都管為首的叫二哥和村主，並沒提名道姓。便是張鴻，也不認得他。走時，又派那姓楊的護送來此，並代致候。

那村寨建在高峰半腰，高約十丈，下用巨木支住，背山臨水，甚是雄險。還有二三十所人家，散置在壁崖危巘之間。下面是一灣清溪，良田數百頃。有一條人工的盤路，以備車輛通行，可以由下面繞到崖後的大石坪上去。山田也不在少，遍處都有果樹桑麻。必是洗手歸隱的江湖上有名之士無疑。

呂偉問了一會，問不出所以然來。見虎王猶在生氣，又勸了幾句，才一同二次上崖，逕入虎王洞內。見裡面甚是高大，所有用具多半是用二獸採得的金沙，向山北村寨中換來。虎王坐定以後，便和康、連二獸去弄飲食，眾人也跟著相助下手。飲的雖是山泉，吃的除鹿肉外，一樣也有羊雞豬牛和從鄰村學種植的菜蔬。飯食是用青稞穀、山芋製成的糌粑和粥。鹽是本山天生岩鹽，甚是鮮美。還有二獸向絕頂強逼猴子貢獻，用各種花和果子釀成的猴兒酒。眾人饑乏之餘，吃得更是香美。

酒飯用罷，連連又用竹兜盛著半不知名的鮮果奉上。呂偉給連連換洗了一次藥，然後歸座敘談，漸漸拿話去套虎王的身世。虎王對自己姓名來歷原極穩秘，連那北山後的近鄰和他相識多年，俱沒有吐出他的底細。這次和呂偉父女等雖是萍水相逢，不知怎的，合了他的脾胃，再經呂偉話中引話，竟一一說了出來。眾人一聽俱都驚歎不置。

# 第十一章　深宵促膝

原來虎王姓顏。乃祖顏浩，文武全才，又精醫理，在明熹宗時官居御史，因參逆黨，落職被害。乃父傷心父仇，暗思自己不能報仇，覥顏偷生，改名顏覥，攜著妻室逃往雲南。原準備暫避逆黨凶焰，遇機再行報仇。誰知逆黨網羅密佈，到處搜捕嚴緊，稍大一點的地方便存不得身。仗著會點醫道，自幼學過一點武功，便逃往雲貴深山苗疆之中，隱起姓名，為苗人治病，糊口度日。

此時顏妻業已懷著虎王，因為平日跟著丈夫辛苦逃亡，未免勞頓一些。這日打聽出一處趕集，又值空乏之際，相隨出去行醫。顏覥算計乃妻相隔臨盆之期，至多不過一二月光景，又值春夏之交，蠻煙瘴雨，暑熱鬱蒸，天時陰晴，一日數變，既恐動胎，又恐染了瘴毒，原再三勸她不要偕往。顏妻因為昔人粗野，不知禮節，不願孤身一人在家，執意非去不可。少年患難，彼此自多愛憐，顏覥不忍違拂，只得同往山墟中走去。

走入萬山之中，行經一個極險峻的山崖之下。二人初來路生，不知那崖左右慣出奇禽猛獸，連苗人通行都有一定時間，因為行路疲勞，少坐歇息。一會覺著口渴，顏覥自去尋水，讓顏妻坐在崖前山石上等候，去了好一會未回。顏妻雖知那一般的地方土人最敬走方郎中和買賣雜貨的行客，乃夫又有一身武藝，不致出甚亂子，只是口乾舌燥，熱得要噴出火來，再也忍耐不住。欲待跟蹤尋去，又恐乃夫從別處繞回，彼此相失。顏妻正在焦渴無計，忽見遙天高處有一片黑雲移動，先未怎麼在意。過有片刻，猛覺一陣暴風撲面吹來，眼前一暗，似要變天神氣。忙抬頭一看，一片黑影，正從後頭上天空中往身後崖頂飛越過去，疾如暴風吹雲，一瞥既逝。飛過時，地下面的日光竟被它遮蔽了數畝方圓之大。也沒有看清那東西的全身，黑影中彷彿見有羽毛翻動，鳥爪隱現，猜是怪物之類。

顏妻心剛一驚，忽又聽崖頂折枝之聲微響兩下，接著便聽骨碌滾墜下一些石塊。顏妻身在崖下，恐被打傷，忙將身往崖凹中一躲。又聽噗噗兩聲，那石塊正落在身前不遠。

定睛一看，哪裡是什麼石塊，乃是兩枚不知名的山果，其大如碗，葉已迸裂稀爛，汁水濺流，芳香四溢。休說是吃，聞那股氣味，也覺心清神爽。顏妻來自北方，苗疆佳果多不知名，以為是崖頂產的好果實，被適才怪物帶起大風吹落。可惜跌得稀爛，恐地上留有蟲蛇盤踞過的餘毒，不敢輕易拾起解渴。方在惋惜，一陣山風吹過，崖腰又有響聲。

抬頭一看，正是同樣一枚異果，方才墜至崖腰，被一盤藤蔓絡住，風吹藤動，鬆落下來。

心中大喜，連忙伸手一接，恰好整個接住。取出身旁佩刀，劃開了皮，裡面整整齊齊攢聚著十二瓣果肉。揭下一嘗，真個甘芳涼滑，汁多味美，無與倫比，立時心曠神怡，煩渴盡去。連吃了六瓣，打算把餘下的六瓣留給顏覘。

顏妻正在蹺足凝望，忽見顏覘披頭散髮，身帶弓刀全都失去，從前路上跌跌撞撞，亡命一般往斜刺裡山徑之中跑去，邊跑邊朝自己搖手，隱隱似聞：「還不快逃！」再往他身後一看，相隔十丈左近，一條比水牛還大，吊睛白額，烏光黑亮的大虎，正跑步跟蹤，追隨不捨，不禁心驚膽裂。

日前山行，顏妻曾遇見兩個大豹，俱被乃夫打死。並且所帶弓箭，又是苗人所贈，箭頭有毒，無論人獸，當之必死，何以不在手內？知道那虎必定厲害，乃夫自知無幸，不敢往回路逃，以免與己同歸於盡，後見力竭勢窮，難逃虎口，夫妻情重，恐那虎傷了他，又撞來傷自己，不知逃避，特地拚命逃向近處報警，將虎引向別處。

顏妻一時傷心情急，也沒計及自己身懷有孕；平日雖也略習武功，還不及乃夫一半，去了也是白饒，竟然一路哭喊著：「救人！」拔出防身佩刀，拔步追去。還沒追到山徑拐角之處，那黑虎倏地回身，緩緩跑來。遙望乃夫，尚未膏虎吻，本向山徑下跑著，見虎一回身，想是怕牠來傷妻子，也回轉身來追。手中舉著兩塊石頭，口裡喘吁吁地吆喝著，腳底踉踉蹌蹌，簡直不成步數。顏妻見夫未死，猛地把心一橫，決計以身相替，高喊：「你還不乘機快逃，要做顏氏不孝之子麼？」喊著，人早朝虎迎去。

那顏覥在取水時遇虎，連用刀箭，俱被虎用爪抓落，知道厲害。果如顏妻所料，恐傷妻兒，與虎繞山追逐了好些時，委實筋疲力竭，才拚命趕回示警。這時一見妻室喊哭迎虎，看出是願代夫死，越發傷心難過。並沒聽清喊的什麼，也把心一橫，大喝道：「我夫妻要死，做一處吧！」說罷，賈著餘力，朝虎追去。

顏妻見喊他不聽，那虎離身越近，狂喊一聲：「我與你拚了！」正要拔步舉刀上前，那虎相隔丈許，忽然橫身停步，蹲伏下來，長尾搖擺不已。顏覥見虎離妻室越近，一著急，忙用手中石塊打去。那虎把左邊前爪一舉，便已撲落。顏覥見虎已停步，滿臉驚惶，氣急敗壞，顧不得再和虎拚，不問死活，縱將過來，一把將愛妻抱住。這一雙並命鴛鴦，彼此都非惜死，只是你顧我，我顧你，在這性命交關之際，互相急遽張惶，關心太切，受驚過度，一見面，都嚇呆了，一句話也說不出，只呆呆地擁抱著喘息，反把身側伏虎，咫尺危機，忘了個乾淨。及至殘息微蘇，驚魂乍定，正該軟語詢平安的當兒，顏覥忽然想起還有虎呢。忙回頭一看，那隻比水牛還大的黑虎，就伏在離身四五尺的地上，目光如電，精芒四射，豎著一條比臂膀還粗的長尾，正左右搖擺呢。身臨切近，越顯得龐大凶猛，雄威逼人。不禁脫口喊了一聲「哎呀！」

顏妻在情急欲死之時，拖著一個肚子，拚命急跑，力氣用過了度。等到與乃夫相見擁抱，說不出是驚是喜。當時勢子一緩，氣一鬆，不由神昏力竭，四肢綿軟，口噤無聲。

她原是面虎而立，神志稍定，首先發現那虎就在眼前。怎奈不能言動，只伏在乃夫肩上，乾睜著眼著急，休說拉了同逃，連話都藏在喉腔裡吐不出口。後來她聽乃夫一聲驚呼，心裡一驚，把神提起。猛然一動靈機，她才覺出那虎自夫妻相見就伏在那裡，始終一動未動，不時擺動長尾，生相雖然猛惡，神態甚馴。又想起牠適才追人時，也只緩緩跑步，並不和平時所遇的猛獸，只一見人便連聲怒吼，一躍十來丈，當頭撲去那等凶狠神氣。常聽人說起，虎稱山君，最是通靈，專吃惡人，不吃好人。莫非不該做牠口中之食？

顏妻念頭剛轉到這裡，忽然腹痛欲裂，通體汗流，再也支持不住，一歪身便往地下蹲去，顏覥回頭見虎，明知空身一人尚難脫虎口，何況還扶持著一個將要臨盆的妻室。

不過人在急難之中，俱是求生心切，仍是扶著愛妻同逃，死活都在一處，見愛妻睜著兩眼望定自己身後，一陣驚呼，竟如無覺，知她嚇得神志已昏，不能言動。顏覥正在擔驚害怕，打算奮力抱起逃走，忽見她面容驟變，身子順手彎往下溜倒。百忙中，剛伸手去扶時，猛又聽腳底呱的一聲。原來顏妻驚嚇勞累過度，竟動了胎，將小孩生產下來。顏妻又是頭胎，百苦交加，當時便痛暈過去。

顏覥處在這種境地，再也無計可施，當時一著急，幾乎站立不住，也隨著暈倒。一跤跌坐在地上，戰戰兢兢不能轉動。眼看那虎站起身形，往身前緩步走來，自念不免一死。暗忖：「虎非極餓，不吃死人。」便往前爬湊上去，一心只想拚著一身，去將虎餵飽，以冀萬一神佛默佑，妻子因此得脫虎吻，便是萬幸。誰知那虎竟擦身而過。顏覥仍想以身相代，成心激怒那虎，一把虎尾未抓住，虎已往身後繞行過去。忙偏轉頭一看，那虎頭也未回，業走出四五丈遠近。剛慶有了一線生機，虎到崖側，忽然止步，舉起左爪，去抓那佈滿苔蘚的山石，只一兩下，便聽叭噠一聲大震，一塊五七尺方圓的大石塊竟被虎爪抓落在地上。這一震，竟將顏妻已死驚魂震醒過來，喊了一聲：「哥哥，你在哪裡？」便自醒轉。

這時顏覥也再說不上什麼害怕憂急，慌不迭地湊上前去，溫慰道：「妹妹莫怕，你生了孩子了。」

顏妻說：「你還是在這裡，我知道牠是山君，不吃人的。如今怎不在這裡，走了吧？」一句話把顏覥提醒，想起那虎還在近側，不由激靈靈又是冷戰。忍不住再往前一看，那石倒之處現出一洞，虎已往洞中鑽進，只露出一點尾尖。不一會，倒身退出，動作卻甚敏捷，出洞之後，一橫身，又往迴路走來。

顏覥看牠越近前越走緩慢，大有蓄勢待撲之狀，以為這次決難免了。心痛妻兒，目注危機，口裡卻故作鎮靜道：「那虎走了，我給你到那邊尋一個安身所在。少停一停，你自用刀切胎兒的臍帶吧。」一邊說邊站起來迎將上去，仍想捨身餵虎。虎見人來，便往回走；人不走時，虎又轉身來追。如是者再，漸覺有異。心想：「反正身有處，死有地，這虎如此龐大，又是黑的，莫非是個神虎，並不吃人？否則再添幾個，這時也沒命了。」

想到這裡，膽子一壯，索性跟去，看牠如何。腳底下一快，那虎也跑得快，尾巴連搖，狀甚歡馴。轉眼跟到崖前，那虎轉身往洞中倒退而入。顏覞把生死早置度外，也迎頭跟入。陽光正斜照入洞，見那洞是一石穴，大約三丈方圓，甚是平潔。還想再看，那虎已用頭朝自己頂來，意思似要自己進來。試一試撫摸虎額，高竟齊頸，毛甚滑韌。虎仍緩緩前頂，意極馴善親暱。

顏覞這才寬心大放，喜出望外。想起妻兒臍帶，危急之中尚未忙得去剪，一陣酸心，不由流下淚來，撥轉身出洞便跑。到了顏妻跟前，悲喜交集道：「妹妹莫怕，那虎是個神虎，不但不傷人，還帶我們找個好地方，可以安身呢。我抱你進去再剪臍帶吧，省得著了山風，種下病根。」說罷，不俟答言，將顏妻雙手捧起，往洞前走去。

這次那虎並沒跟行，只在洞側蹲伏，看見人來，立起搖了兩下長尾，仍復臥倒。顏覞朝牠道：「適才是我不好，虎神莫怪，少時再來陪話。」說罷，入洞放下妻室，先出洞尋了些枯枝，生了一堆小火，將帶的一床草薦鋪好，算是地舖。落難之中，也顧不得血污，幫助顏妻剪了臍帶。因是熱天，行囊無多，把上身衣服墊在產婦身下。再脫了一件短衫，裹了嬰兒，全身只剩了條褲子。幸而天氣暖，洞又向陽，暫時還不致凍。

顏覞汲水的瓦罐，業在遇虎時跌成粉碎。幸而他是走方郎中，又久慣山行野宿，飲食用具都帶得有，藥箱中藥也大半現成。安置好產婦嬰兒，跑回原處，將藥箱、用具取來。拿了路上煮飯的小鍋，朝洞外伏虎長揖道：「內人剛剛生產，不能行動。在下去汲水煎藥，與她弄些吃的。荒山野地，難保不有蛇獸之類盤伏，還望虎神代我守護些時，為我顏氏留一點骨血，感恩不盡。」那黑虎竟似懂得人言，把頭點了一下。顏覥大喜，連忙跑向有水源處，汲了一小鍋水回洞，放在火上。先將乾糧掰碎，熬成粥糊，端去跟產婦吃了個飽，自己也將剩餘的吃了。然後跑出去拿水煮藥。產婦雖然受了驚嚇，脈象還算良好，吃一兩副產後照例的藥，便保無事。

等到顏覥把藥配好，下在鍋子裡。才想起嬰兒僅在落生時哭了兩聲，這半日工夫忙昏了頭，也沒聽見啼哭。忙又跑向產婦身旁，俯身朝她手腕裡躺著的嬰兒去看。那嬰兒是個男孩，身軀健碩，兩隻眼睛又黑又亮，悄沒聲躺在娘懷裡，攥著兩個白胖溜圓的小拳頭，正在舞弄呢。知道結實，心中略喜。

一會把藥煮好，遞與產婦服了。溫語低問：「人覺怎樣？」

顏妻說：「除頭暈身軟，肚子發空，下部疼痛如割，是頭胎初生應有的一些景像外，倒還不覺什麼。」

顏覥囑咐她安臥靜養，不要說話勞神。又去拿了一鍋水來，放在火上備用。然後坐在草地上邊，望著那火出神。暗忖：「目前虎口餘生，雖然得逃性命，但是地處萬山之中，距離墟集都不下六七十里。轉眼日落黃昏，休說山窟陰寒，非產婦嬰兒所宜；便是食糧，帶得也不多，怎能多延時日？就算明早能用衣席裹起產婦母子，拚命掙扎，趕到有人家的去處，怎奈空囊如洗，又要照看妻子，不能孤身串寨行醫，也是莫可如何。」

顏覥正在心中煩急，打不出主意，忽聽虎爪抓壁之聲。一抬頭，正是那隻黑虎，身未進洞，只把一隻有前爪伸了進來，朝壁間亂抓，出洞一看，那虎見顏覥走出，倏地輕嘯一聲，翻轉身來，肚腹朝天，揚起兩隻前爪，不住招搖。顏覥知有原故，定睛一看，虎肚臍上長著一個火疔，中心業已潰爛，四外紅腫，墳起寸許高下。右爪心有一豆大黑點，也腫得亮晶晶的。這才恍然大悟，那虎追逐了半日，竟是為了求醫。顏覥外科醫道原得過秘傳，知那疔瘡好治，虎爪中毒甚重，治時難免奇痛。意欲先得那虎信任，以免惹出意外。便對那虎道：「虎神有病，要我治麼？這個不難。只是你爪上中了毒刺，須要你能忍痛才敢治呢。」那虎點了點頭。

顏覥便悄悄進洞，取出藥箱，拿了應用東西和藥。先用銀針挑破虎肚臍中瘡口，兩個大拇指由輕而重，將膿血擠空。用布條沾了些水，給牠拭淨血污，上了藥粉，貼了一張大膏藥。那藥清涼止痛，才一貼上，那虎便將尾連搖，意似忻喜。顏覥等過了一會，才過去坐在虎旁，將虎的小腿放在膝上。剛用手指往傷處一按，那虎便有負痛之狀。顏覥隨用小刀圍著黑點一劃，見虎咬牙閉口，目中含淚，知牠痛苦已極。更不怠慢，覷準退路，拿起一把鑷子，等一刀順劃處斜刺下去，緊接著鑷子早鉗著那有黑點處往起一揭，用刀一抬膝蓋，甩開虎腿，就勢兩腿一繃勁，腳在地下一點，倒縱出去丈許遠近。這一下只痛得那虎連聲悲嘯，滿地不住打滾。路旁半抱的松樹，被牠一爪抓上去，立時便倒折下來，走石飛沙，驚風四起，聲勢甚是駭人。

顏覥先還擔心著把牠治惱，及見牠雖然疼極如狂，卻不往自己身前滾來，知牠識得好歹，便站在一旁等候。那虎翻滾了一陣，方行停止。顏覥等牠臥倒，才走近前來，照樣貼了藥粉，貼上膏藥。從灰塵中拾起那把攝子一看，鑷出的黑東西非金非石，長有二寸，頗似一枚怪牙。上面滿是倒刺，掛著許多黑膿紫血腐肉，奇腥刺鼻。忙連鑷子一齊丟入山澗之中。正待向虎囑咐，那虎已站起身來，抖了抖身上的塵沙，倏地長尾一豎，一聲低嘯，四爪揚處，騰空而起，直往崖腳岔道之中縱去。夕陽影裡，只見一條黑影，竄山越澗，疾如星飛，眨眼工夫便出現在對面高坡之上，一晃不見。

顏覡起先很盼牠回來，因為那虎生得威猛，必為群獸所畏，好仗牠護衛，也放心些。誰知等到月上中天，仍是不見回轉。顏覡因久候那虎不歸，漸知絕望。產婦飲食要緊，雖然食糧不多，也不得不給產婦準備。偏生那洞相隔水源約有半里之遙，惟恐離洞之後，被別的野獸侵入，傷了產婦、嬰兒。萬般無奈，費了好些力氣，搬了幾塊大石，勉強將洞堵住。匆匆跑去，汲了一鍋水。路上漸漸聞得猿啼獸嘯之聲，不時還雜著鬼叫般的梟鳴，夜靜山空，分外顯得淒厲。忙趕回洞，且喜妻子無恙，俱已熟睡。

顏覡又出洞添拾了些山柴。加些石頭，把洞口封密，覺得野獸無法走進去才罷。等把乾糧下在水內煮成稀的粥羹，經過一日夜的艱危困苦，驚憂勞頓，人已累得不成樣子。

見產婦母子未醒，便不去驚動。將粥靠在火旁，手足一伸，喘了一口氣，便仰身躺在地上。山中氣候雖是晝熱夜寒，幸而那洞在向陽一面，面積不大，再一生火，暖和異常，赤身躺在地上都不覺冷。連按產婦母子的脈，均甚良好。只是糧食無法覓取而已。

顏覥躺在地上，身逢絕境，滿腹俱是冤憤悲苦。今日九死一生，勉強度過，明日又當如何？左思右想，無計可施，哪裡還睡得著。煩憂了一陣，又想起日間那隻黑虎，看去頗似通靈，畜生終是畜生，不懂得什麼情義，剛把瘡傷治好，便跑沒了影子。牠先不將刀箭抓落，或許明日還可打點路過的野獸充饑。匆忙中逃了幾十里山路，也不知被牠甩落何方，其勢更不能前去尋找。僅剩愛妻的一把小佩刀，濟得甚事？悔不該來時自恃武勇，不信人言。又因囊中空乏，急於到達地頭，貪圖近路，抄行這種沒人經過的荒山野徑，以致愛妻流產，鬧得萬分狼狽。為今之計，除了盼明日午前萬一能有趕墟苗人經過，求救而外，只有拚著死中求活，捨了行囊用具，背了妻兒冒險上路，免得坐以待斃了。

這時已當深夜。顏覥正在情急呼天，欲哭無淚之際，忽聞虎嘯之聲遠遠傳來。嘯聲住處，鄰近一帶許多獸嗥猿啼之聲全都停歇。接著一陣山風吹過，又聽遠遠有人語喧嘩之聲，隨風吹到。側耳一聽，卻又寂然。明知荒山深夜之中哪能有此，必是神散心昏結成的幻想，說不定還許是山魈木客之類故弄玄虛呢。想到這裡，益發懸心吊膽，手握那柄斷臍帶的小刀，瞪眼望著洞口，以防不測。

過沒多時，果聽洞外有了響動，益發情虛害怕。方在失驚，便聽洞口上層一塊栲栳大的山石被外面東西抓落。緊跟著又是拳頭大小兩團碧熒熒的鬼眼電一般射進洞來。洞火漸熄，月光又照不進來，越顯凶焰可畏。心想：「絕境之中，偏來鬼魅，夫妻父子定同歸於盡了。」反正難免於死，末後把心一橫，也不再害怕，索性定睛注視，看看到底是什麼怪物。暗中連用全身之力，表面裝作鎮靜，等怪物進來時，照準要害拚命刺牠一刀。成功固好，不成功，只好算是命該如此。便和那雙怪眼相持有半個時辰，俱無動靜。

忽又聽風送人語喧嘩之聲，由遠而近，那雙怪眼又來晃了一下。

這次顏覥因嬰兒落地至今，未聽再啼；連那產婦也是吃了一頓落生食以後，只是一味酣眠，不言不動，與常理有異。連按幾次脈象，卻是上好的，越想越覺稀奇。趁著怪眼退去，忙趸近產婦身前審視。這地方恰當洞口的斜側面，剛巧怪眼又來窺探。退時，一眼看到怪眼四圍烏茸茸的一團，月光照在上面又黑又亮，微聞鼻息咻咻之聲，不禁心裡一動：「日裡見那隻黑虎也是一雙藍睛，莫不是牠去而復轉？」輕悄悄走近洞口，還不敢就從上面去望，先就下面石縫中往外一看，果然是那隻黑虎，心中大喜。同時人聲喧嘩也越來越近，分明就在日裡遇虎奔逃的那一帶山徑之間，只是被側面崖角遮住，看牠不見。有了這隻黑虎，雖然膽子一壯，畢竟這般深夜，怎會有人結隊山行？那喧嘩之聲來得太怪，不得不加慎重，還不敢遽然出洞與虎相見。欲待等那喧嘩之聲走過，看看來的是人是怪，再打主意出去。

顏覥正在驚疑，忽見左側林薄中火光明滅，閃爍不定，好似有多人持著火炬在林中穿行。同時人語微聞，與林木搖風之聲相為應和，已離洞口不過二十多丈遠近。方料來人是漢人與苗人合組而成，往深山中採辦珍貴皮革的獵隊，方在替黑虎憂急時，那黑虎忽然長嘯了一聲，兩隻前爪起處，堵洞的石塊全被抓落，拋向一旁。接著，又聽多人歡呼之聲。顏覥剛一怔神，那夥人已到了洞前，朝著黑虎伏地跪拜。定睛一看，約有百十多個，俱是山中常住的半熟苗人，各持火把刀矛弓箭，有的頭上頂著竹籠。那黑虎又輕吼一聲，眾苗人才行立起。黑虎也緩步走入苗人隊裡，用口啣著一個老人，扯了一下，回身便走。老人跟著黑虎來到洞裡，一眼看見顏覥，慌忙下拜，口中說道：「原來你家就是黑王神的朋友麼？今晚差點沒把我們嚇死。」

顏覥連忙扶起老人一問，才知道那一帶地方名叫虎神峰。土人所居地名青狼寨，離此地還有一百多里的險巇山路。苗人相傳，百十年前本山便出了這隻黑虎，起初都不知牠是虎神，還集人打過。誰知那虎通靈，無論多少人，使用多少刀矛箭石，全被紛紛抓落，不能損傷分毫。最奇的是，牠並不吃人。人如犯了牠，牠只將為首的人撲倒，或是咬斷他一手一腿，或是抓破面門，大小帶一點傷，便即放其逃回。有這麼兩三次，苗人立時改了念頭，事之如神。那虎不吃人，見人尊敬牠，從此便不再傷人。

過沒多時，青狼寨不知從何處竄來了千百頭青狼，大的竟有驢子般大，爪牙犀利，厲害非常，寨中人畜不知被牠們傷了多少。正在惶急無法，這日來了一個老和尚，說是貴川黔靈山圓覺寺的長老。因為上年寺中跑了一隻猛獸，四尋無著，聽說在這一帶山中。

那猛獸聽經多年，業已通靈，恐牠危害人世，昧了本性，特地跟蹤前來度化，路過求宿。問是何獸，卻又不肯明說。寨中苗人便對他說青狼為害的事，問他有什麼法子。

正說之間，千百青狼忽然蜂擁而來。眾苗人一見不好，紛紛逃入寨中躲避。只把老和尚丟在外面，救他不及。方以為他必為青狼分了屍，誰知老和尚舞動一根竹杖和狼打，口中大聲念咒，看去頗有本領，狼連被他打死了好幾十個，無奈那狼又大又凶狠，越來越多，一面搶著分吃死狼，一面紛紛向老和尚撲去。

眼看危急萬分，忽聽一聲虎嘯，接著便見那黑虎竄山越澗，如飛跑來，縱入狼群之中，連咬帶撲。那狼倚仗狼多勢眾，兀自不退。虎神更巧，保著老和尚假裝敗逃，先退入寨左死峽谷之內，等把狼群全數誘進谷中，然後馱著老和尚一縱數十丈，接連幾縱，從狼群頭上飛身出谷。一人一虎，在谷口一攔，再一步一步前進。那狼上前，自然是死；不上前，被牠趕近身去，也是個死。

谷口不過五六尺寬，兩邊是滿布青苔，油一般滑的排天峭壁，既深且窄，又沒有退出的道路。只聽群狼慘嗥怒嘯之聲，震得山鳴谷應。約在兩個多時辰，上千凶狼全被那虎抓死，一個不留。眾苗人慌忙出寨，打算朝和尚、黑虎跪謝，請進寨去供奉。剛出寨門，便聽和尚對那虎道：「這裡正是你等人的地方，不過還得多年，我師兄才能轉劫到此。今日雖然替人除害，只是殺孽太重了。我不久即去，再見無日。趁此餘時，隨我回山懺悔些時，再來等候機緣吧。」說罷，跨上黑虎。那虎吼了兩聲，便竄山跑去，由此不見。

苗人俱當和尚是廟中菩薩化身來此除害，那虎定是虎神無疑。事後把狼皮賣給漢人，得了不少東西。過了三年，那虎忽又在山中出現。因有這些神異之事，益發把那虎奉若天神，平日都叫牠作黑王神。每值初一、十五，必集人抬了果菜前去供奉。青狼寨與虎神峰的得名，俱由於此。

自從那虎去而復轉，青狼寨數十里方圓以內，便絕了虎狼之患。可是虎神常住的虎神峰這一帶地方，毒蛇猛獸卻是比前增多。除了趕上四季六個大墟集，偶然有一兩幫漢商行客，仗著人多，貪著路近，順便還可採些野生藥材，趁日午前後，趕過此峰外，平常休說三兩人，便是十人八人拿著刀箭，也不敢輕易闖過。

青狼寨的酋長，名喚黑頭犵狫岑高，是前寨主藍大山的女婿。大山死後無子，繼為寨主。人甚精明強幹，武勇非常。這日晚飯後，正在寨前草坪上與手下土人吹笙擊鼓，練習舞蹈，準備日內往明月壩去趕第一個夏墟，忽見一隻絕大黑虎走來。岑高來只三年，乃岳便死，接位不久。原是苗民招贅，對於虎神顯聖，獨除千狼之事，雖然也聽說過，並曾隨眾供祭過幾次果蔬，只是耳聞，並未親眼見過。偏巧虎神到時，又是他頭一個看見，匆促之間，忘了前事，仗著武勇，也沒和別人說，張弓便射。虎神通靈，怎會被他射中，一縱十丈，一照面，便用爪抓落弓箭，將他撲倒。等到岑高的妻子藍馬婆和別的苗人發覺趕來，人雖未死，一條持弓的左膀已幾乎被虎壓斷。

藍馬婆和那些年紀略大的老人，認出那虎是黑王神。因牠業已多年不曾在寨中出現，夜間到來，又將寨主撲倒，先疑是日前供祭之物有了缺點，前來問罪，連忙伏地跪求寬恕。誰知虎神雖將岑高放起，仍是朝著眾人連聲吼嘯，不肯退走。藍馬婆嚇得不住許願，虎神兀自將頭連搖，一會又去挨次往回扯了扯眾苗人的衣角。

眾苗人正無計可施，岑高身受重傷，又恨又怕，本想查探那虎的巢穴，見虎不退，知有事故。又疑虎神久受供祭，或者有甚好處。便高聲說道：「我等連問許多，黑王神只是搖頭，不肯回山。莫非虎神峰虎王洞內有事？或是有甚東西要命我們去取麼？」話才說完，虎神果然將頭連點。岑高派出多人，拿了弓刀扁擔跟隨前去，虎神又橫身攔住。

畢竟岑高機警，幾經指物指人問詢，連人帶虎，俱費了不少的口舌和表情，直到眾苗人除隨身器械外，又帶上火把、食物、兜子、竹簏等用具才得起行。

藍馬婆因要醫治丈夫的傷，不曾跟去，只派了那向顏覥答話的老人率領眾苗人前往。

虎神當先開路，不時回望。山路奇險難行，又有猛獸毒蛇之患，平日雖是畏途，因有虎神同行，眾苗人俱都膽壯起來，一路呼前搶後，興高采烈，巴不得早些到達神洞，為神效力，以求福佑，就這樣奮力前趕，還走了好些時，方離峰腳不遠。虎神見眾人比較上了坦途，不致失墜，才長嘯一聲，朝前縱去。顏覥在洞中所聞，便是虎神的嘯聲。虎神到達洞外，又過了片刻，眾苗人相繼趕到。顏覥與老人相見，得悉經過，不由驚喜交集。

顏覥因知苗人素畏鬼神，自己正在窮途，難免需助之處甚多，便把為虎醫瘡，以及初次跟虎追逐之事俱都隱起。只說自己久慣在苗疆走方行醫，初經此地，誤入深山，妻子忽然分娩，剛生下一子，虎神便來垂佑，代自己抓開崖壁，成了一洞棲身，隨即走去，不想竟將諸位請來相助。

又說虎神神通如何廣大，一聲長嘯，毒蛇猛獸紛紛逃竄，不敢打洞門前經過等語。眾苗人因見顏覥夫妻留在荒山古洞蛇獸眾多之地，又生了一個嬰兒，居然無恙，未受侵害，不但信服異常，便連所產嬰兒也疑是天神下界投胎，否則虎神怎會這樣出力保護？當下忙將備就的兜子以及竹簏中的食物果子一齊獻上，任憑顏覥食用。

顏覥心神略定，正覺有些腹饑，因為忙著使產婦離開險地，匆匆取了一塊糌粑、一塊牛肉，要了一根火炬，邊吃邊往洞中走進。拿火一照，產婦、嬰兒臉色甚是紅潤光亮。尤其顏妻，絕不似初生產的神氣，只是熟睡未醒。一按脈象，比前更好。微微推了幾下，連喊多聲，終未醒轉。嬰兒也是如此。懷疑地非善地，不宜久延，只好抬到青狼寨，再行細心診治。於是便將兜子等拿進，匆匆將產婦母子抱置兜子以內，用衣服蓋好，搭上草席，由兩個苗人用竹竿抬起。又將藥箱、行囊、用具收拾好，出洞放下，先朝黑虎拜謝。那黑虎竟懂謙遜，跑向一旁避開。眾苗人見虎神都不肯受禮，越當顏覥必有來歷。

因他赤著上身，各自搶著脫了粗麻製成的上衣要他穿，哪裡還肯容他自背東西，早分把藥箱、行囊背上了身。又抬過一個兜子，與他乘坐。顏覥一則勞乏過度，前途險峻遙遠，恐難步行；二則洞外不比洞中，深夜山風甚寒，委實也覺得有些冷。知道這夥人敬畏神虎，因屋及烏，休說他們自己情願，就是任意役使也不妨事。便也不作客套，樂得舒舒服服讓他們抬了起身。

顏覥上兜以後，那虎仍是前行開路。眾苗人持著火把，抬人攜物後隨。行經山深之處，也有各種猛獸，見了火光，吼嘯來撲。還未近前，那黑虎好似故意賣弄，先只一聲悲吼，立即辟易，不聞聲息。有時走到比較平廣之地，又有吼嘯，那虎懶得再吼，那些猛獸便趕近前來。有的望見虎影，便已嚇退；有幾隻豺狼之類求食心急，由轉角處迎面趕來，恰和那虎對上，等到見虎欲逃，已經無及，只一照面，虎爪揚處，立時屍橫就地。

苗人便趕上前去，用長矛挑起，回寨分食，無不興高采烈，欣喜欲狂。

漸漸行離青狼寨只有里許之遙，為首老人計點所得野獸，竟有二十多隻，此行可謂不虛，好生快活。正行之間，那虎忽在道旁停步，放眾人過去。顏覥看出牠將要別去，連忙住了兜子，下來低聲哀祝道：「我顏覥劫後餘生，正值患難之中，內子深山產子，窮無所歸，如非尊神相救，父子夫妻三人縱不為山中蛇獸所吞，亦必餓死溝壑。大恩大德，不特身受者沒齒不忘，便是我那死去的列神列宗，亦當啣結於地下。不過此時雖仗神力，得有棲身之所，但是初到苗疆不及一年，平日蓬飄梗浮，行蹤無定，對於各種土著的情形習慣均非所諳。聞得他們避忌甚多，人復野悍，漢客少有觸忤。便無幸理。人皆異類，舉目無親，倘有憂危，何從呼籲？明知塵俗山寨非尊神所宜居，怎敢相求同住？惟望不時存臨，憚有依恃。彼輩素重神命，見神常至，必加厚遇。但俟嬰兒足月，可以負而行醫，便即他處謀生，並非長此瀆擾。不知尊神允否？」

那虎聞言，不住將頭連點。

又走向產婦兜旁，將頭伸進去聞了聞嬰兒。然後朝著顏覥，把那隻受傷貼有膏藥的右足揚了兩揚。長尾搖處，扭轉身子，一聲輕嘯，雙足一蹬，便飛也似朝著來路，翻山越澗而去，晨光高微中漸漸沒了影子。顏覞見虎揚爪，才想起牠還得換藥。又見牠戀戀嬰兒，彷彿關心甚切，料牠日後必要再來，心中略放，重又上兜起身。

老人因將到達，早分出兩人前往寨中報信。走沒多遠，青狼寨女寨主藍馬婆已得了信，帶了一子一女和全寨苗人來接。說：「寨主因為惱了黑王神，身被抓傷，正在床上調養，不得親迎，望乞黑王神的朋友不要見怪。」

雖是苗女，說話極為謙恭。當下把顏覞夫妻接進寨去，款待甚優，並撥了四名苗女服侍，先在寨中居住。一面命人在寨外近山口處搭蓋高架竹屋，以為顏覞住室，等落成之後，再為遷居。

顏覞在寨中匆匆安置好了妻子，照俗禮向女主人答了謝。回來見產婦、嬰兒兀自不醒，不時按脈，仍是好好的，心中益發疑慮，以為奇症。想了許多方法，灌了好幾次藥，終是無用。他哪知產前服了異果之故。似這樣目不交睫，晝夜守護，等過了三日三夜，嬰兒首先醒轉，啼哭索食，聲音甚是洪亮，又是妻子胸前鼓脹，兩乳翹挺，不知何時奶汁已將前後胸衣服濕透。忙把小兒抱近身去，正待讓產婦湊上身去餵，說也奇怪，初生才只三日的小兒，不特筋骨堅硬，體格健壯，竟能爬行伏在乃母身上食乳，咕咕有聲。

不多一會，產婦也漸漸醒轉。顏覞這才放寬心，將備就食物，端過去與她吃了好些。重按了按脈象甚好，產婦身子也甚安適，一些也不顯產後柔弱之象，只不知三日昏睡是何緣故。顏妻問起前事，怎得有了棲身之所。顏覨把經過奇遇說了，俱都感謝神虎不置。

顏妻見顏覨飽經憂患，一連累了數日，好在室中有苗女服侍，自己行動自如，精神健康，再三矚咐安睡些時。顏覨擔心妻子，一直忘了拜謁本寨寨主，疲極之餘，一著枕便睡了一整天。第二日早起，還未醒轉，顏妻忽見藍馬婆情急敗壞，跑將進來，因為走得匆忙，沒有看見屋角竹榻上安睡的顏覨，一直奔到顏妻床前，急喊道：「你的丈夫呢？」

一言未了，虎王雖是初生嬰兒，一則生具異稟奇資，二則連吃了異果化成的靈乳，天生神力，靈敏非常。彼時正趴在乃母身上吃乳，忽見一個其勢洶洶的面生婦人跑來，小心眼裡以為她要和乃母相打，哇的一聲，一側身，伸出堅硬結實的小手，對準藍馬婆臉上便抓。藍馬婆驟不及防，竟被他這小手抓得生疼，心中大怒，想回手打，又覺不好意思。偏巧顏妻震於來勢，忙著應付，更不料小兒有此大力，也未安慰道歉。又恰巧顏覨聞聲驚醒，走了過來，便疏忽過去。由此藍馬婆也不喜他母子，以致日後鬧出許多事故。不提。

顏覨一問來意，才知他夫妻入寨以後，第二天起，黑王神連來了三次。因牠從不走進寨門，苗人見無甚表示，供牠果菜又不吃，誰也沒想到牠是前來查看顏覨夫妻待承安全如何，也就罷了。誰知今早有兩個寨中的百長採了新瓜，坐在寨前石上，連吃帶談龍門陣。一會談到顏覨夫妻的事，不知哪一句說話錯，稍有冒犯神客的地方，黑王神忽從石後出現，縱身怒吼，一爪抓死了一個，另一個也被抓斷了一隻臂膀。接著便向寨門怒吼不去，誰也不敢走近。藍馬婆多著膽子走出，連著朝牠禱告許願，挨樣詢問，才知是要顏艉出去相見；如今黑王神還在外面等候，務請顏艉出去打發牠走，以解神怒。

顏艉聞言，忙和藍馬婆一同趕出，遠遠聞得虎嘯之聲傳來。到門一看，果然神虎當門而踞，目光如電，神態威猛，正在怒吼，震得木葉驚飛，四山都起了回音，鋼針一般的黑毛根根直豎。苗人甚多，俱都不敢近前，遠遠圍跪在地，喃喃祝告許願，叩頭如搗。

滿地俱是蔬菜山果，零亂踐踏，爪痕處處。知是苗人所供，被神虎發怒抓落。另一旁山石上躺著一個抓斷了膀臂的苗人頭目，也在呻吟呼痛，哀求黑王神饒命。

說也奇怪，那虎怒發甚猛，一見顏艉走到，立時停了怒吼，身上的毛全都倒下，緩緩站起來，將長尾搖了兩搖，朝顏艉身前挨挨擠擠。顏艉伸手摸摸牠的身上，竟動也不動，彷彿家貓見主一般，溫馴無比。顏艉知牠來意，一半是惟恐苗人對自己有了怠慢；一半是因虎爪虎腹兩處傷還未癒，尚待醫治。那兩個頭目一死一傷，弄巧就許有於自己不利之言，所以神虎發怒。否則先時那等咆哮，何以見面後又如此溫馴柔善呢？苗人反側，其心不定，經此一來也好。便低頭默祝道：「大神如此厚愛，粉身難報。只是自己身在異地，人非族類，舉目無親，諸須謹慎，方無遠害。大神不能常在此地，他們即便有什麼不對，總望寬恕一二，以免苗人遷怒自己，愛之適以害之，反而不美。至於醫傷一事，因是匆匆走出，未攜藥具，請在外少候，等入內取了藥具，再陪大神同往僻處醫治如何？」

那虎聞言，將頭連點。藍馬婆見顏覥朝虎低聲說話，不由又起了疑意，顏覥卻未在意。

顏覥剛轉身要走，那虎忽然啣住衣角不放，不走，虎又頭頂促行。顏覥先不如何意，如是者兩三次，忽然想起嬰兒體力健壯，生有異徵，神虎如此呵護，必非無因。這般情景，莫非牠還不放心苗人，想見嬰兒一面不成，試一問詢，那虎果又將頭連點。顏覥藉此賣好示威，便對藍馬婆和眾苗人道：「黑王神前生和我父子是好朋友，所以今生如此保佑。適才那兩位百長因犯神怒，雖然一死一傷，現在我已與神言明，從今以後不再傷人。我父子夫妻三人暫借寶寨棲身，待機一到，得便自去。不特黑王神諸多降福，便是自己，日後也必設法重報，只管放心就是。」除藍馬婆一人因有乃夫先人之言將信將疑外，其餘人親見如此神異，俱都畏服不置。

顏覥又說黑王神要看小孩，便逕自奔回屋去，和顏妻說明，拿了藥包藏在身上，用被抱起嬰兒，二次跑出。那虎自在寨門前蹲伏，等顏覥近身，方行站起，用虎頭向胯下拱了兩拱，重又蹲下。顏覥知虎要他上騎，連說不敢。經不起那虎連拱不休，顏覥還想把嬰兒送了回去，或是托藍馬婆代抱，轉交顏妻，那虎卻咬緊嬰兒包布不放。嬰兒生時匆遽，事先未備小衣服，幸值天熱，只用一塊被單撕下來的舊布齊胸包住。那威猛的大虎只管在顏覥身旁挨擠啣扯，嬰兒竟似素識一般，睜著兩隻精光黑亮的眼睛，把露在被單包外的一隻小肥手，不住在虎頭上拍打，笑嘻嘻一絲也不害怕。休說旁觀諸苗人，便是顏覥也覺希奇。知神虎要嬰兒偕行，必有原因，便恭恭敬敬告了得罪，騎上虎背。

那虎只將大嘴一咧，掉轉身子，一聲也未出，四足一蹬，便穿出去二三十丈。顏覥懷抱嬰兒，穩坐虎背，雙足扣緊虎腹，一任牠登山渡澗，縱躍如飛。只聽兩耳風生，林木山石如急浪奔濤一般往後倒去。不消片刻工夫，已是跑出老遠。回顧青狼寨，已隱入亂山之間，不見影子。虎行生風，又是騎虎急行，顏覥覺著山風甚勁，身有涼意，初生嬰兒恐怕受寒，想解開上衣，把嬰兒的頭面包藏起來。誰知嬰兒卻是不耐，口裡大聲啼叫，手足亂掙，力氣又大得出奇。顏覥恐一個閃失，抱不穩從虎背上墜將下去，小命必然斷送，反而不妙，只得由他把頭臉露出，衝著前面。嬰兒這才老實了些，胖手招搖，迎著山風，歡笑不已。

顏覥因嬰兒遇虎而生，取名虎兒，這時見了他這些異狀，懷念先仇，悵觸身世，不禁悲從中來。探頭含淚，面向嬰兒道：「虎兒，虎兒，你爹爹身負血海深仇，我與你母流亡在外，受無盡的艱辛困苦，難中產你，九死一生，幸得虎神垂佑，才保無事。如今仇人勢盛，圖報無日。見你具異稟奇資，又得山神呵護，好似生有自來，莫非將來報仇之事還應在你的身上麼？」

顏覥不過是有感於中，自然流露，明知嬰兒也不會懂，隨心發洩。那麼大的風，休說傾吐出來，語聲說得甚低；便真個向著成人大叫疾呼，也未必聽得分明。誰知嬰兒仰望乃父淚容，竟有感觸，立時不再歡笑，扭身用手去撫摸顏覥的淚眼，狀若安慰。

顏覥方在驚異，虎步一緩，業已停在一個山谷之中，蹲伏在地上。顏覥知到地頭，剛一跳落虎背，還未及觀望谷中景物，忽聽虎低聲一嘯，接著便聽谷頂崖壁樹枝寨餌作響。方疑有蛇，猛見眼前白影一閃，從崖上飛落一物。退步定睛一看，乃是一隻半人高的小白猿，生就一身銀雪也似的白毛，油光水滑，閃閃發亮。兩隻火眼，一雙金瞳，光射尺許。一落地，先向那虎叫了兩聲，便往顏覨身前人立走來，伸出兩條長臂要接嬰兒。

嬰兒更似和牠熟識，張著兩條小胖手往前伸撲。顏覨見白猿生得那般異樣，知是靈猿，不由將手一鬆，虎兒已撲入白猿懷裡。顏覨終有些不放心，剛要伸手接回來，誰知那白猿接過嬰兒，忽然朝著黑虎一聲長嘯，便飛身而起，離地數十丈，往崖腰上縱去。後爪抓著那麼峭削的崖壁，如履平地一般，只見一條白影在崖壁上電閃星掣，飛轉了幾下，便即不見。也沒聽嬰兒哭叫之聲。這一驚真是非同小可。知道那猿捷逾飛鳥，萬追不上。忙看那虎，竟若無其事。心想：「嬰兒生下來就有許多奇徵異事，白猿又是神虎叫來，嬰兒生命決然無害。但恐白猿將嬰兒抱走，隔些月日不歸，不特愛妻面前無法交代，自己只此一子，也難割捨。」

顏覨忙問那虎道：「靈猿將我兒抱去，少時能回來麼？」

那虎將頭點了兩點，即仰面躺在地下，揚起那隻受傷前爪。顏覨才明白那虎因治傷時小孩無人抱著，特地喚來白猿代抱。適間那虎點頭，想必不消多時，自會回轉，便不再著急。

見虎肚臍和虎爪上膏藥仍在，先代牠揭了下來，將帶來的藥包打開，就左側崖上飛瀑灌了一水瓶山泉，將傷處沖洗乾淨。然後用小刀修去傷處腐肉，二次用水沖過，上了生肌藥粉，貼上膏藥。對虎說道：「大神原來瘡毒很重，上次挑去那根毒刺，以為總得再醫幾回，不料好得這般快。今天已上了末次化血生肌的藥粉，再有三日，膏藥自落，便可復原如初，無須再看了。內子新生體弱，難禁憂思，來時沒有對她言明，恐回去晚了不放心。望大神憐佑，急速喚回靈猿，送愚父子回去吧。」

那虎翻身坐起，只搖了搖頭，也不叫，也不動。顏覥見牠一搖頭，不禁又著起急來。忙問：「嬰兒少時歸不？」

那虎又將頭連點。知道去的地方決非近處，虎既不允許叫回，急也無用，幸而沒有表示當日不歸之意，只得權且寬懷。

請續看《青城十九俠》四　煙雲往事

近代武俠經典復刻版

# 青城十九俠（三）慧劍斷情


作者：還珠樓主
發行人：陳曉林
出版所：風雲時代出版股份有限公司
地址：10576台北市民生東路五段178號7樓之3
電話：(02) 2756-0949
傳真：(02) 2765-3799
執行主編：劉宇青
美術設計：吳宗潔
業務總監：張瑋鳳

出版日期：2024年10月
ISBN：978-626-7464-88-5
風雲書網：http://www.eastbooks.com.tw
官方部落格：http://eastbooks.pixnet.net/blog
Facebook：http://www.facebook.com/h7560949
E-mail：h7560949@ms15.hinet.net
劃撥帳號：12043291
戶名：風雲時代出版股份有限公司

風雲發行所：33373桃園市龜山區公西村2鄰復興街304巷96號
電話：(03) 318-1378
傳真：(03) 318-1378
法律顧問：永然法律事務所 李永然律師
北辰著作權事務所 蕭雄淋律師

行政院新聞局局版台業字第3595號 營利事業統一編號22759935




**定價：320元**





國家圖書館出版品預行編目資料

青城十九俠 / 還珠樓主著. -- 臺北市：風雲時代出版股份有限公司, 2024.10
冊； 公分

ISBN 978-626-7464-88-5 (3冊：平裝). --

857.9 113008573